公元787年,唐封疆大吏马总集诸子精华,编著成《意林》一书6卷,流传至今
意林:始于公元787年,距今1200余年

意林 告白的书

余生,请对我好一点

YUSHENG, QING DUI WO HAO YIDIAN

萧萧依凡 著

吉林摄影出版社
·长春·

图书在版编目（CIP）数据

余生，请对我好一点 / 萧萧依凡著. —— 长春：吉林摄影出版社，2017.12
（意林告白的书 / 萧东戈）
ISBN 978-7-5498-3453-2

Ⅰ. ①余… Ⅱ. ①萧… Ⅲ. ①长篇小说 - 中国 - 当代 Ⅳ. ①I247.5

中国版本图书馆CIP数据核字(2017)第316296号

余生，请对我好一点 YUSHENG, QING DUI WO HAO YIDIAN

著　　者	萧萧依凡
出 版 人	孙洪军
主　　编	顾　平　杜普洲
责任编辑	施　岚　孙　瑜
总 策 划	蔡　燕
丛书统筹	黄　磊
策划编辑	廉荣臻
设计总监	资　源
特约编辑	廉荣臻
封面设计	资　源
美术编辑	金　宇　张　迪
发行总监	王俊杰
开　　本	880mm×1230mm 1/32
字　　数	220千字
印　　张	8
版　　次	2017年12月第1版
印　　次	2017年12月第1次印刷

出　　版	吉林摄影出版社
发　　行	吉林摄影出版社
地　　址	长春市泰来街1825号
	邮　编：130062
电　　话	总编办：0431-86012616
	发行科：0431-86012602
网　　址	www.jlsycbs.net
经　　销	全国各地新华书店
印　　刷	北京嘉业印刷厂

书　　号　ISBN 978-7-5498-3453-2　　　定　价：32.80元

版权所有　翻印必究
（如发现印装质量问题，请与承印厂联系退换）

目录

001	第一章 微博事件，人生初相见
033	第二章 重返职场，转机见危机
063	第三章 品牌代言，缘分天注定
093	第四章 波澜迭起，人心难揣测
127	第五章 新品发布，拐角遇见爱
155	第六章 闺蜜返乡，失去得到间
183	第七章 相亲大会，峰回又路转
217	第八章 终生遗憾，爱戛然而止

余 生， 请 对 我 好 一 点

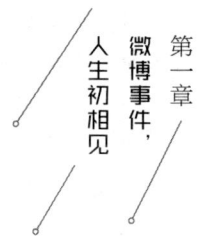

1

刚入九月,容城就已秋意凉薄。这样的时节,微凉的晚上,总是让人忍不住想找个地方酣畅淋漓大吃一顿。

下班后,沐筱和几个朋友相约在一家海鲜火锅店打牙祭。这家火锅店在容城颇有些名气,物美价廉。对于沐筱和她的朋友们来说,这个聚餐地点位置折中,能同时方便大家。

可是,老板临时加了一项工作,沐筱还是来得迟了些。沐筱刚出现在门口,就被眼尖的妖妖发现了。妖妖举起满是红指甲的手,大声招呼:"沐筱,这里!这里!看这里!"

那双修长的美手,立刻吸引了店里很多人的目光。红色指甲油和镶嵌其中的小水钻,在灯光下,闪着微弱却诱人的光芒。店里的顾客,有人开始顺着妖妖娇嗲的声音,找寻沐筱的身影。

在店门口张望的沐筱,脸上顿时飞起了一抹绯红。这个妖妖,不论何时都是那么招摇,即使是吃火锅都不消停。沐筱身材高挑,偏瘦，身穿一件米色中性风衣，内搭米黄色蕾丝连衣裙，脚穿黑色细高跟鞋。

她的妆容十分清淡，与秀丽的五官相得益彰。长发被随意地绾了起来，有两缕秀发不安分地垂了下来，为苍白的小脸增添了几分生动。

眼睛黑白分明，大而明亮，整个形状比杏核狭长，眼尾微微上扬，既有孩童般的天真稚气又带着女性的妩媚。鼻梁高挺，弧度优美，鼻翼处稍稍上翘，显出几分活泼和调皮。嘴唇粉红，厚薄适中，状若被精心剪裁过的桃花花瓣，唇型清晰，略带一丝倔强。

这个美丽苍白的女孩，低着头，快走了几步，高跟鞋发出急促的声音。到了餐桌前，匆匆坐下，放下挎包，脱下外套。一连串的动作，一气呵成。她喝了一口饮料，这才开始埋怨妖妖："你能不能不要这么高调？"

妖妖嬉皮笑脸地摆弄着自己的美甲："哎哟！大小姐，又不是什么大人物，怕什么啊？我不是担心你眼神不好吗嘛。"旁边的柳灵和婉竹低头笑而不语。

四个女孩子，青春朝气，有一些小轻熟，即使是吃着火锅，在蒸腾的雾气中，也自成一派美好。

旁边桌位上，恰巧是一桌男孩子，貌似也涉世不深。一个男孩被同伴怂恿着，来到了她们的桌位前。他手里端着一杯饮料，腼腆地笑笑，朝沐筱举了举杯子："你好。我叫向宇，不知道有没有荣幸认识一下你。"

三个女孩子，以妖妖带头，顿时起哄："哟哟……"沐筱的脸一下子红了，却故作大方地冲男孩笑笑："我叫沐筱。"对于男孩留联系方式的请求，沐筱婉拒了。男孩悻悻地回到了邻桌。邻桌响起了一通嘲笑声，笑男孩魅力不够。

四个女孩子，相视默契一笑。柳灵幽幽地开了口："沐筱还是那么受欢迎。要是凌风在，他肯定会跟刚才那人喝一杯……"婉竹打断柳灵："哎哟！好久没见了，聊点儿有趣的事吧。"婉竹语毕，和妖妖一起白了柳灵一眼。柳灵自觉说错了话，就住了口。沐筱眼神恍惚，像是什么都没听见。

妖妖为了打破尴尬局面，故作神秘地说："跟你们讲个事。你们知道我老板吗？就那个大腹便便的……"沐筱漫不经心地摆弄着手机，随手拍了一张一片狼藉的桌面的照片，发到微博上，配上一句文字："夜微凉，愿内心温暖如初。"

妖妖绘声绘色地跟大家聊着老板的花边新闻。柳灵和婉竹听得聚精会神。沐筱快速调整了下情绪，也投入其中。几个人时而哈哈大笑，时而窃窃私语。她们畅所欲言，分享着各自的近况和身边的八卦。看天色不早了，四个女孩就起身往外走去。

火锅店门口，突然来了很多记者，正门被围了个水泄不通。几个女孩奋力往外挤，却也好奇，难道这家店里有大人物？沐筱没能立刻挤出去，而是被几名记者拦住了。她恍惚听到有人说："是她吧？"妖妖几个人站在人群外朝她挥手，像她来火锅店时那般："沐筱，你愣着干吗？快出来啊！"

可是，沐筱被人阻拦着，隐约感觉有人拉着她的胳膊，挣脱不开。闪光灯在她面前闪烁个不停。她无措地咬着嘴唇，呆呆地站在原地。"请问，你和皎奕是什么关系？他是你男朋友吗？""请问，你和皎奕是什么时候认识的？"

皎奕？沐筱一头雾水，一句话也说不出来。是那个声名显赫的男明星皎奕吗？沐筱呆呆地望着镜头说："对不起，你们认错人了。我不认识什么皎奕。"

突然，有人喊了一声："那不是向公子吗？"人群中又是一阵骚动。沐筱眼前的记者顿时被分流了一批。她趁着混乱挤出人群。妖妖几人站在冷风中，看到她出来，忍不住埋怨："磨叽什么呢？赶紧走，明天还得上班呢。"

沐筱淡淡地笑道："没什么，人太多，挤不出来。"她回头看了一眼。远远地，几名年轻男子的身影在前面奔跑，后面一群记者紧紧相随。她忍不住笑出声来，内心嘀咕着：这些记者，男女都能认错了。明明要逮的人是个男子，却愣是堵着我喋喋不休。虽然这样想着，但她内心还是生出了一丝疑惑：皎奕的女朋友？

* 2 *

皎奕一大早就被经纪人艾伦一通怒气冲冲的电话吵醒了。

"皎奕，你这也太不拿自己的前途当事了。你走的可是偶像路线。你这冷不丁闹的是哪一出？"迷迷糊糊中的皎奕有点儿如丈二和尚摸不着头脑。但是，他还是好笑地想象着艾伦那张涨得通红的脸。鼻梁上的眼镜，大概会因为难以自控的怒气，随之一起一伏吧？

他懒洋洋地回答："什么事啊？一大早大呼小叫的。你又不是不知道，我昨天拍戏至深夜。哪有时间去大闹天宫啊？我这孙猴子，怎么能逃出你的手掌心，独自去玩耍？"

"你少跟我臭贫，有你哭的时候。你自己去看新闻吧，铺天盖地全是你的新闻。我还以为，你能保持一贯的冷淡风。看来，是我太天真。"艾伦说完，"啪"的一声挂了电话。

皎奕这才意识到，艾伦不像是在开玩笑。他打开电脑。果然，满屏都是他的新闻。主题无一例外，全部都是"偶像男星皎奕神秘女友浮出水面"。

随便打开一个报道，他都能看到一个女孩醒目的照片。女孩瘦瘦高高的，站在一家火锅店门口，牙齿轻咬下唇，一脸茫然。几缕头发贴在额头，有汗湿的痕迹，显出一丝慌乱。

倒是个清丽的女孩，只是并非国色天香。皎奕感到有些好笑。这些娱乐记者，到底是什么眼神啊？这样一个普通的女孩，怎么会入得了他皎奕的眼。他皎奕的绯闻女友难道不应该是倾国倾城的吗？即使是与他皎奕擦身而过的路人甲，都比这个女孩有姿色。娱乐记者，拜托你们长点儿心吧。

不过，这帮娱记虽然玩的还是情感绯闻那一套，有一点倒是出乎皎奕意料的。以往的明星绯闻中，"素人"不多见，都是圈内有些熟悉度的人。这次，眼前这个女孩倒是全然陌生的，有着一张不谙世事的脸。

随便浏览了几行新闻，皎奕就放心地关了电脑。小事而已，会像娱乐圈任何一起闹得沸沸扬扬的绯闻事件一样，很快就销声匿迹了。不对，只会更快地偃旗息鼓。

虽然断定这对他的生活和工作不会造成任何影响，但他还是一下子变得毫无睡意。当真是一张完全陌生的脸吗？为什么会有一丝熟悉的感觉？那双眼睛，那神情，那身形……

他起身走进浴室，打开淋浴。水珠落到他白皙的皮肤上，滚过他结实的肌肉，落到地上，摔成几瓣，水花四起。记忆中，跟眼前女孩有几分相像的那个她，顺势跳了出来。

大学时，他就读于容城T大。第一次见到那个女孩时，他读大二，安可儿尚在他身边。可恶，安可儿这个名字让他的心一揪。安可儿是他大学时的女朋友，算得上初恋。皎奕是T大公认的校草，安可儿整日黏在他身后，"倒追"了他很久。

都说"女追男隔层纱"，不知道从哪一刻开始，两个人就在一起了。一次，不知道为什么，两个人开始了冷战。终究是安可儿耐不住，跑过来找他："我说，你知足吧。你能找到我这样智慧与美貌并存的女生做女朋友，真该捧在手心里。"

明明是自己倒追的人家，气势却十足，这就是安可儿。皎奕好笑地开了口："我是一个很客观的人，论外貌，你算得上美貌。"安可儿貌美肤白，大长腿，身材很棒。这倒不是虚的。听到这句，安可儿略略得意了几分。

可是，皎奕接下来的话，让安可儿十分不服气："可是，论智慧，这容城多数有智慧的女孩子，都进了隔壁的R大。"R大是T大的邻居，在容城是数一数二的高等知名学府，在全国也颇有名气。T大是艺术类大专院校，虽说在同类院校中，也算有一定的地位，但是与R大相邻这事，真真是让T大丢尽了脸面。

原本毫无瓜葛的两类院校，因为毗邻，总是被大家放在一起讨论。众人口中，R大是"学霸聚集地"，T大是"差生集中营"。许多人一听到T大，总是随口补充问道："就是R大隔壁的T大？"所以，两所大学就有了一些"积怨"。当然，这"积怨"其实多半是单方面来自T大，毕竟被伤了自尊的是T大的学生。

安可儿一听皎奕这话，顿时语塞，眼珠一转，顿生一念："然而，这R大女生只是徒有内涵，没有本姑娘这么貌美如花。要你选，你选金玉其外，还是金玉其内？"话里话外，明显有十万个不服气。

皎奕倒也没正面接话，怼回一句："哎，怕只怕，这R大的姑娘，智慧与外貌并存。你说说，我该怎么选？"安可儿跳了起来："人人都说R大女生是恐龙。你说的这种情况不存在。"看到皎奕不以为然，安可儿心生一计："今天正好是周日，校园里女生应该不少。我们不如打个赌，在R大女生宿舍区外的那条路上'守株待兔'，一个小时之内，只要见到一个美女，我算你赢，我给你洗半年的衣服。"

话已至此，皎奕心里也生出了几分好奇。大学读了一年多，他还没好好研究过"邻校"的女生。他立刻应下，两个人说走就走。

因为是周末，天气也不错，这条路上不时有女生出没。大半个小时过去了，皎奕有些泄气，安可儿倒是欢欣鼓舞。走过的女生，真没有一个能称得上美女的。偶有脸长得不错的，身材一般。

就在皎奕泄气时，一个女生走路带风，不知何时从哪个方向走来，一抬头却已有些走远了。皎奕只觉眼前一亮，直觉告诉他，这是个美女。与身边安可儿的短发热裤、性感热辣不同，对方长发飞扬，白裙飘飘，身姿婀娜。他有些振奋，用手捅了捅正得意忘形的安可儿："一个小时的打赌约定，已经过去四十五分钟了，要不是她出现，我大约要输了。眼下，你输了。"

安可儿看着女生的背影，哑然："你只凭一个背影，就断定我输了？大家都说，R大女生一回头，吓倒一排教学楼。R大女生二回头，山崩地裂水倒流。R大女生三回头……"安可儿诗兴大发，自顾自地说下去。

皎奕淡定地打断她："没事，只要她一直不回头，也算我赢。"安可儿不满地跺脚抗议："凭什么？我一定要让她回头，一辨雌雄。"皎奕笑道:"多读点儿书,我们现在是一辨美丑。"说话间,女孩已越走越远,安可儿拉着皎奕快走几步,边走边给自己寻退路。

万一真是个美女,自己岂不是颜面无存了?她嘟囔着:"不仅得脸长得好看,声音也必须好听,像本姑娘这铃儿响叮当般的嗓音,才算你赢。"眼看着安可儿是想要赖,皎奕倒也不和她一般见识,应道:"嗯,只要你能让她开口。"

* 3 *

快追上时,安可儿急中生智,一把掏出皎奕的钱包:"哎,前面的同学,你钱包掉了。"那个女孩闻声转过身来,看了眼钱包,笑着回道:"这不是我的钱包。"

皎奕和安可儿齐齐愣住。貌若天仙倒说不上,但真真是一个漂亮的女孩子。她笑起来特别明媚,眼角眉梢都是阳光的味道。脸上略略带着可爱的婴儿肥,五官秀丽。看两个人愣愣的不说话,那女孩再次开口:"嗯,从钱包的款式上看,失主应该是一个男生。从图案上看,这男生的性格有些桀骜不驯。另外,从钱包边角的磨损来看,更加能确定,失主是个男生。"

安可儿偷眼看皎奕,两个人都有些尴尬。皎奕一头黄发在风中有些张扬,身上的配饰叮当作响。正如女孩所说,皎奕就是一个桀骜不驯的主儿。安可儿誓死抵赖道:"哦,真不是你的吗?我远远地看着从你身上掉下来的。"

女孩并未注意到两个人神色有异样,自顾自"卖弄"完刚学的心理学知识之后,自我嘲弄道:"哎,其实我说的这些并没有什么用,要寻找失主,只有一招。"刚被女孩一番分析"镇住"的两个人,听她这么一说,好奇地睁大眼睛,问道:"哪一招?"

女孩调皮地眨眨眼睛:"失物招领啊。"皎奕不禁失笑。倒是一个漂亮聪明又活泼的女孩。这样的女孩,他在T大从未见过。安可儿和她俨然不是同一类人。女孩也肆无忌惮地哈哈大笑起来。

那天,安可儿失落了一个下午。自那天起,她再没说过R大无美女的话。不过，两个人倒是再次和好如初。

那时候的日子，总是那么简单明媚。当然，那时候，皎奕还不叫皎奕，安可儿也不叫安可儿。但是，他们却都是真实的自己。

回忆播放完毕，皎奕的眼前再次出现报道中那个苍白的女孩。虽然二人确有相似之处，但是天下怎么可能有这么巧的事情？时隔多年，再相遇？况且，仔细对比起来，两个人确实不是同一个人。若眼前的女孩，再略略胖上一二分，神色再飞扬一些，眼睛再明媚一些，嘴角再多些笑意……

这样一想，皎奕倒笑了。再做这些改变，那俨然就是两个人了，怎么可能是同一个人？最近大概是有些怀念从前了，才会有此恍惚。若是当年的她站在他眼前，他大概一眼就认出来了。皎奕在内心这般自信着。那她会不会一眼记起自己？大概是不会的，于她，自己不过是个路人。

总有一些时候，人们自信，曾经的人，一眼万年，永不会忘记。对方若出现，人潮汹涌中，自己必能一瞬认出。从来没有人会意识到，记忆的不牢靠，恰恰在于它过于牢固，定格在瞬间，多年不变，哪管现实早已物是人非。

浴室外，手机坚持不懈地呼唤着，打断了皎奕的回忆。他快速地用浴巾裹住身体，走出浴室。除了一大堆好友来电，还有一些陌生号码。最坚持不懈的那个，就是艾伦。艾伦之外的那些人，大约都是看了今天的报道，过来探听虚实的。他笑了笑，优先给艾伦回复。

"大少爷，你可真沉得住气啊。报道都看完了？有什么感想？"电话里艾伦的声音震耳欲聋。皎奕下意识地把话筒远离耳朵几厘米。

"我说你不要这么小题大做好不好？无非是那些记者总是抓不到我的花边新闻，随便抓个路人制造话题而已。不用理会，过几天自然就没声音了。"皎奕说着，眼前又浮现出那个女孩苍白而茫然的脸，他不自觉地扬起嘴角，嘲弄地笑了笑。要是艾伦看到他这副表情，大概又要抓狂了。

"大少爷，你到底有没有认真看报道？这个路人姑娘到底是怎么跟你扯上关系的？"艾伦这么一问，倒提醒了这个只顾嘲笑记者智商的男星。是啊，怎么扯上关系的？女孩自我炒作，借皎奕上位？可是她并非圈内人士，倒也没必要这样。再说，即使是女孩自我炒作，那又是如何成功引起记者关注的？

他一边把电话又挪远了一些，一边快速地翻开电脑。报道中声称，抓到了皎奕和女孩隐秘的互动。9月15日傍晚时分，皎奕关注了同城一个叫沐筱的姑娘的微博。这个姑娘出身普通，这正是最可疑也最确凿的证据。更可疑的是，几个小时之后，皎奕又取消了关注。

报道中有各种各样"证据确凿"的截图。果真是铁证如山啊！等等，关注了她的微博？他拼命地回想，昨天下午，到底发生了什么。

他终于记起，有个微博因为一篇文章，上了热搜，他出于好奇点开了看看，觉得有趣又有深度。他随手关注了微博，并在文章下面留了言。皎奕有个癖好，很喜欢浏览微博，但是他从来不给别人留言，很少与人互动。这次，他确实有些反常。

至于后面有没有取消关注，他一点儿都不记得了。当时，他接了几个电话，就直接去了片场。也许是帮忙打理微博的助理后面做了清理。可是，自始至终，他连这个博主是男是女都没有印象，居然被人爆了这么大一料。

"那姑娘晚上去吃火锅时顺手更新了微博，还在微博中定了位。那些狗鼻子的记者们，自然很快就顺藤摸瓜，摸了过去。"电话里，艾伦还在喋喋不休。

"皎奕，你真的要认真对待这件事情，凭着我在娱乐圈摸爬滚打的经验来看，恰恰是这种师出无名的绯闻，最能毁了一个明星的形象。那些追着你捧着你的女粉丝们，看到你爱上别人，很快就会移情别恋的。水能载舟，亦能覆舟。现在娱乐圈的更新换代有多快，我想你比我清楚。"

皎奕确实花了几十秒钟，认真考虑了下这个问题的严重性。想到那个简单苍白的女孩一定手足无措、大犯花痴，他忍不住臭美地笑了："谁摊上我这个桃花运，不会开心到癫狂？"

* 4 *

的确，沐筱一大早就忙得焦头烂额。她怎么都想不通，到底是走了哪门子的桃花运，居然跟男星扯上瓜葛。她手机都快被打爆了，还要应付公司里那些同事们好奇的眼神。最过分的还是妖妖。

妖妖打电话过来，用无比妩媚和故作巴结的语气对她说："亲爱的，你藏得好深啊！到底是什么时候攀上这高枝儿的？不管了，反正姐们儿以后就跟你混了。一千张皎奕的亲笔签名照先准备好，哎哟，我那些同事知道我是你姐们儿，都跟我预定了。另外，签名照在我们公司做活动的时候，也可以用到。你看看，当名人的姐们儿就是烦。好了好了，不说了，你忙吧。别忘记了哈，先给我弄一千张。后期再看需求吧。"

整通电话，沐筱愣是没插上嘴。这妖妖真是可恶，在一起厮混这么久了，我有几斤几两，几岁读幼儿园几岁早恋，她什么不清楚？我哪里有这么大魅力，吸引大明星的注意。她恨恨地想着，在心里把妖妖骂了一顿。

顶头上司董小姐，一个更年期提前的未婚老姑娘，让她过去汇报工作。董小姐的办公室在楼上。沐筱的公司是一个室内复式，一楼是中级管理者及员工的办公区域，二楼是公司高层办公室。

一楼大厅采用的是开放式的办公布局。从上面俯视，各个部门的分区形状各异。有的部门似心形，有的部门像一片四叶草。一楼和二楼的连接处，是一道造型别致的楼梯。整道楼梯呈螺旋状，像矗立在室内的一股龙卷风。

沐筱踩着这股"龙卷风"，稳步走进了董小姐的办公室。汇报完毕，董小姐郑重其事地问她："听说，皎奕是你男朋友？"沐筱立马慌张地澄清："都是误会，那些娱乐记者乱写的。我……"没等她说完，那老姑娘就生硬地打断她："我不关心你那些乱七八糟的感情生活，我只是想提醒你，别影响公司和工作。"说完，不耐烦地摆摆手，以示沐筱可以出去了。

沐筱没再多做解释，转身离开董小姐的办公室，整理了下思绪继续工作。陌生号码一概不接，熟悉的号码选择性接听。这一天，她过得前所未有地艰难。

　　好不容易挨到下班，她松了口气，大步走出公司。从等电梯开始，就有很多人对她指指点点。她索性把脖子上的丝巾包到头上，把墨镜戴上。

　　走出办公大楼，她拿下丝巾和墨镜。她抬头看了看蓝天，松了一口气，内心却又感觉到有些沉甸甸的。他在哪里呢？如果他在身边，她应该会豁达地一笑而过，内心不至于这么悲凉吧？就这样一路走一路想，她没乘坐任何交通工具，信步走着。

　　在她身后，远远的地方，一辆白色轿车慢速跟行了一段时间，然后疾驶而去。车里，司机问皎奕去哪里。他半天没有回答，翻了几页手边的时尚杂志，一直愣在那里。他走神了。司机问了几遍，他才回过神来，说了句："去片场。"

　　到了家，沐筱把背包、外套往沙发上一丢，人就势直挺挺地倒在松软的沙发上。这一天过得真是疲惫不堪。躺了几分钟，她被手机来电惊了一下。她并不想理会。铃声停了下来，仅仅安静了几分钟，妖妖、柳灵和婉竹的电话又开始轮番轰炸。

　　她叹了口气，索性把手机设成振动，继续静静地躺着。此刻，大概全世界的女孩都觉得她是个幸运儿吧？即使不是皎奕真正的女朋友，又怎样呢？多少灰姑娘一辈子都在渴望能遇到一个王子，还能闹出点儿绯闻？可是，沐筱并不觉得开心，她只是很想念一个人。

　　她觉得没有力气做晚饭，就给自己泡了一碗面。她居然退回到用开水直接泡面的地步。从前，她会把一碗泡面做出豪华大餐的感觉。沐筱抱着双腿坐在沙发上，呆呆地看着眼前的面，眼泪却开始肆虐。他在哪里呢？她一直相信他还在！

* 5 *

　　沐筱被噩梦惊醒，吓出了一身冷汗。她伸手摸过床头的闹钟。糟糕，她昨天忘记设闹铃了，上班快来不及了。她急忙冲进洗手间，刷牙洗脸，一气呵成。她匆匆化了一个淡妆，拎起背包往门外冲。她刚掏出钥匙，准备锁门，手机响了。

谁啊？非挑这个时间打电话。她胡乱瞄了一眼，发现是同事晓彤。电话刚一接通，晓彤失控的声音就传了过来："沐筱啊，你今天别来上班了啊！这是董小姐说的。"沐筱疑惑地问："为什么呀？"

晓彤焦虑地说："不知道从哪儿冒出一堆记者，点名要采访你，把公司门口围得水泄不通。领导很生气啊！你自求多福吧。哎哎，我不跟你说了，董小姐叫我呢。记住了，今天别来上班啊，避避风头。"

那端，电话猝然挂断，只剩下"嘟嘟"声。沐筱内心一阵空荡荡。刚才担心迟到的冲锋陷阵般的劲头，一下子松懈下来，人反而不自在。在工作日的今天，不上班做点儿什么呢？这不是问题的关键。问题在于，晓彤让她避避风头？她想不通，为什么要避风头，这风头到底要避多久？

她想到董小姐那张尖酸刻薄的脸，内心不禁一阵战栗。她返回房内，放下背包，颓然地瘫在沙发上，呆呆地望着天花板。

不行！虽然这件事情本身跟我并无瓜葛，但是我不能坐以待毙，任人宰割！娱记啊娱记，既然你们有这么灵敏的嗅觉。那我就跟你们好好聊上一聊吧。

这么一想，她立刻打开电脑，登录微博，打下几行字：我沐筱与明星皎奕毫无瓜葛。微博之事，纯属偶然。请各位不要再纠缠，我只想回到我自己的人生轨道上，不受打扰。谢谢各位热心的记者，请各位奔走相告。辛苦大家了！

她特意@（中文名称艾特）了几个知名的娱乐大V，希望此事能更快地告一段落。她想，明天应该就可以平静了吧。只是一个误会而已嘛，大家只要发现了这个真相，事情自然就结束了。既然如此，那就趁今天这个机会好好休息一下吧。

她打开网页，去查看同城驴友近期有什么活动。前段时间太忙了，她和这帮驴友都快要失联了。

与沐筱发完微博的轻松心情截然不同，皎奕的经纪人艾伦简直要气炸了。他实在搞不懂，这个姑娘到底要做什么？这个微博声明无疑于一颗定时炸弹！而他原本是想以不变应万变，静观其变，再顺势而为。她这一举动，让艾伦觉得很被动。

果不其然。仅仅半个多小时，各路媒体的报道铺天盖地地出来了。主题自然又是出奇地一致："皎奕事件女主首次发声，宣称两人并无瓜葛。"更有甚者，不惜扭曲事实，夸大其词地吸引眼球："皎奕事件女主发声撇清关系，恋情首曝光即疑似面临情变。"

沐筱对此全然不知。艾伦看着报道，暴跳如雷。这些娱乐记者写东西真是没深没浅，信口开河。他思索着，下一步该如何走。皎奕是青春偶像，再加上他有新剧即将上映，这些报道对他很不利。艾伦认为，现在还不是出击的最好时机。只不过，他不能再任由那个叫沐筱的姑娘"胡闹"下去了。

他起身拨了一个电话。很快，一个手机号码发到了他手机上。他嘴角略微上扬了一下，露出一个微笑。他很快又拨出了电话。

沐筱盯着陌生号码，愣了很久，还是接了起来。电话一接通，一个陌生男子的声音响起来："你好，请问是沐筱小姐吗？"沐筱疑惑地回答："是我，您是哪位？""我是皎奕的经纪人。有件事情想拜托沐筱小姐，还请沐筱小姐后面不要擅作主张，发些莫名其妙的微博。这给皎奕的声誉和生活造成了很大影响。"

似是做皎奕的经纪人太久了，艾伦的语气里带着几分习惯性的居高临下。沐筱内心"噌"地升起了一股火。对皎奕的声誉和生活造成了很大影响？想到被记者围追堵截，不能正常上班，沐筱就觉得委屈万分。到底是谁影响了谁的生活？

她强压内心的火气，用冷静的声音回复艾伦："这位先生，请您说话客观一些。我的生活节奏现在完全被打乱。作为一个普通的女孩，发微博声明是我能想到的唯一解决问题的方法。不知您对这件事情有什么更好的建议？"

艾伦淡定地说:"只要沐筱小姐不擅作主张,我这边自有应对措施。"沐筱内心冷笑了一声。到目前为止,完全没有看到任何回应,这就是措施。她礼貌而带着几分生硬地回道:"好。那还请您早点儿拿出应对措施。虽然,我现在尚未看到您的措施,但我很愿意相信您能救我于水火之中。如果您没别的事情,我就先挂了。"她的语气不免有些讥讽。

挂了电话之后,沐筱的火气慢慢消了几分。她冷静下来,觉得自己似乎有些无理取闹了。不管怎么样,大家都想一起把这件莫名其妙的事情解决。其实,大可以心平气和地好好沟通的,可是牛脾气上来的沐筱,总是倔强地不管不顾。

她打开微博一看,着实被刚出来的那些报道吓了一跳。也许,娱乐圈不比普通人的生活,处理问题不应该像自己想的这般简单。她认真地考虑了一下,还是决定听艾伦的,不再擅作主张去回应这件事情了。

这样一想,她抬手删除了微博。她心里默念:艾伦先生,我能做的也就这些了。我这么听话,可不是因为我怕你,我只是想默默地对我刚才的无礼表示一下歉意而已。我只能做到这一步了,接下来就看你的了。

被沐筱挂了电话的艾伦,嘴角浮起一丝不易察觉的微笑。这小姑娘有点儿意思。能跟皎奕扯上点儿关系,这是多少女孩梦寐以求的事情?可是,电话里,他感觉不到对方有一丝的"受宠若惊",反倒有点儿"盛气凌人"。

遇到不按套路出牌的事和人,这真是让人头痛。他放下电话,用食指和中指不断按摩着太阳穴。也许,事情并没有那么糟糕,是自己想多了。

6

正在片场拍戏的皎奕,对此刻发生的一切全然不知。他正在为一个桥段犯愁:男一号和女一号第一次拥吻。

皎奕总也进不了状态。导演喊"cut(停)"喊了很多次。女一号素有"男神收割机"的称号,和很多大腕儿合作过,还很少在吻戏里这样被导演不断喊"cut"。导演只好让大家原地休息。

前来探班的记者,一看到暂停休息,都不顾阻拦,一窝蜂冲到皎奕面前。皎奕淡然地看着面前的一帮人,脸上是惯常的冷漠神情。一名记者抢先开了口:"皎奕,你好,请问你对沐筱发布的最新微博有什么看法?你们真的是经不起曝光,恋情见光死吗?"

皎奕脸上有一丝不易察觉的诧异。他以为这群记者都是来探班新剧的。沐筱?他在脑海里急速地搜索这个名字。虽然,距离沐筱第一次曝光在大众视野里,仅仅过去了不到两天的时间。

微博?想起那个瘦削苍白的女孩,他嘴角浮起了一丝微笑。有记者迅速捕捉到了这副表情,趁势追问:"请问,你们在一起多久了呢?""对于此事,第一时间做出回应的是沐筱本人,你为什么迟迟未做出回应?"

此刻,皎奕还不知道沐筱微博发声明的事情。他一脸茫然。看着记者们那一张张充满期待的脸,他觉得这些人好笑极了。捕风捉影果真是能让人充满亢奋感。每个记者都争先恐后地发问,他的耳朵里嗡嗡声一片。

该死的艾伦,这个时候跑到哪里去了?那个小助理被记者挤在人墙之外,一脸慌乱。不过,就算他挤进来又能怎样?他只不过是一个刚毕业的小助理而已。

就在这时,剧组有人出来招呼演员到位,准备开拍。记者们悻悻的,却不甘心这么快散开。皎奕一句话都没说,自始至终一副淡淡的事不关己的表情。这着实让他们扫兴。沐筱那边见不到本人,好不容易堵到皎奕,却又探不到任何口风。

皎奕走出人群,往剧组方向走去。刚走了几步,他忽然停下脚步,回头冲着失望满满、尚未散开的记者,说了一句:"无可奉告。"说完,他转身大踏步走开。记者们顿时有几分沸腾,离得较远的记者着急地向其他记者打听,皎奕到底说了句什么呢?

这时,艾伦终于出现了。他看着欢欣鼓舞散去的记者,有些摸不着头脑。他远远地看着皎奕,神情并无任何异常。皎奕很快又投身于那场吻戏中。几条之后,这个镜头终于过了。艾伦松了一口气,每次拍亲密戏,皎奕都颇让人费心。

当天拍戏结束时,夜已经有些深了。在回去的路上,艾伦随口问皎奕,记者围攻的时候,他跟那些人都说了什么。他对皎奕面对媒体的表现一直很放心,所以也只是随口问问而已。

皎奕淡淡地说:"无可奉告。"艾伦暴跳起来:"无可奉告?你居然对你的经纪人说无可奉告?"皎奕冷静地看着艾伦,喝了口饮料,才缓缓开口:"不是对你说,是我对记者们说,无可奉告。"说完,他嘴角浮起一丝笑容,悠然地看着艾伦。

艾伦只觉眼前一黑。无可奉告?这个添乱的家伙!他恨得咬牙切齿:"皎奕,你能不能不要这么任性?什么无可奉告?你根本就是一无所知。你不要去挑战那些记者的想象力,好不好?"皎奕耸耸肩,戏谑地说:"是啊!我一无所知,所以无可奉告啊!"他秀美的眼睛里有着恶作剧般的淘气。

艾伦把手机摆到他眼前。手机打开的正是今天的各种娱乐报道。那个叫沐筱的女孩发了声明,说和他皎奕毫无瓜葛。他的第一反应居然是冷笑。这世间多少女孩迷恋着他,这个女孩对自己却无感?他敢百分之百肯定,她一定也是自己的迷妹一枚。

皎奕一不小心又走了神。艾伦压住内心的无名火,咬牙说:"大少爷,皎奕陛下?您能不能就保持自己一直以来的媒体形象,冷眼看待各类事件。其他的交给我,好不好?您这一句无可奉告,到底是什么意思?"

是啊!为什么今天自己失了态?他皎奕面对媒体,除了事先准备好的套话,从来都不多说一句的。记者们对于他冷漠的表情早已司空见惯了。今天,他居然"正面"回复了记者们的提问。当然,他的内心并不认为这四个字会对自己有何不利。

车子在门口停下。他跟艾伦说了再见,就径直下了车。到门口时,他一手插在裤子口袋里,一手抬起来,冲身后摆了摆,做了个挥手作别的姿势。顾长的身影,在幽暗灯光下,依然轮廓清晰,挺拔帅气。皎奕在演艺圈会如此风生水起,确实有几分天注定。这样的美男子,真是连男人见了都会感叹。

艾伦呆呆地看着他的背影,直到看不见了,才开车离去。只是,这小子做事从来都不愿意"任人摆布",总是率性而为。他从前对媒体"冷处理""以不变应万变"的那一套,从来不是什么公关手段,只不过是为人清高冷酷罢了。这点倒让艾伦颇为放心,言多必失,冷酷不多言,起码不会节外生枝。

只是不承想,在这件事情上……艾伦只觉得脑门又是一阵疼痛,明天又会有一场没有硝烟的战争。

此时,皎奕倒是毫无心事。他站在阳台上,点了一根烟,随意地抽了几口。修长的手指间,一点光亮,忽明忽暗。光亮间,他幽深的双眸,看不出任何异样。

7

一连几天,沐筱都是睡到自然醒。不用上班的上班族,并不会多出很多自由。她只觉得心好累。

她发了微博声明,然后又删除了微博。可是事情并没有朝着自己想象的方向发展。前几天,晓彤又打电话转达了公司的意思,让她暂时不要去公司了。具体什么时间回公司,公司会另行通知。

沐筱的内心一阵空落落的。也不知道要这样耗多久,再多耗几天,本月的工资可要大打折扣了。又快到月底了,房租,生活费,给父母的补贴……厨房的泡面已经不多了。天哪!她头皮一阵发紧。老祖宗曾说,车到山前必有路!原来,只是悬崖峭壁而已!

当初,她进入这家公司,可是经过层层选拔的。这家公司在业界知名度相当高,福利待遇也好,所以竞争激烈。最重要的是,公司特别舍得投资培养新人。

难道她沐筱的职业生涯就要这样断送在此?呸呸呸,一个误会而已!难道她就要这样成为误会的牺牲品吗?苍天啊!大地啊!拜托了,这种"烂桃花"还是给别人吧。她沐筱消化系统不好,怕是消化不了这么大一个"馅饼"。

正在胡思乱想之际,手机短信提醒,她的银行账户入账一万元,打款人婉竹。她顿时松了口气,还是婉竹心细。婉竹出身书香门第,家境优渥,温柔贤淑,心细如发。

紧接着,婉竹的电话进来了:"筱筱,趁着这段时间不能上班,你就好好休息休息。钱的事情你不要太惦记,你先用着,以后慢慢还我就好。"沐筱调皮地说:"婉竹,还是你最好了。妖妖和柳灵两个丫头最没良心了,每天就是变着法子跟我八卦。'你和皎奕到底怎么回事啊?''怎么会背着我们搞出这么大绯闻?'"

婉竹在电话那端抿嘴笑:"好了,你明知道她们只是逗你玩而已嘛。你呢,也别想太多了。这也不是什么坏事,只是暂时影响到了你的生活而已,用不着沮丧。"

沐筱心里一暖。从大学开始到现在,风风雨雨,都是这三个闺蜜陪着自己。婉竹也终于摆脱了从前的阴影,找回了真正的自己。四个女孩近若血亲、固若磐石的友情,是从哪一刻开始的呢?大概是从四人齐聚206宿舍那一刻,友谊的缘分就注定了吧?仿佛集齐了龙珠那般,一下子召唤神龙,友谊的力量变得势不可当。

R大有专门的女生宿舍区,全校女生集中住宿,气势很是庞大。沐筱和妖妖是同一个专业的,分在206宿舍。柳灵报到有点儿晚,在本专业落了单,也被分到了206来。

四人宿舍空出一个床位来。三个女孩一起度过了大一上学期。下学期时,辅导员通知她们,会有一个外专业女孩加入206宿舍。三个女孩欢欣鼓舞,终于要有第四个小伙伴加入了。辅导员欲言又止,最后只说了一句:"这个新来206的同学,什么都挺好,就是有点儿敏感。你们好好相处,不要欺负新人。有什么事情及时跟我讲。"

妖妖不满地撇嘴:"老师,看您说的,好像我们三个是会欺负人的主儿似的。"虽不是自己的辅导员,柳灵也忍不住帮腔:"就是,我们三个处得跟亲姐妹似的。"辅导员冲柳灵笑道:"你别跟着瞎起哄，别以为我不知道你是哪个专业的，辅导员是谁。"

柳灵吐了吐舌头，没再说话。沐筱留了个心眼，问道："老师，大一刚过上学期，这个时间点，为什么会有宿舍调动呢？"辅导员嘴巴动了动，只丢下一句："特殊情况。"

婉竹出现在宿舍门口时，三个人吓了一跳。原本准备好的欢迎词，到了嘴边，却生生地咽了回去。眼前的女孩，漂亮倒是漂亮的，只是两眼无神，两个大大的黑眼圈，更让她显得异常憔悴，看起来一点儿都不像一个大一的学生。

她低着头，默默走到自己床铺前，悄无声息地整理起东西。沐筱最先反应过来，走过去打招呼："嗨，你好，我叫沐筱，欢迎加入206。"她抬起头来，看了一眼沐筱，敷衍似的应了一声："嗨。"

见这阵势，妖妖也收敛了往日的张扬，柳灵识趣地没再说话。第一次会面，很不成功，甚至可以说是令人沮丧的。后来，三个女孩才断断续续得知一些关于婉竹的事情。婉竹出身于书香门第，原本成绩优异，性格开朗。高考那年，她发挥失常。家里动用了一些关系，才让她被R大破格录取。

进校不久，婉竹被破格录取的消息就慢慢传开了。本专业的同学开始对她冷嘲热讽的。原来宿舍的三个女生结成小团伙，有意无意地排挤她。当着婉竹的面，三人对她极其客气，一转身，话里话外对她又嘲笑不已。

跟同学关系不佳的婉竹开始整夜整夜地失眠，久而久之得了轻微抑郁症，不愿跟人打交道。206宿舍的三个女孩这才意识到辅导员那句"有点儿敏感"是什么意思。刚开始，三个女孩在婉竹面前总是小心翼翼的。

随着时光的推移，她们才发现，婉竹是个心思澄明的人，只是天性被流言压抑。慢慢地，四人竟成了无话不谈的好闺蜜，相互抵挡风雨。人生的缘分，真是奇妙。大学四年，四人一起经历了风风雨雨，好似今日这般，互帮互助。

放下电话，沐筱突然觉得内心轻松了好多。不如趁着这个机会出去参加驴友这个周末的郊外行。秋天来了,正是郊外踏秋的好时节呢。她起身伸了一个懒腰,用头绳随意地绾了几下,一个活泼的丸子头就呈现出来。

大山啊,江河啊,我来了。沐筱一扫不快,内心多了几分雀跃。

8

而皎奕这边完全没有一丝清净可言。艾伦真的很怀疑,最近这些人的智商是不是都被狗吃了?说了不让她擅自行动,可挂了电话,她偏偏又自作主张地删除了微博。皎奕则似乎是在配合那个傻丫头,居然送了娱记们四个字——"无可奉告"。

娱乐圈最有杀伤力的,难道不是这看似包含一切秘密的四个字吗?这简直勾起了娱乐记者的一切想象力。有时,这四个字更像一个昭然若揭的承认。

皎奕恋情浮出水面,事件又有了新进展。女主发微博声明,似是保护皎奕事业不受影响。但是,微博又很快被删除。素有"媒体冷面杀手"之称的皎奕,居然首开金口,回复媒体"无可奉告"。

整个事件看来,两个人似乎在有意相互保护。删除微博,似是皎奕方的意思。"灰姑娘"被深情怜惜,双方恋情有望得到进一步公开和承认。

艾伦深吸了一口气,告诉自己要冷静。在娱乐圈混了这么久,什么大风大浪没见过?这点儿小事,跟以往任何一次相比,只不过是毛毛雨。只是,不要阴沟里翻了船才好。没有套路的事件,就像没有招数的高手过招,最让人头痛。

这几天,只能暂时按兵不动。要好好冷静下,等有更合适的处理思路时,再做行动。至于皎奕那边,等他忙完这几天的戏,要跟他一起筹划下。呃,其实,这件事情,倒也不是那么糟糕。新剧下月月初上映,这也算一个不动声色的炒作。虽然,这并不在计划当中。

最近的网评中,风向还是有利于皎奕的。一直以来,皎奕在圈内并没有恶名传出,作风正派,感情生活干净。这次事件,被圈内人和粉丝们定位为"灰姑娘与白马王子之恋"。很多人声称又相信爱情了。

这么一想,艾伦的心又稍稍放下了几分,可以暂时不用那么紧张了。当然了,这种节外生枝的炒作,对他而言,宁可不要。他最恨不可控事件的发生,一切尽在掌握的感觉才是每个人都喜欢的。所以,一定有办法能将这件事情圆满解决,让公众相信这只是一个乌龙,却又能增加几分对皎奕的喜爱。

与艾伦纠结不安的心情相比,沐筱开始试着放轻松,来享受自己不能拒绝的假期。

周末天气还是很不错的,没那么热,有了几分秋高气爽的味道。这次驴友活动,大家并没有选择远处的景点,而是选择了去郊区登山。这座山的日出景色很美。大家准备在山顶野营看日出。

沐筱一身白色运动套装,头戴一顶运动帽,脑后束起了高高的马尾。人看起来特别精神,带着几分校园女生的青春和简单。

沐筱和这群驴友中的大多数人都相识已久,是很好的朋友。今天队伍里面多了个新人。在活动开始之前,队长组织了一次简单的自我介绍。

沐筱总觉得有双眼睛一直停留在自己的脸上。待她转过脸搜索时,那道目光又倏地不见了。她在内心自我嘲笑,最近大概是被那群记者弄得有些疑神疑鬼了,到哪里都觉得自己是焦点,真是无药可救了。

新加入的男孩最后一个做自我介绍。男孩叫向宇,刚从国外回来。他身材瘦削颀长,眉目清秀,眼睛大而有神,鼻梁高挺,嘴唇饱满而红润。头上戴一顶灰色运动帽,上身穿着一件白色连帽运动衫,下身穿一条灰色休闲运动裤,脚上穿一双白色运动鞋。

他一边自我介绍,眼神一边有意无意地从沐筱身上掠过。沐筱总觉得这个人有点儿眼熟,却想不起在哪里见过。驴友中突然有人起哄:"哎哟喂,你俩不会是早就认识了吧?今天还穿上情侣装了!"

被人这么一说,两个人再次认真地打量了下彼此,目光有了短暂的对接。两个人今天还真像是约好的一般,连帽子的颜色都一样。沐筱有些不好意思,脸微微地红了起来。向宇倒是坦然大方,目光热烈地停留在沐筱的脸上。沐筱低下头,刻意躲开了他的目光。

简单的自我介绍之后,大家就一起向着山顶前进。一路上树木青翠,繁花似锦。这样的登山活动,对这群老驴友来说,简直太轻松了。大家有说有笑,悠然自在,如同在平地上散步。

驴友们相互询问最近工作的状况,都"预谋"着这次预热之后,开始筹划一次大型户外活动。

一提到工作,沐筱就有些沮丧。不知道这样"无业游民"的生活,她还要过多久。大家看她对于这个话题一直一言不发,就把注意力集中到她的身上。这些驴友相处久了,还是有几分默契的,能一眼看出队友的异常。沐筱避重就轻,简单讲了一下事情的经过。大家纷纷安慰她,这不是什么大事,很快就会过去的。向宇身处队伍的尾巴,只是捕捉到一些片段,却也大体明白了她工作中的处境,暗自决定帮她一把。

沐筱心生感激。这群驴友是真正的"君子之交"。明知道这里面的"八卦",却并不刨根问底,只是点到为止。也许,大家是怕勾起她的伤心事,所以才适可而止。

大家并肩前行,边走边聊,这实在是难得的惬意。远离城市的喧嚣让人的内心平静了很多。

太阳渐渐地向西偏去,少了几分炽热。一行人稍作休息。沐筱正站在迎着太阳的方向,觉得有几分晃眼,稍稍抬起了手,遮住眼睛上方。在那一瞬间,她只觉得有闪光灯一闪,内心一阵小小的惊慌:难道有记者?只是几秒钟后,她就平静下来了。开什么玩笑?这里是风景区啊,到处可见拍照的人。风吹过她的脸庞,刘海自在地向后飞扬。长长的睫毛在风中颤动,眼睛水灵灵地闪着光芒。向宇一时之间看入了神。

9

大家到达山顶的时候,天色已近黄昏。从山顶往下看,城市的建筑物就像一个个小小的模型。车水马龙已经远得看不到痕迹了。天边的晚霞红彤彤的，把每个人都笼罩在一片迷蒙的红色中。一阵风吹过，吹去了身上的汗，无比畅快。

一群人到达山顶，卸下背包。沐筱端坐在一块石头上，静静地看着这美景。向宇在不远的地方，静静地看着她。这个女孩笑起来的时候，一脸明媚，不笑的时候，双眉微蹙，脸上写着多愁善感。夕阳下，她的美不言而喻，却又让人生出难以言表的心疼。

趁着太阳落山之前，大家快速地支起了野营帐篷。在一个开阔的平台处，大家生起了篝火，开始煮晚餐。头顶上是满天星，不远处是潺潺的小溪，草丛里偶尔传出几声蛙叫。晚餐之后，大家围坐在篝火旁边，打开了几瓶低度数的鸡尾酒，玩起了真心话和大冒险。

山顶一阵欢声笑语。毕竟大多数人都算得上老朋友，所以大家很放得开。

整个晚上，向宇的运气差了些，总是输。第一次输的时候，他选择了真心话。女驴友问他，谈过几次恋爱。他腼腆地笑笑，说初恋还在。大家一阵起哄。这么帅气的男孩，又刚从国外回来，任谁都不信，他居然没谈过恋爱。第二次输的时候，他狡黠地选择了大冒险。在这夜晚的山顶，能有多"冒险"的举动？

又是女驴友们一起出"考题"。既然他没谈过恋爱，吻一个姑娘应该算一次大冒险了。于是，大家要求他吻现场的姑娘。向宇来到沐筱面前，含情脉脉地说："我可以吻你吗？"

这时的向宇多情又绅士。沐筱微笑着拒绝了。一个女驴友挺身而出，豪爽地说："要不，我牺牲一下？"这下，大家不同意了，一致要求吻沐筱才算过。

大家铁了心"刁难"向宇。几个驴友故意火上浇油："哎哟！好不容易周末一起活动，这么扫兴呢。""没事没事，时间还早，玩不了真心话大冒险，咱就在山顶上数星星呗。"说着，大家佯装起身，作鸟兽散。

向宇无奈，继续去攻克沐筱。他稍稍俯下身，在沐筱耳边说了句:"可以给我一个吻你的机会吗?放心,我绝不会冒犯你的。"沐筱抬起头,与他眼神交汇。他的眼神明亮而纯净,像个孩子一般。

她心一横,点了点头。大家再次起哄,重新围坐在一起。沐筱眼睛一闭,扬起了脸。向宇双手轻轻捧起她的脸,在她额头深情一吻。他双手松开,双唇离开时,恍惚看到沐筱的眼里有泪光闪动。

大家发出"嘁"的声音,表达了无比失望的心情。万万没想到,这对美女帅哥居然玩了一把老套深情。不过,怪只怪当时并未强调一定要唇吻。

自知今晚运气"衰"到家的向宇提议换个游戏,这么多人不如一起玩"天黑请闭眼"。大家极力赞同,于是转战新游戏。这个游戏仿佛是向宇的强项,他屡屡得胜,无一次失手。他得意地用心理学的各种理论,对每次的胜利做了专业解说。

沐筱对于向宇,不禁心生几分欣赏。大学里,她也选修过心理学。想当初,她对心理学简直是痴迷,动不动就利用心理学知识分析身边发生的大事小事。小至分析钱包失主,大到分析报纸上的犯罪案件。曾经,那么单纯美好啊!

夜渐渐地深了,大家结束了游戏,回到各自的帐篷去。这么多天来,沐筱"失业"在家,却从没睡过一个好觉。今天在这大自然的怀抱里,听着自然的声音,反而很快地沉沉睡去,从未这样香甜地进入梦乡。

第二天早上,沐筱是被闹铃叫醒的。走出帐篷时,很多驴友都已经起床了,在静待日出。四周是清脆的鸟鸣声。向宇给自己弄了个"秋千",整个人坠在网袋里,自娱自乐地晃荡着。看到沐筱出来,他从网袋里跳出来,径直走到她面前。

"沐筱,你起来了。你要不要试试我的秋千?"他热切地看着她,带着一分紧张,似乎怕再次被拒绝。沐筱笑了笑,直接走向秋千。她侧身坐上秋千,向宇在身后轻轻地摇着网袋。任谁远远看去,这都像一对情侣。

天边渐渐亮起来,初升的阳光照亮了天空,美得像一幅画。这是夏末秋初的朝阳，没有了仲夏时的炽热美艳，也不似冬日那般金光万道。而是在雾色温情的浸润中，渐渐明朗，像个渐渐展露容颜的青春少女。

大家都看得有些出神。这座山的美景，真不是徒有虚名。之前，大家总觉得近处没有风景，并未花心思来这里赏日出。这次算是开了眼。向宇悄悄地举起相机，对着沐筱抓拍了一个镜头，然后走到她身边，静静地坐了下来。

突然，网袋一松，两个人一起掉了下来。向宇尴尬地看着沐筱，连连道歉。网袋一端没有系紧，承受不住两个人的重量，慢慢地松开了。两个人全神贯注地看日出，对此浑然不觉。沐筱从地上爬起来，大笑。

向宇看着她明媚的笑脸，顿时放松了几分，与她一起大笑。原本，他确实很不安。不知道为什么，他总是在她面前出丑。他并不是一个粗心的人，一直以来都是相当严谨的。可是偏偏一看到她，他的举动就轻易地失了分寸。越是想留下一个好印象，就越是出岔子。

看过日出，大家开始收拾行囊，慢悠悠地往山下走。明天又是工作日，喧嚣的都市生活又要开始了。远离都市，从来都是暂时的。在山脚，大家互相道了个别，就各奔东西。

沐筱背着大大的背包，往向宇相反的方向走去。她拒绝了所有人送她的好意，一个人越走越远。背影看起来倔强而孤单。向宇愣愣地看着她的背影，不舍得迈开步子离开。还好，彼此的生活终于有了交集。以后，只要能保护到这个女孩，他都会义无反顾。

* 10 *

艾伦这个周末过得可并不自在，有点儿坐卧不安。周日一早，他在某娱乐报道里，又看到沐筱的身影。虽然这次报道和皎奕并无关系，他的心还是揪了起来。多年的经纪人生涯，已经让他草木皆兵了。你永远不会知道，血雨腥风的娱乐圈里，你会在哪个阴沟翻船。

那张照片里，沐筱的身影不是很清晰，有一点儿模糊。这应该是拍照人为了突出主人公，对镜头做了技术处理。这个向公子刚一回国,舆论就这么利好,也是难得。毕竟,作为富家子弟,出现在大众视野的往往是香车美女。

报道称,向公子阳光帅气,喜欢户外运动,给人展示的形象十分正派健康。他身后不远处,正是艾伦一直不想承认的女孩。许是阳光还有些刺眼,她正好用手遮住了脸部,看不清模样,貌似毫无干系的路人甲。

对第一眼看到这张照片的人来说,一般不会注意到沐筱这个模糊的身影。但是,对于艾伦来说,沐筱则是第一眼就凸显出来的女主角。这段时间以来,他每天琢磨沐筱好几百遍,想应对措施,脑细胞不知道死了几万个了。虽然,这张照片不会对皎奕有何不利,但是艾伦还是有些不安,心里打起了鼓。

她和向公子什么关系?此时出现在他身边,应该不是偶然吧?她到底什么来头?难道之前的一切舆论动态都是她一手炮制的?不对,明明已经对她的身世摸了底,她只是普通人家的孩子,没有什么疑点。难道是调查的人遗漏了什么细节?

他恨不得当面会会这个女孩。然而周日,他拨不通她的电话,提示不在服务区。

周一上午,他再次拨通了沐筱的电话。电话响了十几声之后,那个好听的女声在耳边响起。艾伦客气地对着电话那端说:"沐筱小姐,你好。我是皎奕的经纪人艾伦,上次我们通过电话。"沐筱心里涌起了小小的失望:哎,还以为是公司来通知我回去上班呢。

她淡淡地回复:"不知道艾伦先生这次有什么指教?"艾伦用不容拒绝的语气说:"十点半,在你家楼下的半暖咖啡厅见。"我家楼下的咖啡厅?他知道我家地址?等等,今天周一,他为什么约在我家楼下?

沐筱的心头顿时打上了一万个问号。但是,她还是故作冷静:"不好意思,我现在在上班。您有什么事情,我们在电话里长话短说好了。"她有些心虚,仿佛听到电话那端的人轻笑了一声。艾伦自信地说:"沐筱小姐,您一定忘记我是做什么的了。十点半,半暖咖啡厅。不见不散。"没等沐筱再次拒绝，电话就断了。

她懊恼地从床上弹了起来，抓狂地揉了揉乱蓬蓬的头发。为什么这么被动？明明自己是受害者，还要这样任人摆布！不管怎么样，她不能输了气势，让对方觉得自己是个乳臭未干的小丫头。

这么一想，她立刻振奋精神，开始翻箱倒柜地找衣服。那条米黄色蕾丝裙？不行不行，太稚气！上次参加经销商会议时穿的那套正装？不行不行，太职场小白了！最后，她选定一件衬衣，下身穿了一条偏休闲的阔脚九分裤，脚上穿一双白色高跟鞋。职业又不古板，青春又气场十足。她对着镜子认真地点点头，表示对自己的肯定。

十点半，沐筱准时出现在咖啡厅门口。这家咖啡厅因为开在居民区，白天人并不多。白天充足的光线使得这家店看起来多了几分小清新，晚上昏暗的灯光通常使这家店显得有些神秘，让人有些焦躁不安。

她站在门口，往店里张望了一下。零星几个人散落在店内。正当她拿捏不准应该往哪个方向走时，角落里一名年轻男子冲着她招了招手。她犹豫了几秒钟，就走了过去。没等她开口，男子站起来欠了欠身，做了一个请坐的手势。

待沐筱落座之后，艾伦嘴角带着几分狡黠的笑容，悠然开口："沐筱小姐，最近休息得可好？"沐筱诧异地盯着他："你调查过我？"看到她有几分不快，艾伦收起笑容，认真地说："开个玩笑而已，别在意。冒昧地帮你点了杯卡布奇诺。"沐筱的表情稍稍缓和了一些。

艾伦开始不断地探她口风："其实，女孩子嘛，就应该过得像个女孩子。有张有弛，有工作有休息。"沐筱拿起咖啡啜了一口，心里暗暗地想：这个人如果这样说话的话，还不那么令人讨厌。艾伦用眼角偷偷瞄了她一眼，接着说："所以，闲暇之际，爬爬山交交朋友，都是很好的生活方式。"

这句话乍一听起来，还是很温暖的，但是耐不住深思。沐筱差一点儿把一口咖啡喷到他脸上。调查，跟踪？她放下杯子，挖苦道：

"看来艾伦先生对我是做了大量功课。不仅是调查,还有跟踪吧?"说完,她瞪了他一眼,心里嘀咕:还以为你今天是带着解决问题的诚意来的,原来只是来耀武扬威的!

艾伦看出沐筱的敌意,轻轻推了一下金丝边眼镜,装出十分歉意的样子:"我想您是误会了。我一个朋友周末也去爬山,正好遇见你们,听到你跟一个叫向……向什么的男孩相谈甚欢。"她脱口而出:"向宇?"艾伦装作恍然大悟:"哦,对对对,向宇,看我这记性。"

此话一出,他心里一块石头落了地。看来,这小丫头什么都不知道。她不曾看到报道,不知道自己被某些新闻爆料人偷拍,也不知道向宇的真实身份。向宇?这个假名字很不错,容易记。

11

沐筱此时对他一来一往的探问,并未感到不妥,只觉得这个人猥琐讨厌。她只想快快结束这次谈话:"我们有话就直说吧,艾伦先生。"艾伦坐直了身子,郑重其事地说:"那我就有话直说了。接下来,我希望您能多配合我。毕竟,这件事情对我们皎奕声誉的影响……当然,对沐筱小姐声誉的影响也很大。"

这话一出,令沐筱收起了怒视的眼神。她略一沉思,开口反问:"配合?那您需要我怎么配合?"听到这句话,艾伦内心一喜:"这小姑娘也不是那么蛮横不讲理嘛!于是,他直截了当地说:"暂时不要上班了。尽量独处,尤其不要跟异性接触。当然,我们会补偿您的。"

沐筱一听,暴跳如雷:"什么?你这是限制我的人身自由。我想问下,您凭什么?"艾伦不再顺着她的思路刻意讨好:"毕竟,您不听我的提醒和劝告,把事情搞砸过一次,不是吗?"此言一出,沐筱顿时有点儿心虚。她发微博,删微博,确实引起了舆论不小的风波。事后,她也有看到各种对彼此不利的报道。

她低下头,不自然地摆弄着手指:"我尽量配合您,不跟工作之外的异性接触,但是不上班这事,我不能接受。"不跟异性接触,她完全做得到。但是，不工作对她来说，简直是要了她的命！她沐筱可是上有老下有小的人啊！不对，暂时只是上有老！至于上班，哼，还不是拜这些人所赐，复工遥遥无期啊！

听到她这句话，艾伦稍稍松了一口气。反正这小丫头暂时也无班可上。他打开右边的手拎包，从里面拿出一沓钱："这是我们补偿您的一点儿心意。后期，我们还会视情况做出补偿。"沐筱整个人弹了起来："都什么年代了，您还上演这出土豪戏码？您自个儿留着吧，我消化不了天上掉下来的馅饼！"

她大踏步走出了咖啡厅，说不出哪里有口恶气没出彻底。天气很好，路上并没有什么人，显得有些安静，让人无所适从。以往的这个时候，她在公司被那个恶女人呼来唤去的。此时，她有些想念那个恶女人。似乎，瞬间，那个人变得可爱无比。

她上了楼，甩下鞋子和包包，在沙发上来了个"葛优瘫"。这一天天的，都是什么事啊！正在胡思乱想之际，一个电话进来了，是阿姨的。她接起来，温柔地说："阿姨。"电话那端一个慈爱的声音响起："筱筱啊，在忙呢吧？"她急忙说："阿姨，不忙不忙。您来电话，什么时间都有空。"她不经意间撒了个娇。

"筱筱，收到你打来的钱了。阿姨说过了，你一个女孩子，还没结婚，要多为自己考虑。不要再给我们两个老家伙打钱了，我们又不花什么钱，手头钱都够用的。倒是你，在外面吃穿用度都要钱的。不能委屈了自己。"

她只觉得眼泪都要出来了："阿姨，您别这么说，我在外面可好了。钱你们收着，大大方方花。以后，我结婚可是要您和叔叔给嫁妆的。"只听那边叹了一口气，说道："好吧。可是，筱筱，你也要抓点儿紧了。我们邻居家一个小姑娘，一毕业就结婚了。你这都慢了好几拍了。"

眼泪终究还是流了出来。原本，她也是打算一毕业就结婚的！

电话刚挂，另一个电话又进来了。是晓彤的。她立刻接了起来。"姐，董小姐通知你明天回来上班啊。"她心里一喜："记者都没再来了?"晓彤压低了声音:"偶尔还会有记者出没。据说是董小姐接到上级一通电话,要求把你叫回来的。说什么员工有难,公司应该挺身而出,不能过河拆桥。哈哈,多么有人性的企业啊!"

听到晓彤那夸张的笑声,沐筱的心里豁然开朗。"你不在这些天,我们都累得人仰马翻的。明天记得请客。公司下面新开了一家铁板烧,就这么说定了。"

她内心一阵愧疚,这几天,她们一定累坏了,分摊了自己不少工作。不管怎么说,明天她胡汉三就要回去了!哈哈哈。她再次来了一个"葛优瘫"。好好珍惜这最后半天的工作日假期吧,少年!

至于那通电话,她并未多想。在她看来,这是理所应当的。她这么兢兢业业的员工,遇到一个小麻烦就被公司放弃,实在说不过去呢!这就叫"人在做,天在看"啊!明天,就要看到董小姐那张恶婆婆般的脸了,内心真的好激动好开心啊!

她忍不住在微信群里发信息:"小伙伴们,我明天就可以上班了。"群里其他三位小伙伴很快就回应了。婉竹说:"嗯,这件事情终于过去了。今天好好休息,明天投入战斗。(微笑)"话语中有婉竹一贯的知性风格。柳灵说:"大难不死,必有后福。(龇牙笑脸)"古灵精怪的柳灵,说起话来有些不着边际。"呸呸呸,什么大难,只不过是阴沟里翻了小船。(白眼)"沐筱很快驳了回去。

过了一会儿,妖妖出现了:"哎哟喂,这可是大喜事。为了庆祝筱筱重返职场,我们约个时间去健身房,好好庆祝下。"夸张加无厘头,这是标准的妖妖作风。"去健身房庆祝?不都是下馆子庆祝,去KTV(提供卡拉OK影音设备与视唱空间的场所)庆祝吗?大姐,你这走的是什么妖风啊?"沐筱"揭竿而起"。

柳灵秒回:"筱筱呀,看来还是我最了解妖妖。她一要去健身房,就是周期来了。"沐筱不解:"周期?"柳灵简直笑抽了:"姐姐,是感情空窗期啊。她又失恋了!哈哈哈。"

沐筱秒懂,立即回复:"好吧,为了安慰妖妖失恋的小心灵,那我们就抽空陪她去健身房走一遭吧。(捂嘴笑)"婉竹颇配合地出来跟了句:"妖妖别太难过,旧的不去,新的不来嘛!你值得更好的。(抠鼻)"妖妖立马跳了起来:"柳灵,你有没有一点儿同情心?况且,姐不是失恋,姐是把男人甩了!"

群里笑成了一团,丝毫没有妖妖失恋的阴霾。沐筱在一群朋友的嬉闹中,安稳地睡去了。明天又是新的一天,不是吗?

第二章 重返职场,转机见危机

* 1 *

沐筱早早地起了床,哼着小曲,梳洗打扮。她要第一个到公司。哎呀!一个人在空荡荡的公司里,那是怎样一种享受啊!想想都觉得陶醉。

她果然是第一个到公司的。她冲了一杯咖啡,深吸了一口咖啡的香气。可这样的美好和宁静,只维持了几分钟而已。一阵急促的高跟鞋的声音,打断了她的思绪。

"沐筱,一大早的,你发什么呆?赶紧进入工作状态!"董小姐的河东狮吼在耳边响起。她尴尬地收起了嘴角的微笑,应了一声:"是。"董小姐进了办公室,不一会儿就开始召唤沐筱:"沐筱,你进来一下。"

她立刻挪动凌波微步,瞬间出现在董小姐面前。董小姐面无表情地把一沓资料推到她面前:"这是上季度的数据,同比下滑,同行业排名不理想。你立刻根据数据,做出市场部的各维度分析。"她本想多嘴再细问几句,只见董小姐抬起纤纤玉手,做了个"退下"的手势。她立刻心领神会地"跪安"了。

董小姐此刻心烦意乱,哪有心思多说一个字。沐筱所在的公司是OTR〔Over the rainbow(飞跃彩虹)〕集团的下属子公司,主营产品为OTR彩电。上季度,受新兴品牌的影响,OTR彩电市场份额有了一定幅度的下滑。

几分钟的时间,很多同事已经来了。晓彤看到她,立刻上来给她一个大大的拥抱:"姐,你可算回来了。最近忙死了,你看看我,是不是都瘦了,憔悴了。天哪!我怎么嫁人啊?"沐筱好笑地捏了捏她腰部的赘肉,反驳道:"嗯,科学研究有一种肥胖叫过劳肥。你最近辛苦了,中午给你补补。"

忙碌的一个上午很快就过去了。她伸了个懒腰,叫上晓彤等几个女孩子一起去了新开的铁板烧店。

说是铁板烧,这里环境却十分幽雅。桌子像一个个吧台,围绕着铁板烧师傅。几个女孩子坐下来,边看帅气的师傅做铁板烧,边漫无边际地聊着八卦。

芳芳故作神秘地说:"听说集团老板的公子从国外回来了。"其他女孩子立刻好奇地追问:"多大年龄啊,帅不帅?"芳芳认真地说:"据说很帅。"正在这时,生蚝烤好了。帅气的师傅将盘子优雅地推到了女孩们面前。

芳芳一口吞下一只,猛地咽了下口水,不知道是因为美食还是帅哥。几个女孩不屑地白了她一眼:"你快说说,多大年龄,结婚了没?"芳芳无奈地摇摇头:"哎,我说你们真是够了。年龄和我们相当,至于结没结婚,我就不得而知了。就算没结婚,眼高于顶,轮得到咱们吗?"

大家笑闹起来。确实,跟自己有什么关系啊?自己连身边的未婚男青年都捞不到一个,还在做着灰姑娘的白日梦。这个城市,似乎男女比例严重失调。周围的未婚男青年屈指可数,更别提优秀的未婚男青年。每个未婚女青年,都觉得自己身处一个接触不到男性的行业,无比恨嫁。

沐筱给每人夹了一条多春鱼，好笑地说："好了，各位姑娘，来尝尝多春鱼味道如何。"她的一语双关，立刻引起了大家的一阵嬉笑。

得知沐筱重返工作岗位，艾伦的焦虑加深了几分。他觉得有必要好好跟皎奕谈下，让皎奕重视此事。虽然，他的策略还是按兵不动，静观其变。但是，他要保证皎奕不再像上次那样添乱。

趁着这天拍戏结束得早，艾伦决定跟皎奕好好谈谈。

皎奕刚洗完澡从浴室走出来。身上穿着雪白的浴袍，头发没有擦干，还往下滴着水珠。两条大长腿露了一大截在浴袍外面。他简直美得像一个不食人间烟火的画中人。

他倒了杯红酒，摇晃着红酒杯，透过红酒看向艾伦。艾伦正色道："正经点儿。你知道我今天想找你谈什么！"皎奕耸耸肩："我并不知道。"

艾伦挪到离他近一些的位置，切入正题："我再次提醒你啊，绯闻女友的事情，你一定要听我的。不能再任性而为，多说一个字都不行。"

皎奕换了一种揶揄的眼神看着他："我还以为这事早就过去了。不就是一个黄毛小丫头，你还真把她放在心上了。"

艾伦最怕看到的就是皎奕这副满不在乎的模样，他一板一眼地发出了警告："你千万记住我的话。在这件事情上，不经过我同意，你不许有任何回应。沐筱可不像你想的那么简单。况且，她和向氏集团的向公子……"话到嘴边，他想想，似乎也没必要做这个强调。

这倒勾起了皎奕的好奇心："这么说来，你已经会过那个女孩了？他们什么关系？你这么一说，我倒有了点儿兴趣。"艾伦无奈地摇摇头："倒也没什么关系。只不过被人撞到在一个场合同时出现而已。你听我的，接下来一切行动听安排。我得对你的前途负责。那个沐筱……"

* 2 *

沐筱、沐筱……皎奕突然没了聊下去的兴致,轻轻打了个呵欠,恢复了一贯事不关己的冷漠:"艾伦先生,早点儿回去休息吧。以后不要再拿这种小事打扰我。"说完,他做了个送客的手势。

艾伦最了解他这副德行,无奈地摇着头,走之前还不忘从桌上抓了一瓶饮料。

皎奕再次恢复冷漠,并非毫无道理的情绪化。只是因为,他再次确认了,艾伦反复提到的这个名字,和自己毫无瓜葛。虽然,他每次看到沐筱,都会有一丝若有若无的熟悉感。但那又怎样呢?只不过是错觉而已。记忆中那个名字,发音应该是"wanzhu"。

他并不知道"wanzhu"是哪两个字,是婉竹?还是宛竺?他曾在心里,根据这个发音,默默地拼写了很多个名字出来。有时,每个名字都似那女孩般美丽,怎么看都像她的名字,有时,每个名字又都不如她那般美丽,怎么看都不像!

大学时,自从第一次在R大见到那个女孩,皎奕的心中就播下了一颗种子。说不清是怎样的一种情愫,很想见到她。闲来无事时,他会甩开闹腾的安可儿,独自去R大晃悠。

期待着下一秒钟,那个女孩会从一个角落跳出来,对他说:"嗨,怎么是你啊?"他期待着对方记得自己,期待自己对她而言是与众不同的。

然而,多数时候,R大里找寻不到那个身影。他甚至怀疑,曾经的那一面之缘,全是梦境而已。终于有一次,他远远地看到了那个身影。那天下午,皎奕没课,只是想去碰碰运气而已。午后的R大是热闹的,校园里全是三三两两一起去上课的身影。

那个熟悉又渴望的背影终于出现了,却又很快跳入人群中,跳跃着跳跃着,忽而不见了,忽而又出现了。皎奕远远地、紧紧地跟着那个身影。他完全可以快速冲上去,拦住女孩,霸气地对她说:"我想认识下你。"

可是不知道为什么,他这个痞惯了的差生,居然不太好意思用这样的手段,来对待一个如梦般美好的女孩。那种痞子般的方法,只适合T大安可儿这样大大咧咧的女生。对待梦境般纯真的存在,他喜欢随着缘分走。况且,他还有安可儿,他不是一个三心二意的人,只不过按捺不住心里的那股澎湃。

一路紧随那女孩,他走进了一间很大的多媒体教室。看起来应该是一节公共课,教室里学生很多,粗略估计应该有两三百号学生。看到女孩找了个角落坐下,他悄悄地就近找了个位置也坐下了。

旁边的一个同学好奇地看了他一眼。他居然有些局促。这里都是R大的学生,都是学霸级别的人。而他在这里,一头张扬的黄发,一身装束随性不羁。最重要的是,他坐在教室里,桌面上却连本书都没有。这样的他出现在这里,真的有些奇怪。他讨好地冲身边的同学笑了笑,笑得像个白痴。

他从背后看着那女孩,时而欢喜,时而心疼。开始上课之前,教室里还是有些吵闹的。

那个背影却安安静静地看着书,一动不动。阳光打在她脸上,皮肤白皙得有些透明,依稀可见细细的绒毛和毛细血管,睫毛长而上翘。侧影好看得让人挪不开眼睛。

心疼却也不无道理。这女孩应该很孤独吧?其他同学相互之间打着招呼聊着天。唯独她,似乎没有熟人,不跟人说话也没人认识她的样子。孤独得像一个外星来客。

上课铃声响起时,他甚至为她松了口气。教室安静下来时,起码不会让她被喧闹衬托得太孤独。讲台上站着一位年过半百的男老师,头发有些花白,一副眼镜架在鼻梁上,看人时低着头挑着眼皮,从镜框上方投出目光。

男老师翻开点名册,认真地点着名,眼皮偶尔抬起来,顺着声音找寻发源地。皎奕把注意力放在女孩身上,心里甚至生出了几分紧张,手心微微渗出汗来。

终于在男老师点到"wanzhu"时,那个女孩软弱地应了一声。男老师照例抬了抬眼皮,似乎在点名簿上打了个钩。皎奕内心一阵激动。wanzhu，wanzhu，很好听的名字。只是，她那天的声音听起来也是让人心疼的，没有了第一次见面时那银铃般的清脆。

是生病了？在胡思乱想中，他盯了那个侧影一节课，居然迷迷糊糊地睡着了。

下课铃声把他惊醒了。睡眼蒙眬中，他居然有些忘了身在何处。等他回过神来，wanzhu已不见了身影。追出去时，那个身影又开始在人群中忽隐忽现。他紧追了几步，脱口而出："wanzhu！"

女孩转过身来，迟疑地找寻着叫自己名字的人。眼中的疑惑一目了然。皎奕闪进人群，没有了出来打声招呼的勇气，内心却是欢喜雀跃的。

时过境迁，那样放低了姿态仰视一个女孩的皎奕，终于不见了。现在的皎奕对待女孩，连"俯视"都是不多见的。

天下哪有那么巧的事？沐筱与wanzhu，名字都不一样的两个人，他居然还在幻想是同一个人！自我清醒的瞬间，他有些失落，但对沐筱的兴趣却增加了几分。他有些弄不清楚，自己对沐筱的兴趣，到底源自哪里，是来自她和记忆中女孩的相像，还是来自这个陌生女孩本身。

* 3 *

一大早，沐筱被噩梦惊醒。梦中，一个男子用安静而坚定的声音对她说："沐筱，我要走了。等我回来。"沐筱大声呼喊："你不要去，你回来，我不让你走！"可是，那男子还是头也不回地走了。虽然看不清对方的面容，但是，她知道那正是她日思夜想的他。

她擦了擦睡梦中眼角残留的泪痕，快速梳洗完毕。到公司时，很多同事已经到了。一群女同事围在一起嘀嘀咕咕的，时而脸色凝重时而又激动得手舞足蹈。

等到晓彤从人群里走出来，沐筱一把拉住她，想问个究竟。晓彤皱着眉头，沉重地说："上季度，我们销量不是奇惨吗？据说集团总部接下来会重点监管我们这个子公司。你说说，咱们接下来还有好日子过吗？肯定是加班加点，一天一小会，三天一大会啊！"

看着晓彤皱成了一团的面部表情和八字眉，沐筱忍不住笑出声来："那，大家又那么亢奋是为什么啊？"晓彤朝聚在一起的人看了一眼："你没看到亢奋的都是哪些人？都是和咱一样的未婚女青年啊。据说大boss（老板）的公子刚回国，正好拿咱们子公司练手，会不定时来监管我们。高富帅，海归，未婚。"

沐筱忍不住白了她一眼，这群恨嫁女啊！

果然，几天后，子公司接到通知，次日集团总部一行人将到子公司，听取上季度报告和本季度工作规划。市场部和渠道部将是被重点关注的部门。

第二天，十点整，总部一行人准时出现在大家视线里。

沐筱从人群中看到一个熟悉的身影。他怎么来了呢？他被大家簇拥在人群中心。一群人在总经理的引导下，往楼上走去。从沐筱面前经过时，他不忘从人群中微微探出半个脑袋，冲她调皮地笑了一下。

果然是他！

几分钟后，公司召集各部门相关人员到大会议室，做工作汇报。总经理对莅临子公司指导工作的总部领导做了简单介绍。这次督导小组组长是向宇，至于他的具体职位，总经理并没有做详细介绍。

等等，他不叫向宇，他的真实姓名原来是向昊天。他果真是向氏集团的接班人向公子？沐筱心里不禁犯嘀咕，原来是这么不坦荡的人，不敢以真实姓名示人。

会议正式开始后，渠道部率先做工作汇报。负责人针对渠道网点的数量和质量做了重点分析，并做出了接下来的网点维护和开发计划。渠道部之后，就轮到市场部的董小姐做工作汇报。

董小姐对上季度的销售数据进行了多维度分析。从数据分析来看，上季度彩电行业市场大环境不甚理想。市场总容量呈下滑趋势，有两个竞品的下滑幅度远远高于OTR品牌。

接着，董小姐对竞品和OTR的市场投入做了对比分析。竞品的投入点位均略高于OTR。针对前面的分析，董小姐做了市场部工作规划,并对相关产业提出建议。譬如,对集团上游的工厂,她就产品外观和功能提出了建议。

这份报告把上季度下滑的责任悄悄地推给了市场大环境,推给了上游的生产子公司。

督导小组成员个个面色沉郁。现场安静了片刻之后,组长向昊天首先开了口:"董经理这份报告涉及的数据,是否经过了深入考证?"董小姐不知所为何事,迟迟不敢开口应答。

"大环境不理想不是一个品牌做不好的理由,这个借口我不想听到第二次。另外,竞品的市场费用点位投入里面,HS品牌的市场投入是远低于我品的。"

董小姐吓得出了一头的冷汗。市场部的成员都万分紧张。不过,向昊天并没有给在座的人留情面的意思。"我们OTR的市场投入点位,也并非如董经理所核算的那么低。"

"董经理的SWOT(态势分析法)分析部分,在该乐观的部分太悲观了,在该悲观的地方又过于乐观。接下来的市场规划,也存在很多问题。一盘散沙式的规划,对于浩荡广袤的市场来说,就如一滴水珠落到大海里,激不起一丝涟漪。我们要做的是,集中力量做大事。"

沐筱听得头皮一阵发麻。完了完了,董小姐那么要强的一个人,被当众批评得体无完肤,内心肯定碎成玻璃碴了。这个向昊天真的是驴友向宇吗?怎么判若两人?真是人不可貌相,海水不可斗量,人心隔肚皮啊……就在沐筱胡思乱想,搜罗各种成语来描述自己的怪异感受时,她恍惚听到了自己的名字。

她条件反射地应答了一声。只见向昊天转向了她,柔声问道:"竞品的市场投入点位这部分数据,确实是沐筱小姐做的吗?"她一脸茫然,晓彤同情地看着她,董小姐求救似的看着她。她点点头。

向昊天张了张口,没再多做追究,轻描淡写地点了点头。沐筱并不觉得委屈,只是觉得疑惑。这部分数据确实是她收集核算的。只不过,她交给董小姐的版本里,数据和向昊天所说的数据是吻合的。可不知道为什么，在董小姐的报告中，数据做了改动。

接着，向昊天做了工作部署。他建议市场部利用传统的问卷调查，收集销售前端的第一手信息。当下，很多科技手段确实大大提高了工作效率，却会造成数据失真。现场一对一的问卷调查，在数据源上已经做了有效筛选。

上午的会议，在凝重的气氛中结束。散了会，总部监管小组和子公司的领导又接着讨论了一番，一行人才从会议室走出来。路过沐筱身边时，向昊天停下来，跟同行的人说："我约了个朋友一起吃饭。午饭你们自行安排。"其他人识趣地先走了。

向昊天转向沐筱，笑得一脸纯净："沐筱，择日不如撞日，我今天请你吃饭好不好？"

沐筱看着这张与会议中表情截然不同的脸，简直有一种分裂的感觉。她感觉到了来自四面八方的"恶意"。她立刻装出一副谄媚的模样："向总，不用了不用了，我中午和同事们有约了。"向昊天鄙夷地白了她一眼："马上到饭点了，我在楼下等你吧。"

他说完径自走了。沐筱环视了一下四周，就连董小姐也在不远处恶狠狠地盯着她。她打了一个冷战，赶紧收回目光。真是冤枉啊！她沐筱跟这个人真的没什么交情，仅是一面之缘而已。那次别过之后，她和他也只是偶尔微信闲聊几句。

十二点时，她刚走到公司门口，电话就准时响起："沐筱，你是要我过去接你呢，还是自己过来？"一抬头，向宇，不，向昊天在不远处，靠在车门上，一脸狡猾地笑望着她。想到人来人往的诧异目光，她立刻干脆地回复："我自己过去，就这样。"

沐筱以八个街区以内东道主的身份，带着向昊天去吃特色茶点。向昊天又恢复了那个大男孩模样，沐筱也没有拘束于上下级关系。原来，从小到大，向昊天对外都是用"向宇"这个名字，倒也并没有刻意隐瞒她。

这顿午餐，沐筱是带着"目的"来的。沐筱与向昊天约法三章，不允许他在工作场合，对自己表达特殊友好。也不允许他从自己这里套取同事的工作表现等相关内容。如有逾矩,两个人立刻断绝"驴友"关系。沐筱说得一本正经,向昊天听得哈哈大笑,满口答应。

＊ 4 ＊

经过几天的筹备,沐筱和市场部同事分头行动,开始做市场调查。接下来近一个礼拜的时间,她们要在各大商场度过。按照向昊天的指示,市场部把最原始的手段用上了,就是终端的问卷调查。

沐筱和几个同事在此次市调中负责问卷调查。第一天去商场,她出门时特意换了一双低跟的鞋子。毕竟,要在商场蹲点一整天。

几个小时的时间里,商场入口人来人往,沐筱有被婉拒过,也被人不耐烦地推开过。

不过收获还算不错,手里已经有了一百来份问卷。沐筱设计问卷还是很有一套的。她的问卷针对性强,填写用时短,占用消费者的时间比较少。

沐筱伸了个懒腰,活动了下四肢,暂时松了口气。做一份成功的问卷调查其实没那么简单。在稍稍放松的这段时间里,她隐约觉得脚踝处有点儿疼。低头一看,脚踝已经被鞋子磨破了,血肉模糊的。

该死的。她早上出门时,只想到换一双低跟的鞋子,却忽视了这双鞋子她之前很少穿。沐筱有一双很挑剔的脚,穿任何鞋子都需要较长一段时间的磨合期。她翻了翻随身的小挎包,并没有找到创可贴。这并不是一个综合性的商场。她四处张望了一下,没有看到有卖创可贴的地方。

就在这时,一名陌生的男子走了过来,递给她一瓶饮料和一盒创可贴。她诧异着,不肯接。

陌生男子面若冷霜:"小姐,你不要影响我工作,拿着。我老板给你的。"她擦了下额头的汗珠,顺手把刘海往耳后理了理,问道:"麻烦问下,您老板是谁?"陌生男子往远处停车场随便一指,把东西往她手里一塞,转身大踏步走了。

沐筱往远处看了看,并没有看出什么名堂。陌生男子进了一辆车。她隐约看到后座坐了一个人，看不清楚什么模样。管他呢。陌生人的饮料不能喝，但是陌生人的创可贴可真是雪中送炭。她低头迅速地把创可贴贴在脚踝处，瞬间感觉伤口没那么难受了。

车后座的男子看到她贴好创可贴，脸上慢慢浮起了一个笑容，命令司机："开车。"司机从后视镜看到他的笑容，满腹疑惑。这个笑容居然带着几分温暖。司机纳闷地开了口："老板，是您朋友啊？"皎奕摘下墨镜，缓缓地说："不是。不相干的人。"

司机听到皎奕的回答又是一愣。但是，只是瞬间，皎奕又恢复了往常的模样，冰冷地说："你又忘了，不该问的不要问。"司机点点头，脸上露出满意的表情，这才是皎奕嘛，刚才那个皎奕太陌生了。皎奕接着补充了一句："不要告诉艾伦。"

他自己也不能解释自己的行为。所有人都知道，他不是一个温情的人。他刚刚只是路过。远远看到那个女孩，在用纸巾擦着脚踝处，血迹隐约可见。

内心有一晃而过的心疼，就像……对一个陌生人突然生出这般疼惜，也没什么奇怪的。他为自己这般开脱。

即便是百般开脱，他还是骗不了自己的心。他不得不承认，他最近真的是频频想起wanzhu。即便沐筱和wanzhu毫不相干，看到她，他还是会忍不住想起wanzhu，又忍不住想靠近沐筱。

天下女孩，莫不是在穿高跟鞋这件事情上有着相同的痛楚？wanzhu也曾和沐筱这般，驾驭不了一双高跟鞋，却逞强地硬撑着。这样算起来，安可儿大概真的不是女孩，她脚上总是蹬着各种奇形怪状的鞋子，走起路来虎虎生风。

大二下学期，皎奕做了一部戏的群演。在T大，每个人都怀着明星梦。本来就是艺术类院校，各种机会也相对多些。但是，真的能一炮走红的，却少之又少。皎奕虽然外形出众，却很少做一夜成名的美梦。

做群演是T大学生的兼职常态。但是，这次的群演对皎奕意义有些不同。因为取景地点是R大。从一早开始，皎奕的心就激动得直跳，不能静心做任何事情。他隐约生出一种感觉,今天在R大校园,会再次邂逅wanzhu。

一个镜头反复演了很多遍,还是不能通过。在主演揣摩剧情时,皎奕和一帮群演在旁边百无聊赖。太阳照得人眼前明晃晃的。皎奕在想,这些主角怎么那么笨?他们到底是怎么当上主角的呢?

不远处一个高挑的身影,让皎奕心头的无聊一扫而空。男生居然也有第六感,而且居然真的应验了。今天的"wanzhu"穿着一身大红色的旗袍,头发高高地绾在头顶。人看起来有几分古典。她在一个多媒体教室的入口,站姿笔直,神采奕奕。大约是在做迎宾。

这让皎奕有些自惭形秽。此刻的自己,懒散地躲在阴凉里,靠在一根柱子上,双手插兜,一点儿精气神都没有。他悄悄地挺了挺身子,似乎这样能离对方不那么遥远,也稍稍能配得上对方的精气神。

一个镜头终于过了之后,皎奕立刻又把目光锁在那个身影上。那女孩四处张望了一下,悄悄弯下腰,把一只脚从鞋子里拿了出来。他顺着女孩手上的动作看去,脚踝处鲜红一片。女孩的脚被鞋子磨破了。

他脑海里闪过的第一个念头,是拿着创可贴亲自送过去。可是下一秒,他犹豫了。他身上还穿着奇怪的演员服,脸上化着怪异的妆容。这样子出现,大约会吓到对方的。

在他低头犹豫时,一个十岁左右的小男孩从身边经过。他一把抓住小男孩的手臂,吓得小男孩哇哇乱叫。在弄清楚他的意图后,小男孩调皮地问:"哥哥喜欢那位姐姐吧?为什么不自己拿过去呢?"皎奕指指自己的脸,双肩耸了耸,表示了无奈。小男孩立马心领神会:"哦,哥哥这副模样,怕吓到姐姐吧?"他嘱咐小男孩,把创可贴给对方时,什么都不要说。

小男孩拿着创可贴蹦蹦跳跳地走了。不知道小男孩跟女孩说了什么,女孩笑了,伸出手来在那个小脑袋上揉了揉。小男孩自觉出色完成了任务,远远地跟皎奕比了个"OK(好的)"的手势。他看到,女孩趁着没人,小心地把创可贴贴上,又迅速地站直了身体。像一个做了坏事的小孩儿那般，淘气可爱。

剧组收工时，安可儿欢快地出现在皎奕面前。皎奕忍不住问道："你说，女孩子穿高跟鞋到底是为什么？有的女孩宁可脚被磨破，也要坚持去'征服'一双鞋。"说这话时，皎奕的嘴角忍不住挑起了一丝微笑，带着一丝甜蜜。

安可儿用手臂环上他的脖子："鬼才知道呢！反正高跟鞋也不是我的菜！"说完，她抬起一只穿着造型夸张的鞋子的脚。皎奕笑了，这就是安可儿，过得率性，随心所欲。若是"wanzhu"，她大约会调皮地说："征服一个个困难，为了让自己变得更好！"眼神里还会略带一丝倔强和骄傲吧？皎奕突然觉得，自己已经足够了解那个陌生的女孩了。

即使眼前这个沐筱不是"wanzhu"，在往事频频重现的现在，他控制不住地想要给沐筱一些照顾。他忍不住又欺骗自己，他并非对沐筱感兴趣，只不过是回忆在作祟罢了。

* 5 *

几天的时间一晃而过。沐筱手里的有效样本数也足够了。市场调查马上就要结束了，收获颇丰。当然了，市场调查只是万里长征的第一步。提升销量并非一朝一夕的事情，市场部任重而道远。

最后一天市调收工时，她收到妖妖的微信，提议这周日一起去健身。她不禁打了个冷战，几天市调还不算健身吗？周六加班一天，只剩周日一天可休息，她要睡到自然醒，然后觅食，然后看美剧看到吐，这才算犒劳自己。

但是，妖妖并没这么轻易放过她。周日，沐筱睡得迷迷糊糊时，被一阵野蛮的敲门声吵醒。她透过猫眼一看，是妖妖那厮。她恨得咬牙切齿，站在门后不做理会，静静地听着妖妖敲门。她只想装作不在家。等妖妖走了，她就可以与周公重续前缘了。

敲门声停了。她内心一阵窃喜。哪知此时，手机铃声大作。她懊恼极了，千算万算，棋差一招。敲门声再次响起，妖妖的声音也一并响起:"沐筱,你给我开门。这么好的天气,躲在家发霉啊?"

沐筱不情愿地开了门,堵在门口,不满地发牢骚:"姐姐,你要不要这么虐我啊?一大早的,还让不让人休息啊?"妖妖晃晃手腕上的手表:"大妹子啊,一大早?现在都快中午了啊。快,洗漱,换衣服,健身房走起!不是说好的嘛。"

沐筱最讨厌健身房这种地方。在她看来,健身房更像一个交际的地方。真正健身的人,都去参加户外活动了!为了躲避健身房之行,她找了一百个借口拒绝。在周末到来之前,她谨慎提防妖妖的电话。哎,果然是,躲得了初一躲不过十五啊!谁让妖妖对她的生活习惯了如指掌?

她被迫机械地洗漱更衣,收拾东西。妖妖在一旁提醒:"哎哎,别忘记带我们一起买的那套姐妹装。"沐筱白了她一眼,还是带了她说的那套。

沐筱和妖妖两个人到时,婉竹和柳灵碰巧也刚到。四个姑娘有说有笑地走进健身房。

这家健身房位置很好,闹中取静。与一般的健身房不同,这里更像"私人会所"。这家健身房的创始人曾经是体坛名将,退役之后开办了这家健身房。

匪夷所思的是,这里"只认人不认钱"。这并不意味着费用低廉。而是说,很多人再有钱也不能成为这里的会员。要想成为会员,身上必须有过人之处。当然,有没有过人之处,要经过见多识广的创始人判断。一般而言,能成为会员的人都是名人。

另外,这里实行实名制,会员信息登记齐全,但从未出现过泄露事件。这里还有一个很奇葩的规定:凡是记者一律不能成为这里的会员。

关于这个规定,据说有两个缘由。其一,这里的会员都是有头有脸的人物,保护顾客隐私必然要与记者保持距离。其二,创始人退役之前曾遭受过记者"迫害",所以发誓此生与记者势不两立。不管是什么理由,这个规定令很多名人心生安全感,趋之若鹜。

那么，沐筱等四个普通女孩为什么能成为这家健身房的会员呢？这全亏了高展帮忙。高展是沐筱的"守护者"。他为了一个承诺，一直默默地守护着沐筱，像亲哥哥对妹妹那般。妖妖早就听说过这家健身房，恰好高展在里面工作。所以，妖妖就缠着沐筱，软磨硬泡，让高展帮忙给四人办了会员卡。

高展对老板有救命之恩，他一开口并没有费很多周折。不过，老板跟他约法三章。几个姑娘不允许在健身房拍照，不允许骚扰其他顾客，一经发现立即取消会员资格，高展也会被逐出健身房。

一进大厅，她们就遇到高展了。高展柔声问沐筱："来之前怎么不打声招呼？要是我今天不当值，那不是就见不到了？"妖妖在一旁插嘴："我们是来健身的，又不是来看你的。"

高展转向妖妖，故作认真地打量了几眼，夸张地说："大小姐啊大小姐，原来您还知道是来健身的啊。你自己去照照镜子，谁来健身化这么浓的妆？"

妖妖语塞。别看她平时伶牙俐齿的，只要遇到高展，还真有她斗不过的时候。沐筱出来打圆场："好了，我们快进去换衣服吧。趁着高展在，还能帮我们指导指导。"妖妖一时处于下风，不情不愿地被拉去更衣室。

四个女孩一起出来的时候，高展又夸张地笑起来："我说，各位，咱是来健身的，不是来搞什么展销活动的。你们四位这装扮，有点儿辣眼睛。"四个人相互看了一眼，也不禁笑起来。四个人穿着一样的运动服，扎着高高的马尾。

乍一看，还真有点儿某品牌在搞活动推广的味道。仔细看来，差不多的身高，一样姣好的面容，还真是青春无敌，吸引人眼球。

* 6 *

几个人简单运动了一会儿，就大汗淋漓，停下来稍作休息。正在这时，健身的女性们都停了下来，不约而同往一个方向看去。只见一名身材颀长的男子，远远地走过来。身上穿一套白色运动装，结实的肌肉隐约可见。

有人低呼:"是皎奕。"他目不斜视地往里走。有女孩走上前去,矜持而礼貌地要求:"皎奕你好,方便帮我签个名吗?"其他女孩子也安静地凑到跟前。在这里健身的女孩,大多出身名门,有些背景,所以不似寻常粉丝那般癫狂。

他淡淡地吐出几个字:"不好意思,不方便。"然后继续径直往前走。那几个女孩有些失望,倒也并不纠缠。妖妖眼睛最尖,早早地就跟其他三个人惊呼:"哎哎,是皎奕啊!沐筱沐筱,快看,你的绯闻男友!"

沐筱并不好奇,也不心动,反而有几分瞧不上他:"有什么了不起的,对自己的粉丝那么冷酷。这种人,不值得大家喜欢。"说完,她转身去尝试其他健身项目。皎奕路过的时候,妖妖终究是按捺不住,走上前去自我介绍:"皎奕,你好。我们是沐筱的朋友。"

许是这句不同于别的粉丝的开场白,他放慢了脚步,四下环顾了一番。沐筱正背对着他们,听到自己的名字,浑身一激灵。这个妖妖还真是见色忘友。不过,她的如意算盘要落空了,皎奕应该不会知道沐筱是谁吧。这样一想,沐筱淡定了许多,连身体都没转动一下。

"沐筱小姐,要我给你签个名吗?"听到皎奕叫她,她后背一僵,暂停了所有动作。她缓缓地转过身来,呆呆地看着皎奕,面无表情地拒绝道:"不用了,谢谢。"这句拒绝太干脆,倒让皎奕的脸上流露出了一丝尴尬。

气氛瞬间变得有点儿不对劲。沐筱敏感地察觉到了对方的不悦,换了一种委婉的语气补充道:"哦,不是,我的意思是说,那太麻烦了。您是来健身的,可能不太方便。"他脸上的尴尬不见了,但是内心涌出几分懊恼:我皎奕什么时候轮到被一个黄毛丫头拒绝,还要靠她出来安抚圆场。

穿着运动鞋的沐筱,低了他近一头的高度。他低下头,看着她的脸。时间有点儿凝滞。他突然俯身凑到她眼前。他的气息迎面扑来,身上有清爽好闻的味道。沐筱下意识地往后斜仰了下身子,脸偏向了一边。

皎奕霸气地扳过她的脸,露出淘气又挑衅的笑容:"绯闻女友,再会。"说完,他松开了手,转身离开。刚走了一步,他又转过身来,对她说:"只能驾驭平底鞋的话,就不要逞强穿高跟鞋。"说完,皎奕带着成功捉弄了别人的笑容,大踏步走开了。留下沐筱,带着一脸莫名其妙的表情。

创可贴吗?怎么可能是他?一定是自己想多了。皎奕刚离开,三个女孩立刻奔到沐筱的面前。柳灵拽着她的手臂,不断摇晃着:"筱筱,你快说说,他跟你说什么了?""是呀是呀,说什么了?"沐筱无奈地敷衍道:"哦,他说我鞋带散了。"她俯下身去系好脚上刚好散开的鞋带。

三个女孩看也问不出什么名堂,就散开去运动了。

皎奕在跑步机上一边跑一边反思。为什么自己每次见到她,都改了秉性?明明是"不近女色",可是看到她,内心就忍不住想接近她。她明明是那么普通的女孩子。也许是因为沐筱柔弱、苍白,并且带着几分单纯,容易让人生出保护欲吧。

他暗暗告诉自己,一定要克制,离她远远的。艾伦或许说得对,这个女孩并不像自己想象的那么简单。她认识向公子,又出现在这家健身房。他内心对她生出了许多疑问。

简单舒展了一番,皎奕就打算离开了。他并不常来这里,今天只是偶然翻出了会员卡,心血来潮而已。他有时会觉得一个人在私人健身馆健身,是一件极其无聊的事情。

运动结束之后,沐筱四人换好衣服,去跟高展告别。妖妖夸张地要跟高展拥抱,吓得高展左躲右闪。妖妖满意地哈哈大笑,透着"最后还是老娘赢了"的得意。其他三个女孩看着她,无奈地摇摇头。这个女神……经,真是没治了,在哪里都是人来疯。

最后,高展还是大大方方地伸出双臂,要给四个女孩一人一个拥抱。大家虽然在一座城市,平时各忙各的,并不常见到。沐筱笑他太煽情,他拉过她,在她耳边低语:"照顾好自己,不要太拼命,不要熬夜！有需要我帮忙的地方，尽管开口。"

皎奕走出来时，正好看到这一幕。沐筱突然觉得特别难为情，于是努力想挣脱出来。而皎奕故意与他们擦肩而过，却目不斜视，不看沐筱一眼，就好似不认识一般。这才是真正的皎奕。

四个女孩在一个路口互道再见，各回各家。沐筱往公交车站走去，皎奕开着跑车，从她身边呼啸而过。这样的两个人，即使一辈子不曾有交集，也是再正常不过的。

晚上，沐筱给自己做了一顿丰盛的晚餐。即使一个人，也要把生活过得细致些。她想起高展跟她说的话，内心一暖。事情都过去那么多年了，身边有这么多爱护她的人，可是为什么还是走不出来？

睡前，她更新了自己的微博，只发了一句话："你若在，时光无恙，岁月静好，该有多好？"

7

经过反复的会议讨论，第一阶段的市场营销策略终于定了下来。公司决定向菠萝卫视最近比较火爆的一档娱乐节目投入费用，进行品牌植入。同时，渠道活动跟进，终端落地。不得不说，问卷调查提供了有效信息，功不可没。

整个市场部的人员，终于松了一口气。前一阶段的加班加点可以结束了。虽然接下来的一段时间，各种细节跟进依然会让人忙碌不堪，但是起码总部拉练式的督导暂时告一段落。

董小姐最近也被折磨得够呛。第一次工作汇报时，她让沐筱背了黑锅，向昊天会后在大庭广众之下跟沐筱示好。这明摆着是给她警告。接下来，她再也没敢找沐筱的碴儿，为人处世老实了许多。但是，她依然十分讨厌沐筱。

看了下时间，马上要下班了，她脸上不禁露出了几分羞涩如少女般的笑容。今天她有一个约会。

时针刚指向下班的点，公司的人员瞬间就消失了一大半。连日来的加班，让大家疲惫不堪，铆足了劲儿第一时间开溜。

沐筱看着脚底抹油的晓彤，笑着摇了摇头。正在这时，她手机响了，是向昊天。"不知道有没有这个荣幸，能约沐筱小姐一起共进晚餐？"声音显得很淘气，沐筱不禁莞尔。"哦，今天不行哦。我有约了。"

"我这个周扒皮想请长工吃个饭，以示弥补，都没这个机会。唉，仰天长叹啊！"电话那端的向昊天，掩饰不住地失望。

"几个朋友好久没见了，约了好几次，都因为你这个周扒皮，我都无奈地推掉了。再这样下去，我大概会没朋友的。周扒皮先生，你今天就放我自由吧。"

沐筱挂了电话，松了一口气。她有点儿招架不住向昊天的热情。当然，她并没有撒谎，她确实有约。今天婉竹要介绍一个人给大家认识。这个四人小团队终于要增加新成员了。

沐筱到得还算早。壹酷音乐餐吧，这个时间还没有驻唱人员。灯光略显昏暗，透着几分情调。她选了一张六人桌，先行坐下。妖妖她们还没来，她点了一杯柠檬水，百无聊赖地东张西望。

看到不远处一个熟悉的身影，她不仅暗骂倒霉。这座城市上千万人，吃喝玩乐场所那么多，偏偏又会撞到一起。正在她私下嘀咕时，那个人转过脸来，正好与她四目相对。她尴尬地挪开目光，又觉得有些不妥。

董小姐似乎在等人。沐筱硬着头皮过去打了声招呼："经理，这么巧，您也在这里吃饭。"董小姐难得地露出了一个笑脸："是啊！好巧。你和朋友一起来的？"正在这时，她看到柳灵出现在门口，迅速地回答："嗯，是的，经理。那我就不打扰您了。我朋友们正好也到了。"

很快，妖妖、婉竹和新成员都到了。所谓的新成员其实是婉竹的男朋友周睿。这确实是件大事。婉竹家教很严，大学的时候从来没谈过恋爱。周睿是个很绅士的男子，他细心地帮婉竹把餐椅拉开，餐具调整好。三个女孩看在眼里，连连称赞。

周睿和婉竹是同事，都是大学老师，可谓门当户对，宛若一对璧人。大家边吃边聊,气氛和话题都围绕着这对情侣。沐筱时而抬头瞄一下董小姐那边。董小姐的朋友还没有到,她看起来有些焦虑,不时地低头翻看手机或者四处张望。

没过一会儿,一名时髦女子趾高气扬地走到了董小姐的桌旁,毫不客气地坐下来。只见那女子浑身上下都是名牌。董小姐礼貌地提醒对方:"不好意思,这里有人了。"时髦女子轻蔑地笑了一下:"你等的人就是我,董小姐。"董小姐不相信地向入口处张望。时髦女子补充了一句:"他不会来的。"

两个人面对面,气氛有些剑拔弩张。突然,时髦女子拿起面前的饮料,泼了董小姐一脸。董小姐蓦地站了起来,脸上是愤怒和无力交织的表情。沐筱看得不太真切,但是她潜意识觉得,不好,董小姐不是对方的对手,肯定会吃亏的。

沐筱三步并作两步,走到了董小姐身边,刚好拦住时髦女子的手。那只手扬了起来,还没来得及落到董小姐的脸上。时髦女子毫无防备,顿时愣了一下。这时,妖妖四个人也过来了。虽然她们并不知道发生了什么。

时髦女子依然一副不可一世的傲气模样:"这是我和她之间的事情。"沐筱毫不示弱:"她是我们的朋友。你要是敢再动她一根手指,我们就报警。"

时髦女子看形势不利,没再轻举妄动。正在这时,一名男子匆匆赶过来,带着几分讨好地拉住时髦女子:"你这是做什么?生这么大气。"时髦女子一看到男子,顿时把气都撒到他身上:"还不是你那个……"

男子立马拥住时髦女子,好声好气地哄道:"乖乖,好了,我们走吧。都过去多久的事情了。"说着,他半拥着时髦女子往外走。那女子不情愿地跟着男子离开了。那男子自始至终没看董小姐一眼。

这时,驻唱歌手已经就位,正在送出当晚的第一首歌,陈奕迅的《白玫瑰》。"得不到的永远在骚动,被偏爱的都有恃无恐……"

* 8 *

看着两个人相拥远去的背影，董小姐颓然地跌坐在座位上。不似平时那般张牙舞爪的董小姐，仿佛一棵没有生命的植物，干枯黯淡，一下子苍老了许多。沐筱觉得莫名心疼她。她把手轻轻放在董小姐肩膀上，柔声问道："经理，你还好吗？他们是谁？还会不会再骚扰你？"

董小姐突然站起身来，愤怒地冲沐筱吼道："谁要你多管闲事了？"接着，她拎起包，夺路而逃。剧情转折得太突然，看着她背影那么仓皇，沐筱一时愣在原地，不知所措。

妖妖叫醒了她："哎哎，人都走了。好心没好报，狗咬吕洞宾。"几个人又回到了各自的座位上。很快，大家又开始谈笑风生。刚才那一幕似乎没发生过一般。

沐筱隐隐地为董小姐担心。她还好吗？有没有安全到家？其实，她最该想的问题是，明天见面该怎么开场。原本对她就怀有敌意的女人，偏被她撞见了自己狼狈的一幕，友谊会从天而降吗？

董小姐一路飙车到家。她想不明白很多问题，不知道该去问谁。这个男人离开自己之后，她从来不曾再打扰。错的是他，可是为什么受伤的却一直是她？

那个音乐餐吧从前是他们两个最喜欢去的地方。他约她在那里见面，她内心一阵触动。他终究还是恋旧的吧？可是，没料想，事情竟会是这样的。约她的到底是谁？又为什么要那么做？他看着她被羞辱，却没说一句话，甚至没看她一眼。

她拿出手机，里面并不曾有任何一条来自他的消息。她上了楼，踢掉鞋子，把整个人埋在黑暗里。眼泪开始肆虐。分开那么久了，却还是做不到"好聚好散"。

沐筱一行人的聚餐在融洽的气氛中也结束了。周睿拥着婉竹的肩头离开了。妖妖最近失恋，看到这一幕觉得被虐到了，直呼："受不了秀恩爱。"柳灵嘴上没说，眼里满是羡慕和憧憬。

沐筱还在惦记董小姐。和朋友们分开之后，她拿出手机给董小姐发了条信息:"经理,你到家了吗?"过了十几分钟,董小姐没有回复。她有点儿担心,连拨了几个电话给董小姐,没人接听。

又过了十几分钟,一条信息进来:"不用你假惺惺,想看我笑话就尽情看吧。"看到信息,沐筱松了一口气,这说明她没事。沐筱加快了脚步,拦了一辆的士,往家赶去。一夜无梦,沐筱睡了个好觉。

第二天,她刚到公司没多久,董小姐也到了。从她桌前路过时,董小姐冷冰冰地说了句:"早。"沐筱欢快地回了一句:"经理早!"董小姐依然是一副拒人于千里之外的模样,但是她看起来并没有受到太大的影响!

沐筱暗自佩服。董小姐果然是个打不死的"小强",无论何时总是能打起十二分的精神面对工作。有些人,张牙舞爪永远是她活着的最佳状态。

然而,一走进自己的办公室,董小姐就颓然地坐下。昨晚,眼泪伴她入睡,早起时眼睛有几分水肿。尽管采取了紧急措施,浮肿还是显而易见。她用手指肚给眼睛按摩了几分钟,然后拿起杯子和一袋咖啡,往茶水间走去。

刚走到茶水间门口,就听到几个女同事在那边窃窃私语。她隐约听到了自己的名字,于是在门口停下了脚步。

"哎哎,就那个董小姐,总是一副不可一世的模样,清高得不得了,其实是个小三。""快说说,怎么回事?那么大年纪了做人家小三?"

"昨天晚上,她在壹酷当场被正宫娘娘抓了个正着。""啊?然后呢?被人打了吗?"

"你们是不知道啊,她被人泼了一脸饮料,手都不敢还一下。""哎哟!真是窝里横啊!看看她平时那副张牙舞爪的模样。"

董小姐听得脸青一阵白一阵的,扭头回了办公室。后面的窃窃私语,她没继续听下去,就下了结论。杯子被重重地砸到桌子上,发出了"嘭"的一声巨响。这个沐筱!什么仇什么怨,这样造谣!其实,事情与沐筱无关。挑起话题的女同事,和壹酷的老板娘熟识,昨天的一幕并非她亲眼所见,不过道听途说而已。

沐筱的手机"叮"的一声,一条长消息进来了,来自董小姐:"我请你不要再造谣生事!你并不知道事情的真相,为什么平白毁谤我?如果是因为工作上我过于严厉,那我请你明白,我对事不对人。而你,对我已造成人身攻击!如果再让我发现第二次,别怪我不客气!还有,别指望我会对你有所改观!靠男人吃饭,算什么本事!好自为之!"

沐筱看到消息,禁不住抬起头来朝楼上看了一眼。短短几句话,她的疑惑却堆成一座高山。她不知道哪里对董小姐做了人身攻击,她更不知道自己何时靠男人吃饭。

她找不到答案,也没时间深思,很快就沉浸在工作中。下班时,同事们的动作一个比一个快。沐筱忙完手头的工作,外面的天已经黑得很彻底了。

9

时间不疾不徐地往前推进着。第一阶段的市场投入,效果逐渐显露出来。

作为一家传统的家电公司,它所面临的竞争正所谓"前有狼后有虎"。同为老牌传统家电的竞品,都不是等闲之辈。而新兴的家电品牌,因其时尚的定位,吸引着年轻人的眼球。市场这块蛋糕被切割得越来越小。

还好,这次市场投入势头还不错。子公司的成员们好不容易松了一小口气。

在这段时间里,公司最亮丽的风景线就是沐筱的办公桌。每隔几日,她的办公桌上就有不同的鲜花出现。

鲜花第一次出现时,快递小哥年轻帅气,手捧鲜花,在公司门口夸张地大叫:"沐筱,沐筱是哪位?"有同事指了指沐筱的方向,沐筱抬起头,害羞地冲小哥挥了挥手。

小哥走到她面前,单膝跪地,把鲜花递到她手里:"您的鲜花,祝您爱情甜蜜。"沐筱接过花之后,他起身往外走去。当他发现公司很多员工注视着自己时,立刻朝大家飞了个媚眼和香吻,无比妩媚地说:"久久鲜花,就是这么嚣张。"

公司的白领们哄堂大笑。大多数时候,公司的氛围是紧绷的。难得有这样有趣的人出现,气氛顿时活跃了很多。

此后,每隔几天,就会有新的鲜花不期而至。上一次的鲜花还未凋谢,新的鲜花就急地来替代。每次的花都不一样,从玫瑰到百合,再到郁金香、鸢尾花,等等。每张卡片上都写着淡淡的祝福语,只是卡片从来不留姓名。

公司的同事都十分好奇,到底是谁送来的花。大家逼问时,沐筱也是一脸迷惑。看到她迷惑的表情不像是装出来的,大家也就不再追问。只是,每天大家都会朝她座位看看,今天是否送来了什么新花。好似,生活突然给了大家一盒有趣的巧克力,每天的口味都是随机的。

然而,从某天开始,新的鲜花没再出现。大家不禁有些怅然若失,好似刚开始的惊喜戛然而止了。

终于,有一天下班时分,送花的小哥再次出现了。这次的小哥,不是以往送花的那位。他身穿宽松的工作服,戴着鸭舌帽,帽檐压得有些低。他径直走到沐筱面前,压低了声音说:"小姐,您的花。"

沐筱隐约觉得哪里不同,机械地抬起头,惊奇地发现那人竟是向昊天。他一脸单纯,带着一丝恶作剧般淘气的笑容。看到沐筱吃惊地大张着嘴巴,他竖起食指,做了一个"嘘"的手势,紧接着问:"不知道沐筱小姐可否赏光一起吃晚饭?"

她无奈地笑了笑,压低声音说:"你向大少爷都堵到公司门口了,我还有拒绝的机会吗?走呗。"为了不引起其他人的注意,她匆忙收拾了包包,随着向昊天走了出去。走出大厦门口时,她才长舒一口气。

西餐厅里,向昊天认真地问:"沐筱,那些花里,你最喜欢哪一种?以后,我每天都送你喜欢的好不好?"沐筱瞬间有些惶恐:"我一直都在回绝花店,让他们转告送花的人,不要再送花了。谢谢你,可是以后不要再送花给我了。"

在沐筱面前,大男孩般腼腆的向昊天,突然怔住了。他迟疑了一会儿,跟沐筱表白:"沐筱,我喜欢你。我想把最美好的一切都给你。我承认,我没谈过恋爱,不懂怎么讨女孩子欢心。可是,沐筱,我长这么大,遇见你时,才真正想谈恋爱啊。"

那个在会议上侃侃而谈的男人,这时不见了。他急急地表达着心意,特别怕被一口回绝,毫无余地。沐筱的眼前,在那一瞬间浮现出来的是另外一个男人的脸庞,有些遥远,却清晰无比。那个男人表白的时候也有几分腼腆,却带着一脸坚定:"沐筱,我不想再等了,做我女朋友好不好?"

沐筱的眼泪又快流出来了。每当有人表白时,她总是控制不住地想到过去。她调整了下情绪,低低地回了句:"昊天,你很好,可是我现在真的不想谈恋爱。"此话一出,向昊天顿时有些黯然,沉默了片刻回复道:"那我等你,等你想谈恋爱的时候。"

两个人分开时,向昊天又恢复了往常的模样,煞有介事地叮嘱:"别有什么心理负担哦,好好工作。以后在公司见到我,不许尴尬。"沐筱顿时轻松了几分,笑道:"好的,向总,我一定好好工作,报效公司,报效向总。"

* 10 *

鲜花再也没在沐筱的办公桌上出现过。沐筱感到生活一下子回到了从前那般轻松。然而,当妖妖她们知道她拒绝了一个高富帅时,简直要把她吊起来毒打。

妖妖是最夸张的那一个。她放下手中的鸡尾酒,指着沐筱的鼻子大骂:"你这种女人,在古代是要被浸猪笼的。"酒吧里喧闹的声音,都快压不住她那高亢的嗓音了。

婉竹打了下她那只夸张的手,轻蔑地说:"哎哎,不要滥用私刑。浸猪笼是用在背叛了男人的女人身上的。"

妖妖睁大妩媚的眼睛，认真地回答："大姐，都一样了，好不好？沐筱这就是背叛男人，背叛内心的爱情。哎哟哟，你这真是造孽啊！好白菜给你拱，你都不拱。"柳灵大笑："妖妖，你这是骂沐筱呢？"

正在几个女孩嬉闹时，高展到了。他高大挺拔的身材，瞬间吸引了很多女孩的注意。他倒也大方，不断抛出媚眼回应着女孩们的注视。他一落座，立马招来了妖妖的调侃："哟，你以为自个儿是谁呢，搞得跟巡演似的。"

高展毫不示弱，立刻回击："没办法，哥们儿就是有这样的魅力。"两个人一来一往，还未休战，一个姑娘端着酒杯过来了："帅哥，可否赏个脸，一起喝一杯？"他毫不犹豫，端起杯子，一饮而尽。姑娘离开时，两个人已经互留了联系方式。

几个女孩忍不住调笑他。柳灵说："你真是健身房的活广告。可惜了，你在的健身房见不得光啊。"高展快笑岔气了："你这小姑娘，怎么说话呢？什么叫见不得光啊？搞得我在干什么不正经勾当似的。"妖妖说："就是，柳灵你这话说的，彻头彻尾错了。不是健身房见不得光，是高展见不得光，见光死。"

婉竹在一旁和沐筱分享着自己的感情进展，脸上不时露出甜蜜的微笑。那个斯文的男孩，大概符合了她对爱情全部的幻想。高展把注意力转到沐筱身上，用手指敲了下她脑袋："不知道你天天想什么呢，有人追，就去谈场恋爱好了，磨磨叽叽的，跟个老太太似的。"

这时，酒吧DJ（打碟的人）换了舞曲。妖妖站起来，拉住高展："走走走，跳舞去。这几个女人，没趣。这个时候，我只能将就着，让你陪我跳舞了。"高展一边脱外套，一边嘴上不饶人："您知足吧。这么一个大帅哥，陪您跳舞，多少姑娘得羡慕死！"

两个人开始在人群中摇摆。三个姑娘在座位上，喝着鸡尾酒，也随着音乐随意摆动着。

婉竹冷不丁说："我觉得高展说得没错。况且，因为一个人是高富帅就拒绝，这也不是对待感情的态度。"知性的婉竹，总是善于举一反三，幽默来得有些出其不意。沐筱幽幽地说了一句："不是。没感觉而已。"柳灵脱口而出："所有的感情，看在钱的分儿上，都可以将就了。"两个人一起吃惊地看向她。她吐了吐舌头，表示只是随口说说而已。

一曲结束，妖妖和高展停了下来。两个人不斗嘴的时候，看起来还是很般配的，郎才女貌。三个姑娘一起看着两个人，默契地相视一笑。妖妖坐下来，大声嚷嚷："热死了热死了，跳了一身汗。"然后抓起杯子，一饮而尽。

沐筱起身："我去下洗手间。"在去往洗手间的那条通道上，灯光有些幽暗。一个高大的男人堵在沐筱面前。她往左走，对方也往左走。她往右走，对方也往右走。她暗自懊恼，索性侧身靠在一边。

没承想，那男人也停了下来，慢慢靠近她。对方的气息越来越近。那男人把一只胳膊撑在墙上，低下头，缓缓地开了口："好巧啊，绯闻女友。"沐筱微微抬了下头，这才吃惊地认出，原来是皎奕。他帅气邪魅的脸，在幽暗的灯光下，英气逼人。

沐筱突然觉得心跳得厉害。她开始情不自禁地解释，结结巴巴地说："哦，好、好巧，我、我和几个朋友在这里小聚。"皎奕看着她紧张的样子，笑容深了几分，也学着她的样子，解释道："哦，我、我一个剧杀青，和一群朋友，在、在这边庆祝。"

听到他学自己结巴，沐筱懊恼极了，有几分生气："麻烦您让一让。"皎奕没有说话，只是把头又低了低，脸凑得更近了几分。沐筱只觉得他笑意暧昧，忍不住伸出手来推了他一把。

皎奕被出其不意地推了一把，正微微不快，不远处有人叫："皎奕，干什么呢？磨磨蹭蹭的，就等你了，快点儿。"他听到声音，收回手臂，挺直身子，离开沐筱几分，帅气地理了理头发，冷冷地看了沐筱一眼，这才转身大踏步走了。沐筱长舒了一口气，拍了拍自己的胸口，暗自骂了一句："莫名其妙。"

等她从洗手间回到座位上，妖妖看到她大呼小叫："你怎么去个卫生间去了那么久？"沐筱神色极其不正常，略带一丝慌张："哦，那个，排队的人有点儿多。"妖妖正欲再次开口，婉竹看了一眼时间，大惊失色："哎呀，时间不早了，我得回去了。"

柳灵接过话来："你这刚一谈恋爱，就成了良家妇女，这才几点啊？"妖妖快速补刀："就是，真是扫兴。"沐筱附和婉竹道："时间确实不早了，今天就到这儿吧。走了走了。"

几个人分开时，高展很认真地对沐筱说："遇到合适的，不要着急拒绝，多接触一下，给彼此一个机会。"妖妖张了张嘴，想说什么，最终什么也没说。沐筱笑了笑，没说什么。大家各自回家，像以往一样，谁也不送谁，四散而别。

11

这周的第一天，大家就预感到这又是一个忙碌季的开始。新品还有一段时间就要上市了。按照之前市场宣传的节奏来看，接下来就要进入新品的发布和推广期。

之前的市调和第一阶段的市场宣传结果都显示此次新品代言人必须针对年轻消费者。像之前请的娱乐圈老干部，已经有些out（过时）了，既无法带动中老年消费群体，也无法吸引年轻人的关注。

邀请一位年轻有影响力的明星代言，势在必行。总部督导组雷厉风行，不出几天的时间，就初步敲定了代言人选。艾伦接到电话时，本想一口拒绝。毕竟沐筱在那家公司上班，他不想让皎奕和她有更多接触。那个晚上在酒吧，他看到了皎奕看沐筱的眼神。所以，他一直隐隐不安。这几年，他很少看到皎奕用那样的眼神看一个女孩子。那种眼神，带着遇到猎物般的兴趣，又像是说不清的暧昧。

况且，在同一时间段，有另外一家品牌也在和他约谈皎奕的代言事宜。毕竟只能选择一家，何不远离那个女孩。他觉得真是够了，一个黄毛丫头，也能让自己坐卧不安。

但是，沐筱公司联络他的人口气很大，让人觉得这是不容错过的机会。所以，他打算先接洽看看，哪边条件更好就选择哪家，他可是"爱占便宜"的艾伦。

接到电话的第二天，艾伦就出现在沐筱的公司。董小姐迎接了艾伦。路过沐筱办公桌时，艾伦用略带敌意的眼神看了沐筱一眼。但是，沐筱给了他一个礼貌而友好的微笑。

如艾伦所料，沐筱所在的OTR公司果然给出了更高的价码。此外，它的竞争对手在综合实力上，还是无法与它相媲美的。所以，艾伦很快就在内心拍板了，与OTR合作。当然了，他是不会立刻答应的。经纪人一贯的伎俩，无非面露为难之色，抬高价码。

最重要的是，他一定要跟皎奕约法三章。赚钱和不惹乱子，一个都不能少。如果沐筱不在OTR工作，他会少死很多脑细胞。这个丫头片子，让自己一点儿也不能松懈。

第三章 品牌代言,缘分天注定

* 1 *

在皎奕家里,艾伦郑重其事地跟他谈了关于签约的事情。皎奕坐在他对面,仰躺在沙发上,跷着二郎腿,一脸无所谓。

艾伦说:"比较起来,OTR开价更高。我想签它。但是,你必须答应我几个要求,我才会签。"

皎奕有些好奇,略微坐直了身子。签品牌代言,艾伦还要跟自己谈条件,这好像是第一次。艾伦看到引起了皎奕的重视,清了清嗓子:"第一,我会跟OTR谈好,不允许沐筱跟进品牌代言的任何一个环节。第二,你不允许和她有任何接触,目光对视都不允许。"

皎奕打断他:"沐筱?就是我的绯闻女友?她和这家公司有什么关系?"艾伦简单做了介绍。皎奕若有所思地点点头,顽皮地说:"我不签。除非你答应我一个条件。"

艾伦问:"什么条件?"皎奕狡黠地笑了笑:"这次代言由沐筱全权负责,全程供我差遣。"艾伦没想到被他将了一军,猝不及防:

"你……能不能别闹了？"皎奕正色道："我是认真的。"

艾伦咬咬牙又将了回去："那就不接OTR了。"皎奕站起身来，无所谓地摊摊双手："好啊。正合我意。"说完，他起身进了洗手间。想到OTR的竞争对手绝对给不出这么高的价码，艾伦不禁一阵肉疼。可是，这个皎奕最近净出幺蛾子。真是让人胆战心惊。

等到皎奕从洗手间出来，他再次确认："那果真不接OTR了？"皎奕拿出一根香烟点上，悠闲地吐了一个烟圈出来，不紧不慢地开了口："如果你不答应我的要求呢，那就不接了。"他太了解艾伦了，所以才吃定了艾伦。艾伦是真正的"见钱眼开"型的经纪人。

艾伦恨得牙痒痒。被皎奕这么出其不意地将死了，有点儿骑虎难下。他只能先安抚道："可是，人家公司也有自己的人员安排。我们只是品牌代言，拿钱拍广告而已，你这要求也太过分了一点儿。"皎奕看了他一眼："如果他们也和你一样觉得过分呢，就不要合作了。"

皎奕的倔脾气一上来，真是固执得像头牛。艾伦立马连哄带骗道："好好好，我去和对方谈。那其他的要是没什么问题，我就视情况签约了。"皎奕不动声色地点点头。

等他离开之后，皎奕露出了一个孩子气的笑容。哎哟！要与绯闻女友形影不离了。到时候，这个艾伦还不得焦虑到脱发。他一想到这里，就觉得一个新游戏要开始了，无比兴奋。

与皎奕沟通之后，艾伦再次出现在OTR的办公室里。签约时，他委婉地表示，希望沐筱来接这个case（项目）。被皎奕的无理取闹搅得头昏脑涨的艾伦，并不是这么容易妥协的人。只不过，眼下他突然心里有了一个念头，不禁欣喜难耐：皎奕啊皎奕，不经意间，这个局你自己给破了。艾伦啊艾伦，你果然智慧爆棚，堪比诸葛亮啊。

董小姐下达了工作安排，这次的品牌代言将由她负责跟进。沐筱犹豫着，委婉地拒绝道："经理，这个项目能不能让别的同事跟进？我来负责其他工作。"

一想到前一段时间被媒体围追堵截的惨状，她就心有余悸。她不想再"噩梦重演"了。董小姐不愉快地白了她一眼，严厉地驳斥：

"你不要把工作和个人感情混为一谈。"沐筱张了张嘴,想解释,最终没再开口。

几天后,艾伦和皎奕到OTR公司进行品牌代言的第一次双方碰面会。对于已经签订的合同,皎奕一向认真,会抽出时间跟品牌方尽快碰面,不仅沟通合作思路,还要了解企业文化等内容。工作起来的皎奕,严谨认真,决不含糊。

双方会面时,皎奕看到沐筱,脸上浮起了一个满意又邪魅的笑容。沐筱礼貌地冲皎奕和艾伦点了点头,算是打了招呼。双方第一次会面很愉快,并没有特别纠结的地方。毕竟,正式广告案出来之后,大家会再次碰面。

据说,皎奕是个很任性很难伺候的主儿,这样看来好像并不完全如此。沐筱暗自想着,悄悄松了口气。董小姐心里直生闷气,为什么这些帅气的男人们,好像都对沐筱这样的傻白甜更感兴趣。

艾伦也松了一口气,在他看来,皎奕让沐筱负责这个项目,已经是一个很棘手的麻烦了。其他的,都算不上什么事。还好,不久之后,事情会被自己很好地利用,不必再庸人自扰。皎奕看起来倒没有那么多心思,只是无聊地想象着接下来沐筱会对他现出的各种谄媚模样。这小丫头,以前每次见到他都那么硬气。

董小姐和沐筱送皎奕一行人出公司。走到大厅时,公司里一群女孩大犯花痴。

在电梯口,董小姐与皎奕和艾伦分别握手道别,微笑着说:"预祝合作愉快。"沐筱在董小姐身后,一直保持着职业得体的微笑。皎奕看到她这副宠辱不惊的样子,心里很不是滋味,浮起了捉弄她一下的小念头。

皎奕冲着沐筱说道:"那么接下来,就要劳烦沐筱小姐了。合作愉快!"说完,他伸出手,做了个握手的姿势。沐筱大方地伸出右手。岂料,两只手刚一接触,皎奕突然一用力,把沐筱拉入了怀中,迅速附在她耳边,来了一句耳语:"别来无恙啊!"

没等沐筱说话,他又一把推远了她,故作尴尬地说:"没办法,女粉丝见到我都会这么热情过度。"沐筱刚想争辩,电梯到了。皎奕戴上墨镜,走进电梯,冲沐筱挑衅地笑着。沐筱一转身,发现公司那些女同事们在不远处围观。那些眼神令她感到窒息。

董小姐斥责道:"还愣着干吗?回去工作。"说完,她率先往办公室走去。沐筱低着头,拨开人群,回到自己的位置上。没一会儿,她的手机又被公司几个要好姐妹的信息给轰炸了。她心头一紧,完了完了,这下又没平静日子过了。这个死皎奕,自己本跟他毫无瓜葛,为什么每次都甩一个莫名其妙的烂摊子给她?

2

按照合同约定,皎奕和OTR公司的合作分为三大部分,分别为新品宣传广告,终端演示视频以及新品发布会。拍摄好广告以及终端演示视频之后,在新品发布会当天,所有宣传信息一起对外公开,形成阵营。

在董小姐的规划中,新品宣传的整个策划案依然会和老搭档捷美公司通力完成。捷美是一家知名的4A广告公司。

捷美公司一直以来都是由李小姐负责与OTR公司的项目对接。所以,她一直比较熟悉OTR公司的口味。在和皎奕敲定合作之前,董小姐已经跟李小姐做了初步沟通。仅仅几天的时间,捷美的广告策划案初稿就形成了。

然而,在双方讨论创意时,向昊天表示了极大的反对。他认为,创意过于老套,不够时尚,不够抓人眼球。另外,新品的广告宣传语也不够简洁有力。沐筱在内心表示崇拜。这个向昊天,工作起来的样子还是挺帅的,专业又冷静。

在以往的合作中,李小姐很少受到质疑,显然有些不太习惯,一时间竟愣在那里。董小姐在旁边提醒了几次,李小姐这才意识到自己有些失态了。她迅速地恢复了职业化的微笑,柔声回应,称将会针对向总的意见,进行修改。

几天后,双方再次碰面的时候,捷美的方案依然毫无新意。新的策划案并没有达到向昊天的预期。他失望地摇摇头。在会议室里,李小姐求救般地看着董小姐。董小姐脸上的表情很不自然。

整个会议室,突然陷入一种凝重的安静当中。向昊天似乎在思索着什么。董小姐双手交叉紧握,像是下了一个很大的决心似的:"向总,不然,再给捷美些时间?时间还算充足。"李小姐连声附和:"是啊!向总,我回去立刻报告领导,召集最优秀的策划人员,重新调整方案。"

向昊天站了起来,双手撑在桌子上,分别看了董小姐和李小姐一眼,沉静地开了口:"看来这次我们要公开招标了。当然,同等表现下,我们还是会优先选择和捷美合作的。"李小姐一听,神色有些慌乱:"向总,您这边再给我们多几天的时间,我们一定拿出让您满意的方案。"

向昊天做了一个"送客"的手势。董小姐刻意避开李小姐的目光。李小姐叹了口气,带着助理,起身离去,似是带着一股怒气。

董小姐愣在那里,似有心事。向昊天看了她一眼,开口道:"董经理,你着手通知各4A公司以及其他小有名气的公司,我们这次广告策划公开竞标。时间你定,尽快落实。"董小姐回过神来,快速回答了一个"是"。

很快,董小姐按照向昊天的要求,对广告公司做了筛选,让沐筱通知各公司,三天后在OTR公司进行竞标。

沐筱隐约觉得,OTR和捷美多年的合作,到这里可能要告一段落了。她觉得有些惋惜,毕竟是那么多年的合作伙伴,配合一直都很默契。不过,不管怎么说,变化总归是好的,好过一成不变。

* 3 *

公开竞标的消息一传出去,广告界有了小小的沸腾。近几年,OTR集团下属的这家子公司像个不可攻破的堡垒。捷美是它唯一稳定的合作伙伴。每次OTR的广告都是大手笔,却是其他广告公司吃不到的葡萄,心里嘴里都酸溜溜的。

这次公开竞标，说明两家合作关系有了松动。这对广告界来说，是信号也是机会。所有得到消息的广告公司都铆足了劲儿，连夜准备标书。董小姐的电话快被李小姐打爆了。

董小姐避不开这个女人，忍不住心生厌恶。这个女人不抓紧时间去修改策划案，却坚持不懈地跟自己打探"内幕"，企图找到突破口。

当然，这并不是董小姐觉得烦躁的真正原因。客观来说，捷美和李小姐，都是不错的合作伙伴。真正让她焦虑的是，她现在没有掌控局面的权力。

她只能暗暗祈祷，希望捷美能拿出新的优秀方案来，能够有一个皆大欢喜的局面。然而，万一……万一双方这次没有如愿合作，那李小姐那里怎么交代？她揉了揉太阳穴，心下一横：不想了。兵来将挡，水来土掩。

但是，她还是拿起手机给李小姐发了一条信息："这次不是闹着玩的。你们要想拿下这次竞标，一定要拿出百倍精力来应对。结果如何，我是无能为力的。你我都清楚这点。"反正，几天后，就见结果了。

竞标当天，各大广告公司齐聚OTR公司。

来竞标的公司代表显出了几分可笑。大概大家都听闻了这次是由向大公子亲自把关，而他年轻帅气未婚。所以，大多数竞标公司派来的都是年轻貌美的女子。这些女子像要参加时装大会一般，打扮花枝招展，浓妆艳抹。

向大公子路过候场区时，不禁眉头微皱。这些公司都是圈内有名的公司，怎么会这么不专业？

捕捉到向公子微妙神情的沐筱，心里暗暗好笑。她忍不住凑到他身边，低声说道："跟选美似的。向大公子可要认真挑选哦。"向昊天一听这话，心情立刻好转了几分："嗯，谢谢沐筱小姐提醒，提醒很及时。不过，你看样子是吃醋了？"

被向昊天这么一抢白，她顿时气结，只好红着脸揶揄："哪有？

替你着想，事业爱情两不误。"说完，她抢先几步，先行进了会议室，再次做了设备检查和调试。各广告公司在候场区抽签决定了出场顺序。

第一家广告公司的发言人一进来，所有人都差点儿被那股香水味呛出了眼泪。坐在沐筱身边的晓彤，忍不住压低了嗓门跟她说："这是把一瓶香水倒身上了吧？好好的香奈儿5号，愣是被她用出了地摊劣质香水的效果。"

阐述人搔首弄姿，故意用嗲嗲的声音，显出娇媚无比的样子。她阐述完毕，走出去的时候，所有人都深吸了一口气，好似憋气憋了很久的样子。

第二家广告公司的发言人穿着还算正式。白色衬衫，黑色包臀裙。声音听起来也算正常，相对职业稳重。只不过，阐述过程中，她不小心弄掉了笔，俯下身那一刻，她做了刻意的停顿，还略略抬起头来，魅惑地看了向昊天一眼。向昊天开会一向喜欢坐在前面。

一位男同事正端起水杯，看到这一幕时，差点儿被水呛到。大家不动声色地瞄了向昊天一眼。他目光并没落在对方期待的地方，但是脸微微泛红，似是有些不好意思。显然，他已经接收到对方发出的信号。

沐筱忍不住在心里大笑，也隐隐担心，这场竞标能不能如愿找到满意的策划案？时间还是很紧迫的。

在大家都快要失望的时候，斯玛特广告公司的代表进来了。这家公司没有在歪门邪道上下功夫。进来的女生姓王，清爽干练，一件灰色高领衬衫，一条白色西装裤，服帖大方。

这家公司的创意是将代言人对OTR产品的感觉，拟人化为对初恋的感觉——"一见倾心"。产品定位高端、时尚、美丽，带着征服所有人的初恋般的魅力。风一般的男子风驰电掣般的人生，只在OTR产品面前，暂做停留。

向昊天一直微蹙的眉头，终于舒展了几分。虽然不是那么完美，但是方案在方向上是准确的，对年轻人的消费有了一定的引导性。这次新品就是要颠覆以往顾客对OTR产品"老龄化"的认识,一定要有老中青通吃的霸气和决心。

而董小姐的眉头,自始至终都没有舒展开过。捷美的竞标案一出来,她就知道没戏了。这次,真不怪她不帮李小姐,实在是捷美太不思进取了,这几年下来居然没什么大长进。

沐筱也松了一口气。终于有一家广告公司让人耳目一新。

4

不出意外,斯玛特公司竞标成功,算是一匹杀出重围的黑马。综合来看,它的创意和预算,都达到了预期。

双方经过几轮讨论之后,终于敲定了文案细节。接下来,将进入广告和终端演示视频的拍摄阶段。

送走斯玛特公司一行人之后,向昊天抬起手臂,看了看时间。讨论会从下午三点开始,一不小心,都快晚上七点了。

向昊天站在大厅中央,击了两下掌,引起了大家注意。等到所有人停下一切动作望向他时,他悠悠地开了口:"今天辛苦大家了,这么晚了,我请大家吃饭。地点望江海鲜楼。"话音刚落,现场顿时一阵欢呼。

望江海鲜楼是本地颇有名气的海鲜酒楼,每天人满为患,大家迅速地收拾好东西,往酒楼冲去。

到了酒楼之后,沐筱先去了一下洗手间。等她走进包厢才发现,座位格局已定。只有向昊天右手边有空位,她没得选择。晓彤在她对面的位置,冲着她狡黠地眨眼睛。

她刚一坐下,手机收到一条微信,是晓彤发出来的:"怎么样?我们对你好吧?钻石单身汉身边的黄金位,都留给你了。"她没有回信息,好笑地瞪了晓彤一眼。晓彤看到她的白眼时,故意抖了抖身子,做出一个"吓得打了个冷战"的动作。

海鲜陆陆续续上来了。看到吃的,大家都不含糊,职场上的稳重形象顿时不见踪影。只有董小姐,依然保持着淑女形象,漫不经心的，似是有心事。

一盘大闸蟹上来时，大家人手一只，嚼得"咔咔"响。沐筱正准备大快朵颐时，向昊天笑着对她说："等下。"沐筱不解地停了下来。

向昊天两只手上下飞转，不一会儿工夫，一只大闸蟹就被他"大卸八块"。他把大闸蟹放到沐筱面前，笑意盈盈地说："快吃吧。"向昊天褪去工作中职场精英的犀利之后，是一副涉世未深的大男孩模样。

沐筱一时之间愣在那里，在向昊天的催促声中，她回过神来，慌忙推辞："向总，您自己吃就好了。大闸蟹就是要自己动手，吃起来才过瘾。"向昊天看着她着急拒绝的样子，好笑地说："好了，别这么拘谨了，赶紧吃吧。"

怕引起同事的过多关注，沐筱只好恭敬不如从命了。向昊天一偏头，看到她没再抗拒，心满意足地笑了笑，完全不顾及周边人的存在。

三文鱼、象鼻蚌、龙虾等海鲜家族齐聚一堂。大家食过三巡，气氛正酣。有人提议一起喝一杯。向昊天因为开车，不能喝酒。些许白葡萄酒下肚，沐筱的脸飞上了两朵红霞，甚是可爱。

一杯酒毕，董小姐起身去了洗手间。

洗手台的偶遇，让董小姐更加不安。"哟，这么着急就来吃庆功宴了？""李小姐，这么巧，也在这里用餐？"董小姐硬着头皮回应。

"你怎么能这么淡定，一副若无其事的样子？"李小姐的声音显出几分气急败坏。"你知道的，这次我是真的无能为力。我也希望我们能继续合作。你也别太着急，来日方长嘛！"董小姐的声音显出几分虚弱，似乎对对方有所亏欠。

两个人的对话火药味十足。"说得轻巧，你知道这次害得我在公司多被动，我被总监骂得有多惨吗？如果我在公司混不下去了，我也不会让你好过的。"李小姐的态度很是强硬。"李胜男，你不要太过分了。我也不想这样的。后期，集团盯得不那么紧的广告项目，我们还是可以继续合作的。"

董小姐的怒气里带着几分克制。她在试图安抚对方。没有再听到李小姐的声音。一阵"哗哗"的水声之后，是"唰唰"地抽纸巾的声音。

片刻，李小姐恶狠狠地丢下一句："好吧，但愿如此。"董小姐无力地看着镜子，里面的自己显得好软弱。她突然觉得有点儿累了，强撑着给自己简单补了个妆。

没几分钟，董小姐回到包厢。她掩饰地冲大家笑了笑，回到了位置上。在不了解真相的人眼里，什么都没有发生过。一切如常。

用餐结束之后，大家一起走出酒楼。毕竟是初冬的天气，夜风有点儿料峭。沐筱在酒楼门口裹紧了身上的羽绒服。大家互道了再见，就散开了。向昊天一把拉住沐筱的胳膊，温柔地说："沐筱，我送你回家吧，顺路。"

她一脸疑惑，自言自语似的重复道："顺路？"奇怪，他并不知道自己家住何方，怎么就顺路了。向昊天不好意思地搪塞："都这么晚了，打车不好打。你在这里等我，我去取车。"

上车之后，向昊天细心地帮她系好安全带。温柔的气息，拂过沐筱的脸，她忍不住屏住呼吸，往靠背上挺了挺身子。向昊天看到她僵硬的样子，觉得十分好笑，但并未打趣她，问道："你家往哪个方向开？"

沐筱故意反问："咦，不是说顺路吗？"向昊天盯着前方，装作没听到。沐筱并未让他难堪，报了地址。两个人一路上相聊甚欢，从书籍到音乐，海阔天空地聊着。向昊天又变成了那个向宇，有活力也带着几分稚气。

离沐筱的小区还有一点儿距离时，她说："在这里停就好了。谢谢向公子。"向昊天不舍地看着她，喃喃道："沐筱。"沐筱侧过头，问道："嗯？"向昊天并没说话，俯过身来，渐渐靠近沐筱。她条件反射地推开昊天，有些懊恼地说："向公子，别这样。"

随后，她推开车门，下了车。向昊天反应过来，立马下车追了过去。他一把拉住沐筱："对不起，我太冲动了。可是，沐筱，我真的特别喜欢你。我对你一见钟情。我从来没有对一个女孩子产生过这样奇妙的感觉。"

沐筱没有回头，侧身对着他："向公子，时间不早了，你早点儿回去吧。路上小心开车。"说完，她稍稍用力，从向昊天手里挣脱了。她一口气冲上楼，并没有回头去看向昊天一眼。

向昊天回到车里，并没有立刻离开。他懊恼地拍了一下方向盘。看到不知道哪个狐朋狗友留下的一包香烟，他顺手抽出来一根，笨拙地点上。他不会抽烟，但是，此刻却无比想抽一根烟。他吸了一口，被呛了一下。他停了下来，看着荧荧之火一点点燃烧，直到熄灭。

他方才启动车子，往家的方向开去。

* 5 *

广告策划案已经确定，接下来就要进入拍摄阶段了。董小姐约了皎奕方面来敲定广告细节。

皎奕本人对谈定的合作，是决不含糊的，和艾伦一起前来OTR公司。他上身穿一件长款风衣，内搭米色高领宽松毛衣，下身穿一条牛仔裤，脚上一双高帮铆钉牛皮鞋。整个人看起来帅气逼人。

在OTR大厅，那些女白领们看到皎奕，忍不住一阵尖叫。皎奕倒不吝啬，帅气地跟大家挥手示意。沐筱并没有看到皎奕这么撩人的场景。此刻，她正在会议室调试设备，并和斯玛特公司的王小姐小声交流着什么。

所以，皎奕一行人走进会议室时，沐筱并没有第一时间发现。她只觉得耳边一股热气，一个悦耳冷静的男声响起："嗨，好久不见。"她愣了一下，挺直后背，迅速调整出职业化的微笑，机械地回应："嗨，好久不见。"

向昊天进来时，恰好看到这一幕。这是他第一次在正式场合和皎奕见面。看到皎奕对沐筱似乎有几分特别，他的内心很不舒服。这个女孩昨天晚上再次拒绝自己，难道是因为这个男人？

他不愿深想,大声招呼:"皎奕好,请这边坐。"皎奕转过脸,冲他点了点头,走过去,在向昊天身边落了座。虽然皎奕初次见到向昊天,也并不知道他的身份,但是莫名被向昊天所吸引,一种淡然的气质,加上不加掩饰的敌意。皎奕并不是一个嗅觉灵敏的人,但对这种敌意的捕捉,却是敏锐的。

多年前,皎奕也曾对一个男生发出过这种敌意。此刻回想起来,当时的他大概双眼血红,像一个试图守卫"猎物"的野兽,带着几分疯狂和不管不顾。

大三上学期,面对毕业,大家内心是惶惶的。T大传统意义上的就业率并不高。隔壁的R大毕业生捷报频传,不断有毕业生拿下跨国企业的offer(录用通知)。毕业这场战争中,T大彻底没了战斗力。两所高校原本不相关,原本也不该同台竞技。

然而,不知是哪个无聊的好事者,在BBS(论坛)上挑事。大意是,T大作为R大的"隔壁好友",却永远都是绿叶,是陪衬。R大学生万般优秀,德智体美劳全面发展,注定一走出校门就是时代的精英。

面对这样的言论,R大学生自然一笑而过。本是胜利者,本就觉得和T大学生放在一起是自降身价,自然此时无声胜有声,没必要去火上浇油。然而,T大学生气愤不过,总想找个机会,发泄一下多年的"积怨"。

一群人撺掇着要向R大毕业生挑战篮球,颇有为校正名的使命感。

皎奕作为校篮球队的队长,自然被大家推到了风口浪尖上。皎奕本不想蹚这趟浑水。转念一想,也许,能引起那个叫wanzhu的姑娘的注意,让她一睹自己在篮球场上的风采。想到这里,他顿时有些欢欣鼓舞。

"战书"很快送达了R大。网络时代,这"战书"下得极其高调,立刻引来了围观。皎奕故意选择了客场作战,把篮球赛的地点选在了R大体育场。虽然客场作战存在诸多不利。R大毫不犹豫地应了战。两大高校的篮球队,约在一个周末开战。

比赛那天，人山人海，观战的不光是R大和T大的学生，还有周边高校闻讯赶来看热闹的学生。T大有点儿倾巢出动的意思，来了很多助威的人。皎奕的魅力，由此可窥一斑。

上半场时，R大略输T大几分，形势胶着。下半场一开始，双方都争分夺秒，打得有些急躁。

抢球时，R大球员撞了T大球员，后者单膝跪了地，膝盖硬生生地撞在地上。几个T大球员立刻围住"惹事"的R大球员，R大也立刻围了几个人过来。场面有些不友好。双方推搡起来。

皎奕看到自己队员受了"欺负"，对方却毫无歉意，顿时怒火中烧。他拨开人群，抓住R大"惹事"球员："道歉！"对方怒视着他，一言不发。R大队长也冲了过来，接住皎奕试图落下的拳头。

围观的人群有了骚动。一个女孩出其不意地冲了进来，挡在R大队长面前，柔声问道："凌风哥，你没事吧？"叫凌风的男孩摇了摇头，说道："你一个女孩子进来做什么？我们男生之间的事情，会解决好的。"

看到女孩那一瞬间，皎奕松开了拳头，神色有些尴尬，更多的是嫉妒。果然如他所愿，他再次遇见了wanzhu。却不曾想到，竟是这般局面。那个女孩在自己面前，护着别的男生，柔情蜜意。

那个叫凌风的男孩，轻轻拥住女孩，试图将她"赶出"球场。女孩抽身出来，扭头面朝皎奕，微微皱眉："既然不是故意的，完全没必要起争端。这只是一场友谊赛而已。"她居然在责备自己？皎奕的心揪了起来。他的眼神冒出了寒意。

女孩一伸手，递给他一瓶冰水和一小瓶药水："喏，给你们同学冷敷一下，涂点儿药水吧。要是实在严重，我带他去我们学校医务室。"皎奕的心瞬间又暖了暖，乖乖地"嗯"了一声，顺从地接过东西。

女孩转身又冲凌风笑了笑："那我出去了，你们继续！"女孩刚出去，安可儿又冲了进来，一把抱住皎奕："受伤了吗？这是打球打不过，要挑事吧？咱们T大什么时候怕过事？"皎奕突然很嫌弃她的聒噪，不耐烦地回道："我们这儿还比赛呢，你快出去吧。"安可儿不情愿地出了赛场。

凌风冲皎奕伸出手。两只手握在一起时,皎奕忍不住加了几分力道。凌风不在意地笑笑,以为对方尚存怒气。握过手,就算言和了。比赛继续。只是接下来,皎奕打得有些恍惚,时不时往观众席追寻那个身影。

* 6 *

最后,毕业时的那场篮球赛谁赢了?好像是平局,又好像是T大赢了。皎奕有些想不起来了。当时的情绪,他倒记得一清二楚。若是现在,为了同一个女孩,他和另外一个男人相互起了敌意,他会欣然应战吗?

向昊天拿出名片递给皎奕。皎奕这才恍然大悟,原来是大名在外的"向公子"。艾伦暗自担心,搞不清楚皎奕葫芦里卖的什么药,他似乎对沐筱越来越上心了。他禁不住期待,新品发布会赶紧来到,好将前面那一段莫须有的绯闻做个彻底了断。

董小姐刚开了个头,皎奕打断了她:"董小姐,这个讲解可否由沐筱小姐来做?毕竟后面跟进具体事宜的人,是她。"董小姐顿感尴尬,求救般地望向向昊天。向昊天不动声色地点点头。皎奕带着恶作剧般的心情,看着向昊天眼底深藏的那丝敌意。他对挑起醋意和战斗颇有热情。

董小姐这才把头转向沐筱:"那沐筱,你来讲下整个合作吧。"她的语气里有刻意掩饰的冰冷。沐筱心里"咯噔"一下,恨死这个皎奕了,职场的人情世故,他一点儿都不懂吗?

她只能硬着头皮开了场:"好。很荣幸能由我来跟各位合作伙伴分享整个合作流程。首先感谢斯玛特公司和公司代表王小姐,给我们提供这么优秀的idea(创意)。那么,我先来阐述下广告案,各位有什么问题,在我阐述之后提出,我一一解答。另外,这次沟通会涉及商业机密,相信各位一定会做好保密工作的。"

皎奕看着沐筱一本正经的样子,心里早忍不住笑出声了。这个小丫头什么时候能不这么正经？女孩子嘛，疯疯癫癫的才活得不累。

沐筱善于用感性的语言，来诠释理性的思路。她的整个阐述，画面感十足。

广告男主，是一个风一般的男子。他一年到头，从无停留，他的身影出现在艾菲尔铁塔下，在迪拜七星酒店里，在世界各个角落。他出现在各种会议中时，面部冷峻。直到看到OTR产品，他微微一笑，温柔而多情，像对待初恋情人那般。

时间一晃，OTR始终陪伴在他身边，从青年到暮年，陪伴他结婚生子，带给他更广阔的"视界"。最后镜头定格在OTR上。以广告语做画外音——"OTR，每个成功男人最理性的选择，每个家庭温馨时刻最美好的陪伴"。

沐筱讲着讲着，居然有些动情。有那么一瞬，她有点儿哽咽。她装作嗓子不舒适，轻轻清了清嗓子。

多媒体广告讲究时间短而有效。而OTR的销售终端演示视频，将围绕广告定位，做一些扩展和特写，会突出男主的情感，做出消费引导。

另外，新品发布会将定在广告和演示视频完成之后的周末召开。这是新品发布会和庆功宴的结合，届时会邀请媒体共同参加。

沐筱讲完之后，皎奕带头给沐筱鼓起了掌，其他人也跟着鼓起掌来。向昊天温柔地看着她，眼睛里写着爱恋。董小姐鼓掌的姿态有些僵硬，带着几分不情不愿。

沐筱的脸一下子就红了，不好意思地笑了："各位这是做什么啊？这都是斯玛特公司的广告策划，我只是做了一次讲解而已。掌声应该给斯玛特。"大家一起笑了起来。现场气氛顿时活跃了很多。

大家对广告案没什么大的异议，艾伦希望整个安排紧凑些，因为皎奕过一段时间会到国外试戏。针对皎奕的日程，大家现场把时间做了调整和配合。

按照时间表来看，下个礼拜将进入拍摄期。沐筱想到这里，心里顿时有些紧张和不安，毕竟要由自己来跟进。

三方碰头会顺利结束。皎奕一行人离开之后，向昊天召开了内部会议，做了一些细节的规划。

自始至终，董小姐都面色阴沉，偶尔迎上向昊天的目光时，生硬地挤出一丝笑容。她心里藏着对沐筱的嘲讽：活生生地靠男人上位啊！虽然沐筱目前对她并没有构成什么威胁。

* 7 *

沐筱预计，从下周开始，接连两个礼拜，她都不会有什么休息时间了。确实好久没健身了，所以妖妖一伙人一招呼，沐筱二话不说就答应了。

妖妖和沐筱到得稍微早了一些，索性在健身房外面等婉竹和柳灵。阳光很好，两个人坐在户外椅上，眯着眼睛享受好时光。

没多久，婉竹也到了。柳灵最后一个到，她还没来得及跟三个朋友打招呼，就被一群妇女围住了。为首的中年妇女气势汹汹地指挥大家："把这个小妖精给我往死里打，出了事我负责。"听到柳灵的声音，三个女生立刻冲了过去。虽然，她们根本不知道发生了什么。

她们着急把柳灵拉出来，一时忘记了报警，只顾着往里冲。对方愣了一下，显然没料到柳灵不是一个人。紧接着，所有人撕扯在一起。

柳灵在人群中间，白皙的脸上满是抓痕，头发凌乱，衣服也被撕破了。她奋力地遮挡着自己的身体。

突然，不远处一个男子的声音响起："都住手，再不住手，我就报警了！"一群人停了下来，转身望向声音传来的方向。沐筱发现那男人居然是向昊天，顿时感到无比狼狈。此刻的她，头发像鸡窝，在刚才的推搡中，一只鞋子也不知去向。

她往婉竹身后挪了挪，试图挡住自己，不让向昊天发现。向昊天笑意盈盈地走向一位年长的女子："阿姨，您这一大早的，大动干戈所为何事啊？"

对方正是带头闹事的妇女。她勉强笑了笑："原来是昊天啊。你也知道，阿姨不是不明事理的人。只不过现在的年轻人，一点儿道德底线都没有。昨天晚上，我看到这小妖精和我家老头子的微信对话，她说今天上午会来这里健身,他们相识的地方。"

仔细端详起来,这个妇女有几分雍容华贵。她的话点明了事情缘由。沐筱三人这才意识到发生了什么。原来,柳灵插足了别人的婚姻。

向昊天的目光轻轻掠过婉竹身后的沐筱,装作不认识她的样子。向昊天微笑着说:"也许,只是误会而已。叔叔不是那样的人。"那位妇女愣了几秒钟,马上巧笑着回复:"是啊,说不好是我老糊涂了,弄错了。既然如此,我们就先回去了。"

妖妖跳出来,愤愤地说:"你说得倒轻巧,打完人,说弄错了就想走?谁都别走,我要报警。"婉竹在旁边给妖妖使了个眼色。她全然未理解是什么意思。

向昊天把脸转向妖妖她们,绅士地询问:"几位姑娘怎么样?有无大碍?"柳灵抱胸站着,一脸悲戚,双眼空洞,木然地朝向昊天摇了摇头。其他三个人看到柳灵摇头,也跟着摇了摇头。其实,对方只是阵仗看起来嚣张,倒也真没下什么重手。四个女孩都是在推搡中受了点儿皮外伤而已。

向昊天温柔地说:"既然几位姑娘无大碍,这也是一场误会,那几位可否给我一个面子,让阿姨一行人先走?"妖妖还想说什么,婉竹拉住她,摇了摇头。

找事的一群人很快就撤了。临走时,为首的妇女全然没了最初的气势,笑容可掬地对向昊天说:"昊天,阿姨真是老糊涂了,那我们先走了,你常去家里玩。"向昊天礼貌地应了一声。

等到那帮人走远了,向昊天走到沐筱面前,心疼地抚了抚她的头发,柔声问道:"你怎么样?脸上疼吗?"沐筱不好意思地低下头:"向总,谢谢你。还好你帮忙,不然,这场误会不知道要怎么收场。"向昊天不满地皱皱眉头:"又不是在公司,你还是叫我昊天或者向宇。总之不要'总'啊'总'地叫我,像个老头子。"

沐筱受惊吓的神情散去了不少。妖妖一边好奇地打量着向昊天和沐筱,一边不满地冲着婉竹嘀咕:"误会,误会,既然是误会,打了人,岂有随便放她们走的道理?你们真是好讲话,重色轻友。看看柳灵都被她们打成什么样子了!"

婉竹拽了拽她的胳膊:"小点儿声,回头再跟你解释。"说完,她走过去,抱住柳灵,心疼地说:"灵儿,你脸上身上疼吗?"

沐筱转身看了看三个姑娘,跟向昊天说:"昊天,对不起,我要过去照看下我的朋友。"向昊天点了点头:"嗯,我在那边等你们,你们等下去医院或者哪里,我送你们。"她没有拒绝,顺从地点点头。

她走过去问柳灵:"灵儿,我们去医院看看吧。你这些伤要处理下。"柳灵勉强挤出几分微笑:"不用了,我没事,我想回家,想一个人静静。"

沐筱三个人互相递了一个眼色。几秒钟后,沐筱说:"那我让朋友送你回去吧?你这样子,我们不放心。"

柳灵从婉竹怀里挣脱出来,苍白地笑笑:"没事,我先回去了。害得大家好好一个休息日都浪费了。"说完,她一个人跟跟跄跄地走了。别看柳灵平日里大大咧咧的,实际上极其要强和要面子。这个时候,谁都拦不住她的。

婉竹担忧地问沐筱:"怎么办?不会有事吧?"沐筱同样有些担心:"不知道。应该不会有事的。"妖妖在旁边莫名其妙道:"你们想什么呢?就是一个误会,她能有什么事?"沐筱看了她一眼,没说话。婉竹拿手点了下她的脑门儿,说道:"你呀。"

三个人再没心情去健身了。向昊天走过来主动要求送她们回家。妖妖刚要答应,婉竹就抢先回答:"今天我开车来的,我送妖妖回去,我们顺路。沐筱就麻烦你了。"

8

沐筱无奈,只能乖乖地跟着向昊天走了。

一路上,她心烦意乱,无心和向昊天聊天。作为朋友,她们真是太失职了,对柳灵的变化竟然毫无察觉。

向昊天不时转过头来，看看坐在副驾驶的她。这个女孩，刚才帮朋友"打架"的时候，奋不顾身，颇有侠女风范。这会儿，她的脸上又写满多愁善感。

为了不让她胡思乱想，他找话题："你们常去这家健身房吗？"沐筱把思维收了收："也不是很经常，偶尔吧。毕竟忙碌了一周，周末我宁可睡懒觉。"向昊天笑道："这是在间接抨击我这个周扒皮？"

沐筱忍不住笑了："哦哦，向公子要是这么爱大包大揽的话，我觉得员工没有时间经常健身，那跟你是脱不了关系的。"看到沐筱神情变轻松了一些，向昊天松了一口气。

向昊天好奇地问道："这家健身房，据说会员卡不那么容易办。"他掂量着措辞。沐筱直率地回答："你是想问，这家健身房连白富美都不一定能进来，为什么我们这些矮矬穷能进来？"向昊天大男孩气息又冒了出来，脸有些红，语气有些着急："你知道，我不是这个意思，我刚回国，也才刚听说这家健身房……"

沐筱不介意地笑笑："因为这家健身房有要求啊，一定要有特色的人，才能拿到会员卡啊。我们四个都丑得很有特色啊。"说完，她哈哈大笑起来。看到她大笑起来，向昊天才真正放下心来。

笑声一停，她认真起来："其实，我们有一个朋友在里面做教练。是我们缠着他帮忙办的会员卡。想不到，这倒害了柳灵。我们这样的普通女孩，是不应该硬要挤进不属于自己的地方的。"

向昊天从认识她那天起，就从没看到她这么悲观的神情和认命的模样。他特别心疼，试图安慰她："一点儿误会，你想得有点儿严重了。"沐筱摇摇头："你不会懂的。"

两个人沉默了，空气一下冷了下来。他试图找些话题，却未果。过了一会儿，沐筱从自己的情绪里解脱出来，再次道谢："今天多谢你了。你怎么那么早就出现在健身房啊？"

向昊天微微转过脸，回答说："我习惯晨练。我健身完一出来，就看到了你们。"沐筱不好意思地理了理头发："没见过女性群殴吧？让你见笑了。事出突然，我们只想着别让柳灵吃亏了，都没来得及报警。"

阳光从车窗照进来,向昊天的侧脸显得英俊无比,睫毛长而黑,微微颤抖着。沐筱有点儿看呆了,一个男人居然有这么好看的长睫毛。向昊天意识到她在看自己,一动不动,只是嘴角上扬了一下。上次,他想吻她,被她拒绝了,他不敢再轻举妄动。

很快,到了沐筱的小区外面。他满怀期待地看着她,希望她能邀请自己上去喝杯咖啡。他只是想跟这个女孩再多待一会儿。下一秒钟,她就打破了他的幻想:"谢谢你,昊天。我就不邀请你上去了,改天请你吃饭。"

向昊天有些失望,但还是快速下了车,帮她打开车门。他倚在车门上,看着她的背影渐行渐远。她突然转身,冲他摆了摆手。向昊天僵硬地抬起手,也挥了挥。

回到家里,沐筱发现妖妖又建了一个三人小群。她们说,柳灵的手机打不通了,不知道会不会出事。在向昊天车上时,沐筱也拨过柳灵的手机,确实是关机状态。沐筱稳住了她们:"没事的。她不希望有人看到她狼狈的样子,所以她应该是回家了。让她冷静一下,我们下午晚些时候去她家找她。"

妖妖的消息很快弹了出来:"完了完了,她肯定生我们气了。她受了那么大委屈,我们还自作主张放走了那群中年妇女。"婉竹发了个无奈的表情:"妖妖,我说你是不是傻啊?柳灵也不想计较了。"

"明明是误会,为什么不计较?对方都亲口认错了,说是误会。"妖妖脑子不灵光的时候,也是无人可敌的。婉竹叹了口气,说道:"对方肯定是坐实了柳灵的罪名,才找上门来的。沐筱的那个同事看两边都是熟人,就跟对方要个台阶。对方一看碰到熟人了,脸上挂不住,也顺着台阶下了。"

婉竹这么一说,妖妖才彻底明白。婉竹出身书香门第,在识人看事上,有着过人的聪慧。

三个人一商量,准备傍晚时分去找柳灵。她若想跟她们倾诉,她们就做个倾听者。她要是不愿说,大家一起吃吃饭,聊聊天。只要看到她没事,她们会放心些。

下午时,三人相聚在柳灵小区。还没到柳灵家门口,三人就看到她把一个男人往外推。难道上午的事情还没结束?对方居然找人跟到家里来了?三人立刻冲上前去,连拖带拉地把那人往外拉扯。

柳灵对三个人的出现显然没有防备,愣在门口。妖妖尖利的指甲快要落到那男人脸上的一刹那,柳灵大声叫了出来:"妖妖不要啊!"三个人这才停下来,用询问的眼神看着她。

柳灵无力地靠在门上,说:"你们进屋吧,放他走。"那男人理了理衣服,无奈地看着她,哀求般地叫道:"灵儿……"柳灵生气地吼道:"滚,我让你滚啊!"

男人摇摇头,没再说话,朝电梯口走去。三人没太看清楚男人长什么样子,只觉得很儒雅,年纪应该不小了,但是身姿相当挺拔。

9

三个人一进门,就把一箱啤酒放在茶几上,明显是有备而来。柳灵甩上门,让自己陷进松软的沙发里,捋了捋头发,脸上的伤痕和泪痕越加明显。

三个人想好的安慰词,怎么都说不出口。这个世界,从来都没有真正的感同身受。虽然,在破坏别人婚姻这件事情上,她们从来都是立场坚定,反对无比。但是,现在事情发生在好朋友身上,她们无法批评苛责,只剩疼惜。

大家静静地陪柳灵喝着酒,一口接一口。外面天色渐渐暗了下来。还是婉竹先开了口,话题却似乎与今日之重点并不相关。"这应该是我们四个人,第二次一致抵御外侮,奋起打架吧?"

仔细回忆起来,确实如此。第一次是大学二年级的时候。几个女生七嘴八舌地开始补充细节。沐筱点点头:"我们从来不惹事,但是遇事不怕事。"妖妖撇撇嘴:"喊,还不是姐姐冲在了第一线,你们几个当时的表现完全是没见过世面的书呆子。"

柳灵开始慢慢融入追忆中:"不是这么回事吧?好像是我第一时

间抓住了欺负婉竹的那个女生的衣领吧？"沐筱反对："我应该是最大的功臣。"

谁都认为自己的回忆是最精准的，谁都觉得自己是当时最大的英雄。不可否认，女生巩固友谊的方式和男生还是有几分相似的。一场维护对方的嘴仗，都能使友谊打开一个新局面。你融入了对方生活的冲突中，意味着你知道了对方内心的秘密，从此你就是自己人了。这样算来，四个女孩的友谊并不是从相识第一天就开始的。

直到大二上学期，婉竹在206宿舍过的依然是无声无息、特立独行的生活。四个人维持着表面友好的舍友关系，相互之间带个外卖，借个东西，但谈不上交心。晚上熄灯之后的卧谈会，婉竹很少参与。三个姑娘无从知道，她在黑暗中静静躺着都想了些什么。

大二下学期一开学，各学院各班级开始了奖学金的评定。婉竹综合评定是专业第一，意味着一等奖学金非她莫属。在向学院上报奖学金评定结果之前，婉竹的同学们出了幺蛾子。在一个下了晚自习的晚上，奖学金评定小组的几个学生代表找到了婉竹。

带头的是婉竹班里的团支书A。她故作难以启齿状："婉竹，这次奖学金的评定结果……"婉竹坐在桌前，并不接茬儿。台灯的光，照在她脸上，打下一片阴影。看到婉竹漠然的态度，来"找事"的几个同学脸上有些挂不住了。B脱口补充："同学们对于你被评定为一等奖学金，很有意见！"

婉竹依然没开口。沐筱三人闻到了火药味，停下了手里的动作，虎视眈眈地望着几个来客。看来是来者不善。B看到婉竹的态度，有些火了，放弃了"循循善诱"："我就开门见山了，你还是主动放弃一等奖学金吧。"R大的奖学金丰厚是出了名的，更何况与日后的优秀毕业生评定以及保研等息息相关。所以，竞争是相当激烈的。

已然评定出了结果，却要奖学金得主自动放弃。这实在有点儿欺负人了。婉竹抬起头，直视对方的眼睛："我是不会放弃的。若是有更优秀的同学，综合评定超过我，我甘居第二。"

几个同学变得气急败坏，开始口不择言。"你也不想想，你是被

R大破格录取的,你有什么资格跟大家一起参与奖学金评定?""另外,同学们觉得你人品有问题,不配拿一等奖学金。"

见婉竹岿然不动,几个人开始按捺不住,推了她几把。妖妖实在看不下去了,甩下手中的水杯,走过去:"我说,不要动手动脚,好不好?"沐筱和柳灵也围了过来。几个人依然很嚣张:"这是我们专业的事情,与旁人无关,没你们的事。"

此时,一个女孩用手指轻桃地捅了捅婉竹:"你倒是说话呀,既然不配拿一等奖学金,就做得好看点儿,让出来。我们这也算是给你台阶下了。"沐筱反驳道:"既然一等奖学金已经评定出是婉竹的,她就绝对有资格拥有。她没有理由让出来。奖学金自诞生那天起,就是各凭本事去争取,有什么理由让给别人?"

B看到沐筱,像是再次抓到婉竹把柄似的:"你就是那次替婉竹去上公共课的女孩吧?我们许多同学都知道,所以才说婉竹人品有问题。"此言一出,沐筱的脸顿时红了。确有此事。

有一次,婉竹突然发高烧,眼看虚弱得站不起来,还惦记着去上课。沐筱只好出此下策。婉竹连反对的力气都没有。当时替婉竹上课时,沐筱十分小心,怕被人揭穿。就连下课后,听到有人在背后叫婉竹的名字,她犹豫了一会儿,才小心地回了头。还好,没人出来"找麻烦"。B说的大概就是这件事情。在R大替人上课应付点名这种事情,并不鲜见。但是,这确实不是什么光彩的事情。虽然,只有那么一次而已。

还是妖妖反应快:"你们少拿这件事做文章。说得好像你们没干过这种事似的。再说了,你们既然说得这么证据确凿,直接拿证据说话,在奖学金评定里面找到对应考核项,做减分处理就好了。何必在这儿啰里啰唆的?"

A顿时气急,若真能这样处理,她们早就这样做了:"你算哪棵葱?这是我们专业内部的事情。"妖妖回骂:"我是这个寝室的寝室长,你们凭什么在我们地盘上撒野?"沐筱一听妖妖的话,顿时腰杆子再次挺得直直的。

双方你一言我一语地吵了起来。不知道是谁先动的手,沐筱关了寝室门,一群女孩子扭打在一起。一阵乱抓乱挠,双方都挂了彩,披头散发,抓痕累累。面对闻讯赶来的辅导员,双方都不敢提及细节,只说是误会。辅导员也不想再追究,怕事态扩大,最后息事宁人,不了了之。

虽然四个人挂了彩,但是保住了婉竹的尊严和应得的奖学金。三个姑娘内心涌起了一股英雄情怀。自那以后,不知道从哪个晚上开始,婉竹开始参与宿舍的卧谈会了。

* 10 *

而这次,四人打架是为了柳灵。许是被回忆打动了。柳灵猛喝了几口啤酒,下定了决心般地主动开了口。

柳灵和周先生果然相识在健身房。周先生是本市有头有脸的人物。怪不得向昊天会和他爱人认识。

两个人相识很偶然,是周先生主动示好。那天,她跑完步,在健身房的饮品区喝饮料。她喝完起身要走,周先生叫住了她:"小姐,你鞋带散了。一定是你男朋友在想你。"柳灵顺口调侃了一句:"我没有男朋友。看来是我妈妈想我了。"

两个人随意聊了起来。周先生了解到柳灵不是本地人,能在这家健身房出现也是个偶然。分别时,周先生给了她一张名片:"女孩子在外不容易,有需要帮忙的地方,尽管找我。"柳灵顿觉心里一暖。

后来,周先生偶尔会邀请柳灵一起吃饭、喝咖啡,带她去画展。他像对待自己的孩子那般耐心、温柔,从不越界。慢慢地,柳灵也知道了,他目前离异,老婆和孩子都在国外。似是在描述中,柳灵又忆起了那段甜蜜时光,眼角挂着泪水。她把腿蜷了起来,双手抱紧了腿。

有一次情人节,周先生约她一起吃晚餐。他说:"你单身,我这个老头子也无人可约,不如一起过,让那些秀恩爱的情侣,无计可施。"跟柳灵在一起,他也学会了很多年轻人的名词。

柳灵心里一动，接受了邀请。毕竟两个人早已成为忘年交，相处很愉快。那天晚上，周先生带她到了一家西餐厅。西餐厅位于一栋大厦的第三十层。周先生订的是靠窗的位置。

用餐时，两个人可以俯瞰这座城市的夜景，能看到穿越整座城市的河流。窗外，灯光和繁星连为一体，分不清到底什么是灯光，什么是星光。

其间，借着酒劲，周先生满眼爱意地对柳灵说："你这么好的女孩，居然没有男孩在身边照顾你。我若是年轻几十岁，我一定追你，不追到手不罢休，呵护你一辈子。"

柳灵有些心动，也有些不好意思。她低着头，玩弄着手里的红酒杯。在周先生想伸手握住她手的那一刻，她紧张地站了起来："不好意思，我去下洗手间。"她站起来的那一瞬间，周先生温柔地说了句："等一下。"她停了下来，不知所为何事。

只见，周先生走到她面前，缓缓地蹲下身去，帮她系好了高跟鞋上松开的带子。那天，柳灵穿的是绑带高跟鞋，性感而轻熟。那一刻，柳灵感到特别甜蜜，像被丘比特之箭射中了内心。

周先生直起身后，若无其事地对她笑了笑。柳灵对着洗手间的镜子，深呼一口气，试图让自己稍稍平静下来。

那顿晚餐接下来的时光，周先生像什么事情都没发生过一般，和她谈笑风生，和她讲年轻时候的职场故事。柳灵怀着一颗荡漾的心，满怀崇拜地听他激荡的人生故事。

晚餐之后，周先生开车送她回家，一切行为止于礼。

那天之后，周先生像突然失踪了一般，不再联系柳灵，电话微信都没有回复。没有他不定时的"骚扰"，柳灵有点儿不习惯。她才发现自己爱上他了，发疯般地想念他。

大约两个礼拜之后，周先生再次出现在她公司楼下，接她下班，一起用餐。他满怀歉意地解释，公司出了点儿事情，出了一趟国。说着，他拿出一个LV（路易·威登）的包包，说是送给她的礼物。

柳灵一下子委屈起来，大声说："你不用跟我解释你为什么失踪，我是你什么人啊？我们只不过是普通朋友而已。"说着说着，她哭了起来。周先生怜惜地帮她擦了擦眼泪，轻轻揉了揉她的头发："傻丫头，在我心里，你早已是唯一了。"

就是从那天起，两个人开始正式交往。但是，柳灵从来不知道他并没有离婚。她享受着他给的呵护，也从不主动跟他要名分。她以为，反正早晚都会结婚，倒不如多享受享受恋爱的感觉。

妖妖跳了起来："老司机啊，真是老司机，撩完就跑，回过头来还等你投怀送抱。"四个人仰躺在沙发上、地毯上。时光好似还在大学时候那般，然而一切却早已不同。

柳灵很早就失去了父亲，所以内心是有一点儿"恋父情结"的，不然也不可能这么快就陷进去。

妖妖起身，给每人倒了一杯酒，大声叫道："让我们一起干杯，让那些男人都滚得远远的！"妖妖目前还处于空窗期。但是，上一个男生，是被她甩的，所以这话说得像跟谁赌气一般，让人难以理解。

不管怎样，这句话对于治疗柳灵的情绪还是起到了一定的作用。她从沙发上跳下来，拿起啤酒，大声叫了一句："女人要让自己活得精彩，让臭男人见鬼去！"

"Cheers（干杯）！"四个杯子碰在一起，发出清脆的声音，有酒液溅出。关于爱情，四个人想的是不一样的情节。这并不妨碍她们的友谊地久天长。沐筱这样想着。每个人终究都会有自己的幸福吧？

* 11 *

再次忙碌前的周末，就这样被一段意外消灭了。这周开始，沐筱要打起十二分的精神来对付那个皎奕了。哦，不不，是伺候那个男人。周一的早上，沐筱暗暗给自己打气。

每次想到那个男人，她总是按捺不住内心的敌意。无奈的是，她居然是他钦点的"小丫鬟"。说真的，她不是特别讨厌这个人，只是下意识地有点儿抵触，总觉得只要一跟这个人碰到一起，她就特别倒霉。

还没到约定拍广告的那天,一通意外的电话打了进来。沐筱接起电话时,一个冷凝的声音在耳边响起:"嗨,出来陪我买衣服,拍广告要穿的。"她迟疑了一下,犹豫着问道:"您好,请问您是哪位?"

对方简洁地回答:"皎奕。"沐筱觉得,一定是有人在跟自己玩恶作剧。毕竟,一般都是经纪人联系合作方。这样一想,她"扑哧"笑出了声:"别闹了,你到底是谁啊?那个讨厌的皎奕怎么会给我打电话?"

说到后半截时,她捂住话筒,压低了声音。对方愣了几秒钟没有说话,似乎被这驴唇不对马嘴的对话给弄得莫名其妙。过了一会儿,那端的声音才再次响起:"你居然叫我'讨厌的皎奕'?"沐筱愣在那里。果真是皎奕!

沐筱捏了一把自己的脸,不好意思地说道:"那个,那个,是皎奕先生啊?不好意思,刚才可能……"

皎奕在电话那端差一点儿笑出声来。刚才不是挺勇敢的吗?现在又怯怯懦懦地试图找借口。他忍住笑:"沐筱小姐,我再重复一遍,出来陪我买衣服。"沐筱调整了下声调:"皎奕先生,广告拍摄的服装已经帮您准备好了。另外,再有两天时间,我们才正式进入拍摄。所以……"

这个女人,居然再次拒绝了自己,就像之前拒绝自己的签名那样。他加强了语气:"陪我买衣服,如果你不来,我就通知我的经纪人,贵公司没有按照约定进行合作,合同中止。那,现在请沐筱小姐回答,要不要陪我买衣服?"

"可是……可是……好吧,请您把地址给我下。"她只能应下,准备到现场看看这男人又出什么幺蛾子。皎奕在电话挂断之前,幽幽地吐了一句话出来:"麻烦以后不要叫我'皎奕先生',感觉像在叫一个老头子。"

沐筱恨得咬牙切齿,有种难以形容的心情。等到广告结束之后,她一定远离这个男人。她跟董小姐打了声招呼，就出门去找皎奕了。

挂完电话的皎奕，悠闲地打了个响指，倒了一杯红酒，细细地抿了一口，眯起了那双乍一看有点儿冷酷的眼睛。他难得有半天的空闲时间。过一段时间，他有个公益晚会要出席。购物不只是女人的天性。男人的衣橱，也总是少那么一件衣服。不想让无聊的艾伦陪同，他突然想起这个呆萌的沐筱，趁机逗她玩下。

沐筱按约定到了阿玛尼店门口，没看到皎奕的人影。这家店，她之前从来没进去过。在门口徘徊了一会儿，她打电话给皎奕，没有人接。她以为皎奕已经在试衣服了，不方便接听，所以直接进了店里。店员很热情，但是眼睛里带着几分打量和疑惑。

在店员眼里，这只是个衣着普通的姑娘，看不出潜在客户的特质。沐筱想开口询问，却不知道怎么开口。她只能漫无目的地转悠着。一件上衣引起了她的注意，沉稳灰，简洁大方。她一时愣在那里，记忆中他也有一件这样颜色的上衣。若是他穿上这件，必然英气十足吧？

就在她盯着那件上衣发呆时，一名身形高大的男子出现在她身旁。那男子戴着墨镜和口罩。沐筱蓦地吓了一跳。皎奕卸下装备，嘴角上挑，笑了一下。店员看到皎奕，立刻露出谄媚的笑容。一看就知道，皎奕是这里的常客了。

他点了几套衣服，示意店员拿给自己试穿。沐筱看了看衣服上的价格，不禁有点儿咋舌。她伸手拉住他的衣袖，低声跟他嘀咕："先说好了，你买衣服的钱，我公司是不负责报销的。"皎奕推开她的手，冲她不屑地"哼"了一声。

他先试穿了一套深蓝色西装。完美的身材线条毕现。深蓝色衬托出他眼底的深邃，整个人显得特别有深度。他摆了一个pose（姿势），示意沐筱发表意见。沐筱频频点头。他无语地摇摇头。

转身，他又换了一套黑色西装。黑色显得他成熟大气。沐筱不禁嘀咕，这个男人怎么这么帅啊？穿什么都好看。她花痴地冲着皎奕再次频频点头。皎奕耸了耸肩，无奈地摊摊双手，对她表示无语。

再出来时,他裸着上身,只套一件银灰色偏休闲外套。上身的肌肉露了出来,性感十足。他魅惑地冲沐筱一笑,沐筱险些喷鼻血。

好不容易等到他试穿完,沐筱不禁松了一口气。再多看这个男人几眼,自己怕是要和那一众粉丝一样痴狂了。只见他指着刚才试过的部分衣服,霸气地对店员说:"这个、这个、那个,都包起来。"店员立刻笑成了一朵花。

沐筱仔细一看,全是自己之前摇头的。自己频频点头的那些衣服,都被他排除了。她疑惑地看了他一眼。他并不看她,重新戴上墨镜,幽幽地吐出一句话:"叫你过来,就是帮忙做减法的,凡是你看中的,都不能买,其他的就是我可以选择的。So easy(很简单)!"

听到这句话,她只觉得眼前一黑,自己这是平白无故躺枪了吗?辛辛苦苦陪了他半天,他这是在嘲笑自己的审美吗?忽然,皎奕转身,指了指那件沐筱一开始对着它发呆的灰色上衣,对店员说:"这件帮我拿我的size(尺寸),我也要了。"

沐筱呆呆地看着他,不知道他在想什么,那件衣服他明明没有试穿过。买完单,他带着满载而归的喜悦,对沐筱露出难得一见的正常笑容:"为了表示感谢,我送你一程?"沐筱吓得连连摆手:"大少爷,你可放过我吧,我的绯闻男友。"

皎奕笑得无比妖孽:"说的也是。那就此别过吧,我的绯闻女友。"说完,他自顾自往外走去。沐筱等他走远了,转身朝另外一个方向走去。她突然觉得他好像也没那么讨厌了。

* 1 *

　　广告开拍那天，沐筱早早赶到广告拍摄地。到了之后才发现，她还不是最早的。斯玛特公司的王小姐早已到了。现场，摄像机、道具等都已经准备就绪了。

　　广告选择的拍摄地之一，是当地有名的容城大桥。这座桥高大壮观，放眼过去，蓝天和绿水相互映衬，远处的高楼大厦在蓝天绿水之间显得冷峻而坚硬。

　　皎奕会在桥上拍赛车的镜头，凸显风驰电掣般的快感，体现出一个男人对速度的执着和痴迷。这组镜头表达的是，当代都市男精英理性有余而温情不足。这一幕是在男主遇见OTR产品之前。

　　赛车在桥上飞驰时，背景会不断切换各种国际化标志性建筑，埃菲尔铁塔、迪拜七星酒店。男主征战商界，视野开阔，阅物无数，能让他动心的东西少之又少。

　　皎奕拍这些场景毫无困难，这与他一贯清冷的气质特别相符。赛车停下,他推开车门,倚门而立,摘下墨镜,目光冷峻,这简直就是本色出演。

导演笑成了一朵花,一遍过。不愧是皎奕啊!沐筱走上前去,面带微笑在旁边小心候着。毕竟,口头上是约好的,自己是这厮钦定的"丫鬟"。

冬季的容城,虽然阳光灿烂,大桥上还是冷风阵阵,有几分湿寒。又拍了几个特写之后,大家就转战室内场景。

室内的镜头,其实也很简单。场景一,男主在工作中严肃、不松懈。场景二,男主偶遇OTR产品,脸上浮出难得的温柔一笑,笑容似春日阳光般温暖,似遇到初恋般甜蜜。

然而,在拍笑容时,皎奕卡壳了。皎奕的笑容总是让导演不够满意。他的笑容不是邪魅,就是魅惑,缺少了一种面对初恋的甜蜜和温柔。

"皎奕,你的笑容再干净点儿,多些情窦初开的温暖和羞涩,再试下。来来来。Action(开拍)。"还是缺少了点儿感觉。导演只能指示大家原地休息,给皎奕点儿时间再找找感觉。

艾伦过去拍了拍皎奕的肩膀,以示安慰。艾伦跟在皎奕身边这么久了,自然是很了解他的。他的弱点就是爱情,这是他的软肋。每次拍摄与爱情相关的镜头,皎奕都会有不同程度的卡壳。虽然最后镜头都能过,但是过程总是崎岖的,让人心里惴惴的。

沐筱给两个人各递了一杯热咖啡,表示慰问。皎奕机械地接过了咖啡。他似乎沉浸在某种回忆和思索中,脸上居然浮现出了一丝懊恼。这一点儿都不"皎奕"。以往的皎奕脸上多是不屑和无所谓。沐筱这样想着。其实,在这点上,她完全误解了皎奕。他对待演戏和镜头,有一种与生俱来的责任感和敬业心,丝毫容不得马虎。

再次开拍的时候,皎奕一个微微转身,笑容居然有几分落寞。导演十分不满意。就在导演准备喊"cut(叫停)"时,沐筱有些着急,忍不住喊了一句:"皎奕,你看,smile(微笑),要这样。"她随即露出了一个甜美干净的笑容,做出了示范。皎奕听到这个闯进镜头的声音,不自觉地嘴角上扬,眼睛里都是光芒。笑容温暖得刚刚好,对于一个风驰电掣般的男子，这样的甜蜜度也刚刚好。

导演顿时松了一口气，这条算是过了。这个女孩子到底对他施了什么魔法，居然让他脸上有了这样的笑容，令人惊喜。

几个镜头下来，沐筱紧绷的情绪松弛了下来。她这才注意到，这几个镜头里，皎奕早换了服装。他并没有按照造型师的要求，穿事先准备好的服装，而是自带了服装。他身上穿的正是那天在阿玛尼买的灰色上衣，就是那件自己凝视了许久的上衣。

她心头一暖。虽然，她知道这只是个巧合而已，碰巧他也喜欢这件衣服，又很适合拍摄这组镜头时穿。她忍不住自我提醒：沐筱啊沐筱，你真是够了，快醒醒，居然会对这个男人有非分之想。

至此，当天的拍摄告一段落。现场人员开始收工。

然后是新品发布会及晚宴，接着新品正式上市，最后开始新一轮的终端推广……沐筱胡思乱想着，心里默默地算日程，盘算着什么时间能够从这个广告里解放出来。正在此时，皎奕走了过来。

他冲着沐筱笑了一下。这人，居然真的只有邪魅的笑容。嘴角略微上扬，唇形棱角分明。她呆呆地看着他。他双手按住她的肩膀，直视她的眼睛，一字一句地说道："哎，你真的很没规矩。居然在别人拍广告的时候，在旁边大喊大叫。"

什么？难道刚才不是自己帮了他？明明是自己帮了他吧？她没来得及反驳，只听艾伦在不远处喊道："皎奕，快走，你今天晚上还有个公益活动。"

皎奕转身大踏步离开了，并没有给她反驳的机会。她内心刚出现的那点儿好感，瞬间消失了。这是什么人啊？那些粉丝难道都疯了吗？

* 2 *

两天后，终端演示视频开拍。有了广告做铺垫，演示视频拍起来倒是简单了很多。在广告基础上，把场面做大，时间长度稍稍拉长。整个画面的人物再饱满些。这些对皎奕来说，都是很简单的。最难的笑容部分，也被沐筱有效克服了。每当笑容卡壳时，只要沐筱一出马，他嘴角的笑容就会变成导演想要的那种。

终端演示视频拍摄完毕的傍晚，向昊天特意驱车来到拍摄现场，邀请相关人员共进晚餐。向昊天首先走到沐筱身边，低声说道："这几天辛苦了。"沐筱甜甜地笑了："多谢向总关心，这是属下该做的。"一阵微风吹来，沐筱的刘海飘起来，露出光洁的额头。向昊天忍不住伸出手来，帮她理了理头发。

沐筱轻巧地躲开了。卸完妆出来的皎奕，正好看到这一幕。他的内心涌起一股莫名的火气。他三步并作两步，走到沐筱面前，拉起她的胳膊："现在离晚餐时间还早，我带你去一个地方。"

沐筱被他突如其来的热情弄得不知所措，愣愣地问："呃，去哪里？"皎奕并没有回答她，而是把脸转向昊天："哦，向总，这会儿应该是贵公司员工下班的时间吧？不介意我借贵公司员工一用吧？"他脸上露出了一丝挑衅的微笑。

向昊天一时之间也摸不清状况，只好绅士地笑笑："哦，皎奕先生有需要我公司帮忙的地方，尽管开口。"皎奕满意地笑笑，留下一句生硬的话："那失陪了。"说完，他拉起沐筱的胳膊就往外走去。

其实，他也不知道他想带她去哪里。只是，他看到她和向昊天在一起时，心里莫名地不舒服。就在这时，艾伦在身后叫道："皎奕，你去哪里？"声音里面有克制的怒气。皎奕头也没回地丢下一句："有点儿私事，晚上见。"

艾伦气得咬牙切齿，这两个人整天在自己眼皮子底下，为什么还是搞出事情来了？碍于向昊天等人在场，他不便发作。这个皎奕简直是置自己的前途于不顾。

正在这时，沐筱的手机响了，她趁机说道："皎奕先生，麻烦你松开下，我看下信息。"皎奕放开她的胳膊。她打开微信一看，心头一震，手机"啪"的一声掉到了地上。皎奕低头捡起手机，递到她手上。只见她脸色发青，说话直哆嗦："对、对、对不起，我、我有急事先走了。"

皎奕霸道地问："什么事？我送你过去。"沐筱没做回答，飞快地跑起来，打了一辆的士。不一会儿工夫，连人带车就消失在视线里。皎奕直恨得咬牙切齿，这丫头又是故意给自己难堪吗？

不远处的向昊天，一直默默地注视着他们。看到沐筱一人匆匆离去，他感到莫名其妙，却也松了一口气。只是，她看起来神色匆匆，不会是发生什么大事了吧？

看到向昊天电话进来，沐筱心烦意乱，无心接听。她默默祈祷，希望柳灵不要出什么事情。刚才，她们四个人的微信群里，弹出一条消息："这个群里，应该都是柳灵的好朋友吧？她现在在人民医院抢救。请几位立刻赶来看看她吧。我是她的房东。"

沐筱到的时候，妖妖和高展已经到了。妖妖在哭，高展在旁边低声安慰。那场面，沐筱看得有些恍惚。她心里一惊，难道……她腿一软，瘫坐在地上。高展扶她起来，宽慰道："还在里面抢救。放心吧，柳灵不会有事的。"

不一会儿，婉竹也赶来了。她一贯知性平静的脸上，也全是惊慌失措。

抢救室的灯还在亮着。几个姑娘手拉着手，坐在等候的长椅上，内心无比忐忑。妖妖还在低声啜泣。她的妆都哭花了，睫毛哭塌了一边，看起来极其滑稽。

高展递了一张纸巾给她。今天，两个人一句斗嘴的话都讲不出来。他对这个姑娘突然多出了一些比对沐筱更甚的关心。

过了一会儿，柳灵的房东出现了，她刚刚去办理了一些手续。房东五十多岁的样子，衣着华丽，妆容精致，身材略微有些臃肿。她把各种单据，连同柳灵的手机等个人物品，一股脑塞给了几个姑娘。

然后，她发了一大通牢骚："现在的年轻人，遇到点儿小事，就要死要活的，不顾爹妈老了无依无靠的。你们都是她好朋友，对吧？我看到柳灵这丫头把微信聊天置顶了，我想着你们大概是她很重要的人了。这里呢，就由你们来照顾了。我得回去休息了。我一大把年纪了，折腾不起。对了，她醒了别忘记通知我下，房租该交了。哦，还有医药费。"

她自顾自嘟囔了一通,沐筱她们几个愣是没插上话。说完,她径直走了,身体一扭一扭的。妖妖咬牙切齿地骂道:"现在的人怎么一点儿同情心都没有?这丫头在里面是死是活都不知道,这催房租都催到医院来了。"

婉竹安抚她:"看起来也不像是坏人。要不是她,柳灵现在还没被人发现呢吧?"沐筱禁不住悲从中来:"我们几个真傻,以为陪她一个下午,她就没事了。可是,她还是没想开。我们应该轮流陪着她。"

高展抚慰她们:"这也不能怪你们。这丫头平时看起来大大咧咧的,遇到事情总是一副无所谓的样子,其实都是独自消化去了。"

正说话间,抢救室的灯灭了。两名医生率先走了出来,他们边聊着什么,边摇头叹气。三个姑娘一看这阵势,忍不住放声大哭:"柳灵……"高展走上前去,询问了几句,对三个姑娘说:"柳灵脱离生命危险了。只是,她身体还很虚弱,有严重的低血糖症状,需要静养一段时间。这段时间,我们大家轮流照顾她,别再出什么意外。"

她们听到这话,拼命点头。妖妖无限柔情地看了高展一眼,没想到这个肌肉男还是很细心的。

正在这时,护士们把柳灵推了出来。她还在昏迷中。医生说,24小时内肯定会醒。几个人终于松了一口气,不管怎么样,没有生命危险就好。大家守在病床旁,谁也不肯回去,一定要等到柳灵醒来。

* 3 *

沐筱逃离现场之后,就再也没出现,电话也联系不上。向昊天带着董小姐,和皎奕一行人一起用餐,也算个小型答谢会。只是,饭局现场怎么看怎么像一出宫斗剧。

向昊天一边切着牛排,一边装作漫不经心地问道:"皎奕先生似乎认识沐筱很久了?"

艾伦赶在皎奕回答之前打哈哈道:"在此次合作之前,我们皎奕并不认识沐筱。"皎奕用叉子叉起一块神户牛肉,放到嘴里:"沐筱是我的绯闻女友。"

艾伦一惊，叉子从手里打了个滑，与盘子相碰撞，发出"咣当"一声响。向昊天恍然大悟："哦，我想起来了，是不是因为这件事情，沐筱被停职了一段时间？"这话言外之意是：皎奕啊皎奕，你可真是个祸害。

皎奕立刻摆出一副怜香惜玉的表情，轻轻地摇头："一个真正值得人尊重的企业，是懂得关爱员工的，不会让员工受莫须有的事件影响。"这话一出，把绯闻事件的球又踢回给了向昊天，有点儿示威的味道：哟哟哟，你家企业是怎么回事啊？出现问题，第一时间就觉得是自己的员工不对。

董小姐在旁边暗暗冒冷汗，生怕这场对话殃及自己。她举起红酒，谄媚地说道："向总，这次广告拍摄顺利，我建议大家一起举个杯，预祝我们新品推广顺利。"向昊天点点头，拿起红酒杯："好主意。我们大家一起碰下杯。合作愉快。"

放下酒杯之后，向昊天还不忘继续两个人的对阵："话说，绯闻事件中，皎奕先生这方自始至终没发声，是沐筱这姑娘一个人在应付媒体的围追堵截。她只是一个普通的女孩子，那段莫名其妙的经历，应该很煎熬。"这话里，有对沐筱的心疼，更多的是对皎奕的不屑：你算什么男人啊，让一个不相干的女孩子为你受苦，你躲在后面不敢出声。

这段话，一下子戳痛了皎奕。对此，他一直觉得有愧于沐筱，尽管两个人毫无关系。但是，也正是毫无关系，他才更觉得对不起她。他本想发作，却转瞬换了一个思路，摆出一副柔情无限的样子："嗯，向总说得是，我以后一定会弥补沐筱的。"

艾伦心头又是一惊，这皎奕玩的什么花样啊？他放下刀叉，催促道："皎奕，时间不早了，你也该早点儿回去休息了。明天还有你的戏。"

向昊天觉得，这句话是今晚最大的收获。对方果然是敌啊，情敌啊！皎奕看到向昊天呆呆的表情，似是受了什么惊吓，心里甚是得意。他悠然地拿起纸巾，优雅地擦了擦嘴，还不忘用眼角余光瞟了昊天几眼。

他心情无比愉悦：小样，看样子是吃醋了。跟我斗，你还嫩着呢。沐筱那黄毛丫头，也就你有兴趣。本少爷呢，对姑娘没兴趣，对跟你斗呢，倒是有些兴致。果真对沐筱毫不在意？皎奕这样想只不过是自欺欺人罢了。此时，他已意识到自己对沐筱产生了难以割舍的情愫。他起身道："那向总，各位，我们就先走了。沐筱在公司，还请向总多多照顾，多多包容。"

皎奕又添了一把火，才满意地离开。向昊天窝了一肚子火，不便发作。他摆出阳光干净的笑容："这几天辛苦皎奕了，那我们回见。"

皎奕没走多久，向昊天他们也散了。向昊天叫了司机过来接自己，董小姐叫了代驾，王小姐打车离开了。

坐在后排座位上的向昊天，心烦意乱，松了松领带，拨了一个电话给沐筱。无人接听。他失望地放下电话。

而皎奕同样心烦意乱。晚餐上，你来我往那场"斗争"，表面看来他占了上风。其实，他是外强中干。他意识到自己爱上沐筱了，内心没来由地慌乱起来。慌乱不在于爱上本身，而在于结束。等广告拍完，他就再没什么理由接触沐筱了。那个向昊天，可以一直陪伴在沐筱左右。这样的陪伴，对于一份感情的开始，至关重要。

一个人刚意识到自己爱上了一个人，就要被切断联系。这种感觉，好似又一次毕业。大学毕业，皎奕错过了心爱的姑娘。这次不是毕业，然而他面临的仍是相似的局面。

大三下学期，皎奕正式毕业。毕业的校园，到处都是游荡不安的灵魂。分手的痛楚和不顾一切的黄昏恋并存。有的人相恋了整个大学季，毕业时却忙着彼此摆脱。有的人暗恋了整个大学季，毕业时忙着抓住时间的尾巴。

皎奕依然和安可儿在一起，却经常想起隔壁R大的wanzhu。一个人时，他会去R大晃荡。R大的毕业氛围和T大差不多，毕竟青春都是一样的，一样的疯狂，一样的落寞。一天晚上，他又独自晃荡到了R大。

他看到学生宣传栏里的一个毕业晚会通告。R大的校毕业生晚会安排在当晚，地点在大礼堂。或许是毕业的心情拨弄着他，想去观望R大的毕业盛典；或许是潜意识在诱惑他，想试试能不能偶遇那个女孩。

　　总之，他的脚步把他带到了大礼堂。他置身于陌生的人群中，随便找了个座位把自己塞进去。台上的演员正在倾情演出一场舞台剧。舞台剧里全是从大一到毕业的回忆，满满的全是离别的伤感。

　　身边有女生低声抽泣。皎奕感到了一丝不自在。在一所陌生的大学追忆自己的似水年华，有一种莫名的讽刺。若是感到了伤感，这更是丢脸。他逃避似的轻咳了两声。旁边的女生像是突然回到了现实中，尴尬地看了皎奕一眼，拿出纸巾擦了擦眼泪。

　　舞台上一个熟悉的声音，把皎奕从思绪中拉了回来。那个笑语嫣然的女主持人，正是他心心念念的wanzhu。台上的她，更是光芒万丈。她身穿金色一字肩礼服，像一位美丽的人鱼公主。她具体说了些什么，皎奕完全没听进去，只注视着她的一颦一笑。

　　报完幕，wanzhu走进了幕后。节目继续。台上的演员唱了什么，说了什么，演了什么，他完全看不到听不到，一心只盼着每次节目快快结束，能够再次看到wanzhu从幕后走出来。那个像精灵一样的女孩，她是皎奕今晚最大的期待。虽然，她的每句话每个笑容都那么"官方"。但在皎奕眼里，那都是最好的节目。

　　然而，还是有一个节目成功吸引了皎奕的目光。一个吉他自弹自唱节目中，站在舞台中央的不是别人，正是曾在篮球比赛中见过的凌风。他恍惚回想起，刚才wanzhu报幕时多了些羞涩，多了些不同于其他节目的情感和欢快。

　　凌风的吉他弹得很好，歌唱得也很好。他不似其他玩音乐的人那么摇滚那么喧嚣，而是静静地用一种诗人般吟唱的方式，将所有人带入了一种安宁中。他远比皎奕想象得更优秀。皎奕的沮丧加深了几分。

　　带着复杂的感情，皎奕居然在R大看完了整场晚会。曲终人散，下面的观众慢慢散去，带着几分不舍。毕竟，这次一别，下次再聚不知是何时。然而，皎奕在原地没动。这次离别，不是他的离别。何况，

wanzhu还在台上忙碌。

后台的工作人员正在组织主持人和全体演员合影。他注意到一个令自己心痛的细节。原本，wanzhu是站在第一排正中央的位置。可是，不知什么时候，她悄悄地挪了位置。她挪到了后排凌风的身旁。

两个人看起来那么般配，那么美好。凌风侧脸看着挪到自己身边的wanzhu，带着几分宠溺。wanzhu带着几分得逞的调皮，笑得灿烂荡漾。皎奕的心沉了几分，悄悄地握紧了拳头。在照相机闪光灯亮起前一秒，皎奕走出了礼堂，狠下心来没再看台上一眼。尽管，那里并没有人期待他的目光。

R大的夜晚有几分凉意，皎奕走在不熟悉的校园小径上，内心是凄凉荒芜的。也许，该结束这场独角戏了。他也不该负了一直陪在身边的安可儿。

4

其实，那晚皎奕的决定并没实施。他在一份感情中的输赢，也并不是全由"毕业"牵着鼻子走。毕业只是彻底错过的开始而已。

那么，这次，广告合作结束是另一个错过的开始还是结束？皎奕的心里没有答案，只是莫名不安。向昊天会不会像当年的凌风，横亘在他爱情的道路上？

当然，皎奕还有一丝不确定。自己对沐筱的这份感情，是爱，还是战斗欲？若没有向昊天的出现，他还会对沐筱生出如此多的兴趣和在意吗？他告诉自己，对于这份感情，一定要确认清楚。他不能因为不确定的冲动，去打扰一个女孩平静的生活。

两个男人间的硝烟，沐筱全然不知。她在病房里，无暇顾及其他，愣愣地盯着柳灵。只是几天的时间，柳灵那张脸变得极其苍白。这几天，她大概自我折磨得很厉害，以前圆润的脸颊，现在变得颧骨突出。

高展在走廊的长椅上躺着。虽然，三个女孩让他早点儿回去休息，但他还是不放心。万一有什么状况，他怕她们承受不来，处理不了。

夜渐渐深了,几个人在医院里,迷迷糊糊地睡着了。"水,水……"不知道凌晨几点时,柳灵终于醒了。她感到嘴里干渴,眼睛还没睁开,就着急找水喝。

最先被这细微的声音惊醒的是沐筱。她一阵惊喜,抓住柳灵的手,轻声呼唤:"柳灵,你醒了,你可吓死我们了。我去找医生。"

医生做了一系列检查之后,嘱咐道:"先用棉签给她润下嘴唇。她胃黏膜受损比较严重,暂时还不能进水进食。明天上午查房之后,视情况再给病人进食。"这时,妖妖和婉竹也醒了。

两个人睡眼惺忪,眼睛却闪着激动的光,好像失而复得了一位好朋友那般。柳灵嘴唇湿了水之后,慢慢又沉睡过去。她还没彻底苏醒,尚未弄明白自己身在何处。

几个人也再次迷迷糊糊地睡了过去。再睁开眼的时候,高展已经给几个女孩买了早餐和一次性洗漱用品。柳灵睁着迷惑的双眼,声音微弱地问道:"你们怎么都在?我在哪里?"三个女孩齐齐过来,紧紧地握着她的手,久久不愿放开。

柳灵慢慢回忆起来,脸上露出苍白又虚弱的笑容。高展远远地看着这个女孩,心里一阵阵地疼。曾经,他看过另一个女孩从爱情中死去,又慢慢地活过来。他深深地看了沐筱一眼。终有一天,柳灵也会从这段爱情中走出来,重新快乐起来。

就在病房气氛有些煽情时,柳灵的房东出现了。她扭动着略显臃肿的腰,没敲门,直接走了进来。她走到柳灵床头,把手中的保温饭盒放下来,带着怒气斥责柳灵:"你说你这小姑娘家家,怎么那么没有责任感?你要是死在我那房子里,我这房以后可就卖不出去,租不出去了。你这不是想死还拉一个垫背的吗?"

柳灵虚弱地反驳:"阿姨,您误会了,我并没有想自杀……"房东不依不饶:"误会?酒瓶铺了一地,手边还有空药瓶。不是自杀现场是什么?"柳灵无力地低语:"不是这样的。"她确实没想自杀,只是几天来不眠不食,神经衰弱得厉害。她试图用安眠药让自己能睡上一觉。哪知，严重的低血糖症状，加上药物作用，让她陷入了昏迷。

沐筱忍不住了："阿姨，这话不能这么说。柳灵刚醒过来，您就不能留点儿口德，让她好好养身体吗？"妖妖跳起来："您这老人家，要不是看在您是长辈的分儿上，我早，我跟您说，我早……"说着，她比画着，挽了一下衣袖。她也不知道自己想干什么，就是觉得一肚子火上蹿下跳。

老太太双手抱胸，一副很不屑的样子："算了，懒得跟你们计较。这保温饭盒里，一盒是粥，一盒是乌鸡汤。放在这里，等医生说今天什么时候她可以吃东西了，就给她吃。早点儿好起来，欠我的房租啊、医药费啊，赶紧还给我。"

说完，她也不等回答，一扭一扭地走了。婉竹握着柳灵的手，笑笑地说："你这房东其实就是刀子嘴豆腐心。"柳灵点了点头，拉了拉沐筱和妖妖，示意她们不要跟她生气。

婉竹看着沐筱她们说："你们几个先回去吧，我今天正好没课，我可以照顾柳灵。"妖妖立刻表态："我今天没事，我也留下来。"高展看了看手表，说："那好，我和沐筱先走，晚上过来接班。"沐筱想了想，点点头："好，晚上我们来接班。"她进洗手间简单收拾了下，搭高展的顺风车去上班了。

5

沐筱到公司刚落座，晓彤就发了一条视频来。还没等她打开，晓彤就凑过来："姐，没看出来啊，够生猛的啊你。你这打起架来，也是巾帼不让须眉啊！"她一头雾水地打开视频，里面正是那天在健身房门前撕扯的场面。

沐筱关掉视频，跟晓彤解释道："是误会。那天当场就解释清楚了。估计是被哪个不怀好意的路人拍了传上去的。"晓彤做了一个"哦"的口型，点了点头，没再说什么。

这视频十有八九是对方发的。视频中，那帮人的脸全打了马赛克,而柳灵她们几个人面目清晰可辨。虽然,当着向昊天的面说是误会,其实心里还是不解气的吧?毕竟,一个年轻的女孩抢了自己的老公,任哪个女人都是不甘心的。

视频下面的评论一边倒,都是谴责插足别人婚姻的。柳灵大概是看了视频,心理压力过大,才会食之无味,夜不能寐。

正在沐筱走神时,向昊天的电话进来了:"你没事吧?昨天匆匆忙忙走了,电话也打不通。"她不想因为这事再让向昊天出手帮忙,毕竟不是什么光彩的事情。两边都是熟人,只会让他夹在中间为难。于是,她撒谎道:"哦,没什么事情,朋友出差路过,临时联系我。好多年不见的好朋友。"

向昊天顿了顿,没再追问:"嗯,那你忙吧。注意休息。"挂了电话之后,沐筱无暇去想,他是不是听出自己在撒谎。她只想快点儿处理下手边的事情,好腾出时间去照顾柳灵。

下午,为了避开高峰期,沐筱提前"溜号"了。在医院门口,她遇到了捷美的李小姐。她打招呼道:"李经理,这么巧。"李小姐笑道:"是啊,这么巧。我老胃病犯了,来拿点儿药。你呢?"沐筱这才注意到她手上拿的一袋药品。

沐筱回道:"我来看一个朋友。李经理要注意身体。吃饭要规律,才能慢慢养好这老胃病。"李小姐叹了口气:"做我们这行的,哪有几个肠胃好的,都是加班加点做事情,吃饭随便应付……"正说着,一个孩子不知道从哪里窜了出来,猛力撞了李小姐一下。那孩子大概是为了躲避打针吃药,往外"逃跑"。

李小姐手里的药撒了一地。沐筱急忙弯下身,帮李小姐一起捡药。李小姐跟沐筱道了声谢,两个人就此别过。

沐筱到病房时,柳灵正半靠在病床上和妖妖她们聊着天。大概是因为中午就可以进流食的缘故,柳灵气色好了一些,嘴唇恢复了红润。看到沐筱来,妖妖伸了个懒腰,表示了一定的欢迎。

婉竹递了一个水果给沐筱。沐筱接过来,啃了几口,就着急赶她们走。原本,柳灵这种情况很快就可以出院,只不过有明显的营养不良和严重的低血糖症状,所以还要住院观察两天。高展发信息说,他晚上过来陪夜,被沐筱拒绝了。她言之有理。柳灵现在身体没什么大碍,只是心结未解。他一个大男人来病房,哪儿哪儿都不方便。高展想了想确实如此,便就此作罢。

护士在柳灵旁边的空床位上,给沐筱加了床被子。晚上时,沐筱就在这张床上休息。两个女孩并排躺着,像在大学里那样,轻声说着心里话。

但是,此时,沐筱无论说什么,都带着些许迟疑。很多话,她犹豫着,想了又想,终究还是没说,比如视频,比如爱情。时光真的是个糟糕的怪物,瞬间造成了这么多隔阂。

关了灯,沐筱不敢太早睡去,虽然她前一天晚上也没休息好。她在黑暗中静静陪着柳灵。不知过了多久,她听到一阵压抑的哭声。柳灵的声音传了过来:"沐筱,我好难过。我从来没想过会被人骗了感情。你知道的,这是我的初恋。为什么别人的初恋那么纯洁,我的初恋却这么多不堪?"

沐筱起了身,钻进柳灵的被窝,抱着她安慰道:"别太伤心了,你的缘分还没到。你以后会有真正属于自己的爱情。"柳灵压抑的哭声瞬间放开了:"可是,沐筱,我觉得我这辈子不会结婚了。谁会愿意娶我这样的女孩啊?"

夜渐渐深了,在沐筱的安抚下,柳灵抽抽搭搭地睡着了。沐筱也迷迷糊糊地睡了过去。睡梦中,一个女人抓着她的衣角,哭喊着:"你抢了我的爱情,你把我的丈夫还给我!我的丈夫呢?"沐筱紧张地掰开她的手,试图解释:"对不起,您认错人了,我不认识您的爱人。"

可是,那女人的手越抓越紧,哭闹得也越来越厉害:"你骗人,你抢走了我的一切。我的丈夫不要我了。"沐筱死命地想让对方松手,那只手却怎么也掰不开。

一着急,沐筱就醒了。旁边的柳灵在睡梦中紧紧地抓着她的衣服,眼皮时不时不安地跳动着。沐筱怕惊醒她,就静静地躺着等天亮。

6

医生刚查完房,高展就来了。他终究是不放心,既不放心柳灵,也不放心沐筱。他担心沐筱休息不好,也担心柳灵破败的感情再次勾起沐筱的伤心事。

沐筱刚洗漱完毕,妖妖也来了。婉竹今天有课,走不开。妖妖精神焕发,打扮得花枝招展的。她马尾半扎,上身穿一件艳绿色外套,里面一件米色高领毛衣,下身穿一条灰色呢子紧身裙。整个病房因为她艳丽的衣着,变得有了一丝生机。

高展看到她来,不屑地撇撇嘴:"哎,原来今天有人来接班啊,我以为没人接班。既然如此,我先走了。沐筱,我送你去上班。"他轻轻按了一下柳灵的肩膀,嘱咐道:"注意休息,别胡思乱想。"柳灵点点头。

妖妖跳到他面前,伸展开双臂,挡住他的去路:"你想走?走之前,你给我说清楚,你今天这么穿,是几个意思?"她这么一说,沐筱和柳灵才注意到。真是巧了,大冬天的,两个人居然也能不小心穿出情侣装的味道。

这高展上身内穿浅绿色高领毛衣,外套偏是件米色翻领呢子大衣。沐筱不禁笑出声来,连柳灵苍白的脸上也漾出笑容来。沐筱拍拍高展的肩头:"这位仁兄,既然绿色这奇特的颜色,你们都能撞色,并穿出情侣的调调,我想这也是缘分。你就留下吧。"妖妖立马接话:"你就留下吧,其实在这病房就我和柳灵两个人也挺无聊的。"

高展理了理头发,做出一副视死如归的表情:"你要是这么说的话呢,我也不是不能留下。"沐筱拎起包包,冲妖妖做了个鬼脸,一个人赶去上班了。

上午,斯玛特公司的王小姐带着剪辑好的广告和终端演示视频来公司过稿。王小姐确实专业又敬业,盯进度特别严谨。声音已经配好,广告时间掐得妥妥的。过稿的时候,双方在每个细节上都进行了讨论。

从配音到广告语，以及剪辑的衔接，方方面面都做了细致的讨论。双方都有一种"棋逢对手"的感觉。王小姐对来自OTR公司的意见吸收得很快，做出的回应也相当快速。整个讨论，双方都觉得特别过瘾。向昊天不断露出满意的微笑。

　　讨论结束后，OTR内部做了小结，也对接下来的新闻发布会再次做了强调。再过两个礼拜，恰逢集团成立30周年庆。集团领导指示，把新品发布会和周年庆结合在一起，造势新品发布，造势品牌宣传。也就是说，一个礼拜之后，OTR公司就要向各界媒体发出邀请。

　　这一天又在开会中度过了。转眼快到下班时间了，董小姐扫了一眼朋友圈，有了新主意。她通知沐筱来办公室一趟。

　　董小姐露出难得一见的微笑："你赶紧先去安之若素餐厅订个四人座。开了快一天的会，我差点儿忘记了，我约了两个记者朋友，也引见给你认识下。那里不接受电话预订，你到现场订座，我手头事情处理完立马过去。"

　　沐筱心里惦记去看望柳灵。她拒绝的话还没出口，董小姐立刻换了一副不耐烦的表情："还愣着做什么，赶紧去啊。"沐筱最终没有拒绝，毕竟柳灵有高展他们陪着。

　　"安之若素"生意果然火爆，还没到晚高峰，餐厅已经有很多人了。这是一家以做素菜闻名的餐厅，刚一开业就吸引了众人的注意力。因此，这家餐厅十分傲娇，不接受电话预订，付款只收现金。

　　还好，餐厅还有空位。沐筱选择了一张四人桌，先点了一杯饮料。按照董小姐的指示，沐筱并没有点菜，静等人到齐。

　　在她无聊地摆弄手机时，李小姐走到桌前，惊喜地打招呼："沐筱？这么巧，又碰面了。一个人吗？"沐筱也觉得奇了，这几天总意外遇见李小姐："是啊，好巧。我约了人，还没来。"

　　李小姐兴奋地说："和我一样有品位，这家素菜做得不错，健康又养胃。那我先过去了，那边朋友在等我。"

　　此刻，董小姐在办公室焦躁地翻弄着手机。她其实并没有什么很着急的事情要处理。她也并没有约什么记者朋友。在收到一张照片之后,她不自觉地笑了笑。看着时间差不多了,她打了个电话给沐筱:"那两个记者朋友临时有任务,爽了约。我手头事情也还没处理完。你就在那边用晚餐吧,我就不过去了。想吃什么尽管点,算我请的。"

沐筱挂了电话,有些郁闷。这闹的什么事啊?她无心一个人享用美味,结了账就离开了。走出餐厅时,她远远地看到李小姐和几个朋友正欢快地用餐。她心里一暖,暗暗地想,改天和几个好朋友一起过来这里品尝。

妖妖她们发了信息说,晚上婉竹会到医院陪夜,让沐筱好好休息。仔细算起来,沐筱这两天也真没睡好觉。她忍不住打了个哈欠。

* 7 *

自从柳灵出院之后,她们三个人都不放心她一个人住。细心的婉竹排了"值班表"。柳灵表示了一万分的抗议,她从来没想过要自杀。这只不过是一场意外加误会而已。柳灵再三强调,她是绝对不会做傻事的,但是抗议无效。三个人还是轮流"堂而皇之"地住进了她的家里。

其实,她们不仅是不放心柳灵,也不放心那个男人。她们一定会想尽办法让柳灵和他斩断联系。刚开始在一起,那是柳灵无意且幼稚。但是现在,她们万万不会再让柳灵知错犯错了。

沐筱的工作又进入了常规循环。除了日常事务之外,她继续跟进新品推广相关事宜。一天晚上,她洗漱完毕,发现微信里有显示"皎奕撤回了一条消息"。她想大概是发错人了吧,并没有理会。她扔下手机,喝了一杯牛奶,做了一个面膜,就去微博闲逛。好久没这般惬意了。

与此同时,皎奕正在无聊地把玩着手机。几天不见沐筱,他的心里有种说不出的空落的感觉。他忍不住给她发了一条微信,随即迅速撤回。那姑娘看到微信撤回提醒,肯定会发信息过来询问,到时自己就故作冷漠地回复说发错了。然后,一来二去的,两个人在微信上就开始谈天说地了。

这样想着，他挑起嘴角，笑了。但是，意识到自己在等待沐筱消息的那一刻，他被自己吓了一跳。他皎奕可是一直有"冷面王子"之称的。然而，此刻，他却在期待一个女孩的消息。

可气的是，沐筱那边迟迟没动静，连一句礼貌的询问都没有。他愤愤地丢下手机，倒了一杯红酒，走到落地窗前，倚墙而立。窗外的星星显得有些清冷。他寂寥地看着夜色，脑海里却跳出沐筱那张笑脸。那张笑脸并没有把自己当作"明星皎奕"。甚至，她还教皎奕怎样去微笑。

沐筱无聊地浏览了下微博消息。最近娱乐圈乱糟糟的，明星一个接一个地出轨。那些男星劈腿能给你劈出个联合国来，女星也不甘示弱。她想到皎奕，他是不是私生活也如此混乱？那天，她第一次看到他露出那么温暖干净的笑容，她瞬间忘记他是明星了。

皎奕在那边想念沐筱，因为接下来近两个礼拜时间，他找不到见沐筱的理由。沐筱在这边想起他的笑容，生出了一丝丝的好奇，他在复杂的娱乐圈，内心是否保留了一片净土？

同一片星空下，他们怀着不同的心思，却都不曾想到，再次见面比预想的要快。商场，从来不是一个简单纯净的地方，复杂一如娱乐圈。有人的地方，就有江湖，不一样的是道行的深浅而已。

几天后的一个晚上，一个意外消息，让所有人都不能成眠。竞争对手HS新品广告买断了西瓜卫视的黄金档。这个HS品牌，每个季度都和OTR角逐中怡康数据第一名。对OTR而言，这是个很强劲的老牌竞争对手。

其实，这个时期本身就是新品季。竞争对手推出新品广告并不奇怪。怪就怪在，对手的广告文案思路与OTR如出一辙。对方邀请的代言人，也是当红小生。虽然，那名当红小生人气不如皎奕，但是在大众中也相当有影响力。

对手抢先一步，以雷同的广告文案，选择实力男星代言，把广告投放在与菠萝卫视不相上下的卫视频道，播出时间也在黄金档。巧合到如此地步，任谁也不能无视它，不能只把它当作巧合！HS这步棋走得有点儿不同寻常,广告出来之前,没有任何的造势和预热。

看到广告的那一刻,相关人等在这座城市不同的角落,各怀心事。向昊天眉头紧缩,董小姐神思恍惚,沐筱的心紧紧揪了起来。斯玛特公司的王小姐反应奇快,已经开始策划OTR公司新的广告文案。

这是一场有预谋的恶性竞争!这注定是一个不约而同的结论!大部分人对此感到意外,而局中人对此完全是意料之中,只不过这一天来得有点儿快了。

所有相关人员在广告出来之后,五分钟内即收到了第二天的会议通知。OTR公司第二天召开紧急会议。即使,这是临时会议,所有参会人员也必须有所准备。这是职场的严苛所在,也是职业人的专业素养。

对相关人员而言,这注定是一个不眠之夜。第二天的暴风雨,不是最关键的,最重要的是,在暴风雨中,每个人必须乘风破浪,没有一丝喘息时间地继续前行。

* 8 *

紧急会议上,向昊天并没有当众挑明自己的态度。这很明显是内部人的商业机密泄露。至于这个人是谁,这已然不是当前的重点。因为,这个人接下来不会有进一步的不利举动。

眼下的重中之重是尽力挽回和弥补损失。HS的新品广告一经推出,这意味着,前面的努力成果,将变成无处安放的废品。

会议上的向昊天极其冷静,董小姐摸不透他在想什么。他一如既往地平静,逻辑严谨,不慌不忙。他让与会的每个人员都发表了意见。

董小姐是第一个发言的。她看似态度坚定,其实并没有很多明确的想法。她认为,修改广告文案,让皎奕重新拍一组广告,赶在新品发布会之前,修改剪辑到位。至于怎么修改文案,她尚没有很好的建议。

这有点儿不像往日的她。董小姐一向雷厉风行,且善于抓住一切表现的机会。这次她却将这个机会拱手让人。

沐筱经过一个晚上的思考,内心已经有了初步的修改方案。她两个大大的熊猫眼已经说明了问题。她建议在广告案里增加一位女主角,将广告案的主思路略做调整。男主越过千山万水,阅遍世界角落,唯有她和它让他一见倾心,改变了自己的"视界"。

旧的方案侧重在它改变了男主的人生态度,新的广告案侧重于它给了男主耳目一新的"视界",相见偶然,相伴必然。它的重要性等同于男主身边的那个"她"。

虽然,沐筱的想法还不太成熟,却赢得在场很多人的赞同。向昊天在严峻的形势下,内心闪过一丝温柔。沐筱并不是一个出色到完美的好员工,但是她从不推卸责任,不逃避问题。在这个时候,她从不区分哪些应该是自己做的,哪些应该是广告公司做的。

王小姐年纪比董小姐小,但是说话的艺术、为人处事,却极其老练。她的滴水不漏,好似她身上永远整洁得体的职业装。

"请容许我占用几分钟时间,表示下我的歉意。广告idea雷同,这确实不是一件特别离奇的事情。但是,我公司有不可推卸的责任。鉴于我公司以及我个人的不够卓越,造成了广告方案的'撞衫',实在是对不起。接下来,我公司会尽力配合贵公司,做出一套新的方案,尽力弥补贵公司的损失。"

王小姐这段话里,久经商场的人,立刻就能听出其中蹊跷所在。她没有推卸任何责任,表达了态度和决心。这是整个字面意思。她咽下去的半截话其实是,idea雷同看似是个巧合,但是这件事本身却并不简单。

这话是在提醒OTR公司。作为一个合作伙伴,这话如果直接挑明了,就是对合作伙伴的不信任和质疑。所以,这句提醒既隐晦,又得体。

接着,王小姐阐述了新的广告思路。总体来看,与沐筱的思路不谋而合。阐述中,她朝沐筱微微点了点头,表示对沐筱的赞赏和对彼此英雄所见略同的致敬。当然,她的方案更细致、更具体,她是带着PPT(演示文稿)演示而来的。

沐筱无心接收王小姐对她的示好,在内心细致地计算着日程安排,以及预算。像皎奕这样的当红男星,这相当于拍了两次广告,费用不说翻番,也是一个新的天价数字。

然而,这份投入已是铁板钉钉。不投入,意味着之前的投入都得打水漂,成为毫无意义的沉没成本。只不过,董事会那边实在有点儿难以交代。想到那帮天天盯着自己的钱有没有升值的老古董,向昊天的内心不禁有些发毛。

这个会议最大的成功在于,让各个相关人员的内心没有那么慌乱了。前一夜,大家如临大敌。

会议结束后,每个人分头行动。董小姐负责去跟皎奕方沟通费用和再合作,王小姐继续修改完善方案,沐筱协助董小姐沟通。一天之后,即次日上午,大家将再次齐聚会议室,汇报沟通结果,以及接下来的计划。

各人有各人的难点。向昊天不打算跟向董事长汇报得过于详细,将这场事故弱化为一个偶然。董小姐想到艾伦那张精明的脸,不禁倒吸一口冷气。沐筱想到皎奕那副事不关己的模样,内心一沉,有一种不祥的预感。王小姐要在一天时间内,确定一个新的颠覆性的方案,这确实有很大挑战。

但是,不管怎样,事已至此,硬着头皮上,这是唯一的选择。在瓢泼大雨的屋檐下,等待只能带来无尽的揪心和不安。

只是,大家的进展都不是那么顺利。

向昊天还没开口,已经被向董事长劈头盖脸地骂了一顿。他凭着敏锐的商业嗅觉,第一时间嗅到了这场血雨腥风。他并没有给昊天确切的意见和建议,只是敦促尽快解决问题。

王小姐的公司内部展开了高密度的讨论,对新的方案进行了反复推敲。只是,与她前一天突击出来的方案相比,似乎没有更好的思路了。

最尴尬的还是董小姐,她跟艾伦沟通的时候,遇到了极大的阻力。确实,补拍广告这种事情的确不多见。即使董小姐再三保证,费用上会尽力弥补,艾伦还是一口回绝了。因为皎奕马上要去好莱坞试镜,这是皎奕走向国际的好机会。

董小姐想不出更好的理由说服艾伦。毕竟，按照她对艾伦的了解，这个"见钱眼开"的经纪人，他不会有钱不赚。一旦被他拒绝，就说明事情很难有突破口了。一筹莫展时，她想到了沐筱。也许沐筱直接找到皎奕，会有转机？

9

接到董小姐的任务，沐筱有些犹豫。想到皎奕那张事不关己的冷漠脸，她心里有些犯怵。毕竟，要去说服他，她还不知道他的需求在哪里，软肋是什么。与人谈判，最怕的是，不知道对方的需求点，找不到双方的平衡点。这样的谈判会变成一场拉锯战，甚至变成一场独角戏。

但是，眼前什么方法都值得一试。她先礼貌地发了一条微信给皎奕："皎奕先生，不知道您现在方便接听电话吗？"她打定主意，十分钟之内他若不回信息，她就直接打电话过去。毕竟事情紧急。

没想到的是，几分钟后，皎奕回复了信息："可以。"皎奕此刻正坐在行李堆里，一筹莫展。皎奕是个奇怪的人。他有洁癖，不喜欢别人帮忙收拾行李。同时，他又确实不擅长收拾行李。

看到皎奕的回复，沐筱立刻打电话过去。她跟皎奕简单阐述了一下突发事件，提出需求。果然如她所料，他的冷漠一如从前："哦，听起来跟我并没有什么关系。"沐筱心下一沉。

她只好硬着头皮说道："皎奕先生，如果这些广告不能播出来，您也就谈不上代言了我公司产品，合约应该算是未执行完成。"皎奕突然觉得很有趣，这丫头估计是太着急了，被逼得有点儿走投无路了，居然想跟自己聊法律。

他事不关己地回复道："那也是贵公司自身原因，单方面的行为，我已经履行了合同。当然了，过几天的新品发布会，我一定准时出席。"沐筱被他这么将了一军，顿时气塞，想不出一句反驳的话。

意识到沐筱的气焰被完美地打压下去了，皎奕内心一阵窃喜。他换了一种语气，像是要大赦天下般地说："当然了，凡事嘛，也不是不能商量。主要看个态度。"沐筱一听这话，嗅到了转机的味道："皎奕先生有什么条件尽管提，我一定跟公司汇报，尽量争取。"

皎奕看了看时间，沐筱差不多也该下班了。于是，他说："我发个地址，你过来找我。我们见面聊。就你一个人过来。"挂了电话，皎奕的微信进来了。沐筱一看，这是什么鬼地方？又偏僻又陌生，看起来像一个私人会所。

出发之前，她跟董小姐简单做了个汇报。不过，她撒了个谎，说是约了艾伦谈合同。

的士开了很久，沐筱好不容易才找到那家会所。那家会所从外面看来，装修得极其高雅。门卫警惕性很高，看到沐筱立刻拦住了她。大概因为是生面孔。沐筱告诉门卫，自己是找皎奕的。

那门卫半信半疑，用狐疑的眼神打量了她一番，进去确认了一下，方才放她进去。走进去一看，别有洞天。里面环境既天然又幽雅。潺潺的水声从透明的桥下流过，水里有鱼儿自在地游着。灯光把透明的桥打亮了，像一座架在水上的彩虹，闪闪发光。沐筱走上那座透明的小桥时，不禁小心翼翼的。

有服务生一路指引，她来到了皎奕的包厢。皎奕已等候多时。在等待的时间里，他一直试图弄清楚一个问题，自己到底想约这个女孩做什么？他开始有些自责，是不是太冲动了。但是，他想见她的心情实在按捺不住。想看她一本正经的样子，也想看她站在不远处朝自己微笑的样子。他只要一想起她，内心就如沐浴在春日阳光里那般，纯净美好，温暖慵懒。

敲包厢门之前，沐筱拿出了补妆镜，再次确认了妆容是否得体。之后，她方才鼓起勇气，敲了敲门。皎奕"请进"的声音传出来之后，她似乎松了一口气。包厢内灯光幽暗，暖气打得十分足，透着几分暧昧。

沐筱顺手把背包和外套挂到墙角的衣帽架上。室外冬天，室内春天。脱了外套的沐筱，上身穿一件宽松的米色毛衣，里面搭了一件白色棉质衬衫。毛衣的领口低到了胸口处，衬衫老老实实地扣在领口下第二颗纽扣的位置。

她冲着皎奕稍稍欠了欠身,以示打招呼。室内沙发的布局有点儿像一个小型咖啡馆。两个自在的沙发位,中间是桌子。她刚想走到皎奕对面坐下,对方说了句:"等下。"她一时愣在原地。

只见皎奕悠悠地起了身,走到她面前。他上身穿一件白色宽松卫衣,印着"LOVE(爱)",一条时尚的项链随意地垂到胸口处,左耳处的耳钉在灯光下闪闪发光。沐筱立刻觉察出了他身上散发出的危险气息,下意识地凝息而立。

他转身回到座位,再次坐了下来,一手端起红酒杯,一手搭在沙发靠背上,玩味地看着沐筱。沐筱有些生气,看样子是没什么好聊的。她转身走到衣帽架旁,准备穿起衣服离开。皎奕坐在原位,没打算挽留。这个丫头实在没礼貌,明明是她有求于自己。

他轻飘飘地吐出一句话:"要走?那好,我明天下午飞美国,新品发布会前一天回来。"听到这句话,沐筱放下东西,重新走到他对面,坐了下来。

* 10 *

她耸耸肩,轻松地笑起来:"那巧了,我正好也对皎奕先生没什么别的兴趣。那既然郎无情妾无意,我们不如来谈正事。"好一个"郎无情妾无意"。皎奕居然无言以对。他只得做出一副洗耳恭听状。

沐筱把事情大体重述了一遍。皎奕自始至终没有打断。其实,他早已详细了解了这件事。艾伦早就千叮咛万嘱咐,不要多管闲事,前途要紧。即使要补拍广告,也只能在从美国回来之后。艾伦冷静无比地说,OTR的发布会可以改期嘛。或者,发布会可以先开,广告可以后期投放嘛。

艾伦说的,其实也是OTR公司已经想好的下下策。若与皎奕方的时间实在协调不来,只能走这下下策了。然而,眼下,沐筱无论如何还是想再争取一把。

皎奕似是并没有用心听，手里一直晃动着高脚杯，无聊地看红酒挂杯。沐筱有些忐忑，她紧张地端起红酒杯，喝了一大口。

好一会儿，空气很安静。皎奕终于放下杯子，开了口："三天之内，我可以补拍广告。费用，你们跟艾伦洽谈。放心，我不会趁火打劫。时间上，我做出承诺。"沐筱不可思议地看着皎奕。她没想到，他这么轻易就答应了自己。

这幸福来得有点儿突然。她忍不住手舞足蹈起来："皎奕先生，君子一言？"皎奕故作嫌恶地看了她一眼，回答道："我说话算数。但是，你要答应我三个要求。至于什么要求，我现在没想好，以后我想起来了，你再一一兑现。"沐筱心里嘀咕：果然啊果然，此事没那么简单。

她立刻回应："不杀人放火，不违法乱纪，不卖身卖笑。"皎奕带着玩味的笑容看着她："绝对不杀人放火，不违法乱纪。但是，要不要卖身卖笑，我还没想好。你考虑清楚了回复我，我不着急。"看来，对方吃准了她别无选择。她只好一咬牙，答应了。管他呢，先把眼前问题解决再说。

看到她答应了，皎奕拿起电话拨给艾伦："明天的行程取消，我不去试镜了。"艾伦一听简直要跳起来了。千嘱咐万叮咛，还是防不胜防啊！这个皎奕简直是疯了！沐筱听到艾伦在电话里大吼："皎奕，你这个疯子。你知道这个导演的试镜机会多难得吗？你忘记自己是怎么一步步走到今天的吗？这其中多少艰辛！"

每个字，沐筱都听得清清楚楚。她忍不住吐了吐舌头。这年头，经纪人怎么比明星更霸道？

皎奕并没有任何妥协，一字一句地做了强调，态度很坚决。作为OTR的员工，沐筱这颗心总算放了下来。至于，艾伦会不会狮子大开口，她没办法决定，她只能争取到这一步了。

但是，换个角度来看，她不免替皎奕感到可惜。这应该是一个很好的机会吧。很多人终其一生，等的不就是一个机会吗？抓住一个好的机会，可以少奋斗几十年。

皎奕挂完电话，沐筱忍不住问道："可是，这个机会错过了，真的没关系吗？"说完，她又有些后悔，万一皎奕反悔了怎么办？

果然，皎奕似乎瞬间清醒了似的："经沐筱小姐的好心提醒，我突然意识到，这个机会确实不能错过。"沐筱在心里扇了自己一记耳光，这是搬石头砸自己的脚啊。皎奕看到她懊恼沮丧的模样，故作轻松地说道："逗你而已。反正，我本来也不想去美国演什么红毛怪。我这么帅的一张脸，岂不是糟蹋了？"

原来，皎奕要去试镜的是美国某知名导演的科幻大片。他试镜的是一个红毛怪物。沐筱忍不住笑起来，心里轻松了好多。她突然发现，皎奕并不像之前认为的那般冷酷无情。卸下明星光环的他，内心住着一个邻家大男孩，简单而纯净，透着阳光下白衬衫般的明朗。

私人会所里，两个人的谈话越来越轻松愉快。

而艾伦急得直跳脚。这个皎奕越来越不正常了，到底是哪里出了问题，让他变得没有了理智，做事这么冲动幼稚？这一定跟沐筱脱不了干系。既然，他说服不了皎奕，那只能从沐筱下手了。他猜测，应该是沐筱直接找的皎奕。

艾伦拨通了沐筱的电话。电话响时，沐筱笑着对皎奕说："艾伦的效率好高哦。刚接完你的电话，就打电话过来详谈了。"皎奕撇了撇嘴，不置可否："接吧，按免提。"

并不如她所想的那样。电话刚接通，艾伦气急败坏的声音就传了出来："沐筱小姐，我跟贵公司的董小姐，也就是你的上级，已经说得很清楚了。我们皎奕是不可能在这几天补拍广告的。从美国回来之后，我们会友情考虑这件事情。但是，近两个礼拜内，是绝对不可能的。"

咦？沐筱愣在那里，不知道说什么好。她抬头看了一眼皎奕，心下迅速思考着该如何回答，才能显得很得体，又不拆穿艾伦。还没等她回答，皎奕开口了："艾伦，我是皎奕。我正和沐筱小姐在一起。这件事情，我已经答应她了。"

"皎奕，你疯了？你怎么会和她在一起，要是被狗仔拍到，你有口难辩。"艾伦更加暴躁。他把这份工作当作生命一样在经营，不能让这个小丫头给毁了。他脸上的青筋都暴了出来,左手关节握得"咔咔"响。

电话那头,皎奕耸耸肩,尽管艾伦看不到:"无所谓啊,没打算狡辩啊。"听到这句话,沐筱的脸没来由地红了一下。"你们在哪里?皎奕,你不要把我的话当耳旁风,你知道这年头公关的代价有多大吗?"皎奕淡定自若地回答:"在私人会所。不过,一会儿就不在这里了。你不要企图过来找我。和OTR合作的事情,你就按我说的办。"

说完这句话,皎奕就自作主张地挂了电话。沐筱自始至终居然没插上话,就好像这个电话艾伦不是打给自己的那样。电话挂掉那一刻,沐筱还能听到艾伦在电话那端歇斯底里地吼叫:"沐筱,你不能总是站在自己公司的立场考虑问题,这是皎奕的一个很重要的机会……"

* 11 *

重要的机会?怎么一步步走到今天的?皎奕太知道自己是怎么一步步走到今天的。他也太知道,曾经他抓住了一个重要的机会,却错过真爱。这样的机会,到底是对是错?虽然,当初就算他放弃那个事业上的重要机会,也不见得能获得爱情。但是,今天,皎奕想试一把,想看看自己放弃了一个机会,能不能换取另外一个机会。当初的遗憾,他真的不想再次品尝了。虽然,对比当初的经历,这样想实在是有点儿夸大其词了。

毕业之后,皎奕做了很长时间的群演。虽然镜头只是掠过,大多时候也没有台词,皎奕的内心是充满希望的。他和安可儿一起租房。安可儿和他分头做群演跑龙套。收工回家后,两个人一起吃盒饭,憧憬未来,幻想有一天成为巨星,每一次登场都自带聚光灯效果。

现实真的好讽刺。当初,他们幻想成功,成功后又幻想平静生活。在混群演的日子里,皎奕觉得自己离R大的wanzhu越来越远了。他们终究不是一路人啊。他的每一次狼狈,都拉远了彼此的距离。

更讽刺的是,安可儿居然比他早一步红了。安可儿不是靠做群演火的,而是参加了一档选秀节目,凭着一副好嗓子,一夜之间火遍了大江南北。很快,她不再是一个人战斗,有了经纪人,有了签约公司。

安可儿搬出合租屋那天晚上很伤感,她抱着皎奕哭得不能自已:"皎奕,我舍不得你,可是我也没有办法。我爱你。"皎奕的心头一片厌恶。明明是安可儿先追的自己,又明明是她甩的自己。可是,她表现得那么痛不欲生,那么凄楚可怜。女人真是天生的演员。

那天晚上,皎奕一言未发。安可儿的经纪人不断来电警告她、催促她:"说好的只是道个别,你最好不要和他待很久。"安可儿离开时,皎奕看都没看她一眼,心已凉透了。相处了几年,即使不再爱得死去活来,心依然被伤了个彻底。何况,她伤的不只是他的感情,还有自尊。

很快地,群演群、校友圈都传遍了,皎奕被女朋友甩了。那个桀骜不驯、目中无人的皎奕,被人甩了。

那段黑暗的日子,是怎么度过的呢?皎奕就像被人遗弃的一个破玩具,路过的人都不屑地用脚随意踢开。皎奕是这样定位那段日子的。安可儿离开他,无非是为了一己利益,所以皎奕和前途比起来,皎奕不是最重要的。然而,若是自己混得风生水起呢?安可儿还会这么毅然决然地离开吗?

皎奕把所有的闲暇时光用来恨安可儿,用来远远地想念R大的wanzhu。对爱情的绝望,让他不再奢望开始。更何况,那个女孩已有心仪的男孩。皎奕开始疯狂地接群演,除此之外,他不知道怎么安置内心的愤恨和无助。

皎奕很快就成了圈里出名的"拼命三郎"。人长得帅,工作起来不"挑食"。慢慢地,皎奕有了些小名气,出演的角色台词开始多起来。境况好了些之后,皎奕发现,自己对安可儿的恨渐渐地消退,对wanzhu的想念却与日俱增。

人与人真是奇怪的关联体。明明只是见了几次,明明彼此相互不了解,可是阻止不了一颗爱恋的心越来越炽热。

其实,皎奕自认为,他还是了解那个女孩的。他知道她住哪一栋宿舍楼,知道她的专业,知道她的名字,知道她爱去哪个食堂,还知道她喜欢的男孩叫凌风。这些，都是他在每次偶遇中获取的信息。那次"尾随"她去上课收获最大，知道了她的专业和名字。

皎奕终究是管不住自己的心和腿。在工作之余，他还是忍不住去R大搜寻那个身影。在一个中午，在wanzhu爱去的食堂门口，他们再次偶遇了。她用完餐出来，皎奕装作路人，挪到她身边。那一刻，皎奕的心思很简单，哪怕什么都不说，并肩同行一段路，也是美好的。

两个人就这样，并肩下楼梯。揣着心事的只有皎奕，wanzhu对此全然不知。正是饭点，来往的学生很多，wanzhu被人群挤得东倒西歪，下台阶时一个不小心，身体朝皎奕那边摔去。皎奕条件反射地伸出手，拦腰抱住了wanzhu，一只手托住了她的后背。

wanzhu睁大眼睛看着他，眼睛里写满惊慌失措。皎奕的心"怦怦"直跳，该说些什么呢？他刻意地掩饰了眼里的欢喜，用一种清冷的语气问道："你没事吧？"在这句询问中，wanzhu回过神来，表情恢复了以往的活泼灵动："没事，谢谢你。要不是你接住我，我大概要摔得很狼狈了。"

说着，wanzhu不好意思地站直了身子。皎奕掂量着下一句该说什么好，这么好的自我介绍的机会，不是应该伸出手来，笑着说："这是我的荣幸。我叫×××。很高兴认识你。"可是，皎奕的脑子里乱糟糟的：是该介绍，我是T大的毕业生，还是我是篮球场上的T大校队队长？

他总想唤起wanzhu对自己的记忆，可是这时候自卑又不合时宜地跑了出来。什么T大，自己现在还不如普通T大学生，不就是一个混得很惨的群演嘛！还被走红的女朋友给甩了。正在他犹豫着迟迟没再开口时，wanzhu看到不远处一个身影闪过，急匆匆地又道了句谢："再次感谢出手相救。我先走了。"

然后，wanzhu一溜烟地跑向了一个男生。又是那个凌风！皎奕错过了自我介绍的机会，心里忍不住怨恨那个叫凌风的男孩。准确地说，是嫉妒！

对于这次只有两个人的接触，皎奕很不满自己的表现。每个笑容、每个措辞、每个动作都在他内心反复练习了很多次。他想去找那个女孩，真正认识一次。他要再制造一次偶遇，然后笑得一脸灿烂地对她说："这么巧，又遇见了。"

十几天后的一个晚上，皎奕"蹲守"在wanzhu的宿舍楼，果然遇见了上晚自习回来的wanzhu。还没等他叫出对方的名字，wanzhu已经看到他了，居然停下了脚步。他内心一喜，她认出自己了？只是，wanzhu并没有开口，而是用一种让他觉得颇有寒意的眼神盯着他。

皎奕有些想退缩，最后还是硬着头皮打了声招呼："嗨，好巧……"没想到，wanzhu用一种冰冷的语气反问："是吗？这么巧？"皎奕有些诧异："我……"没等他开口，wanzhu再次轻启朱唇："我不知道你是谁，也不想知道。我只是不明白，你这么年纪轻轻的，为什么要自甘堕落呢？"

Wanzhu眼神里没有了往日的明媚，全是不屑和愤怒。弄得皎奕一头雾水，不知所云。只是，没等他问清楚，wanzhu已经扭头走了。自甘堕落？是啊，他皎奕没出息，配不上这天下所有的女孩！盛怒占据了他的心。

从那天开始，皎奕再没踏进R大一步。情场失意，事业反而慢慢打开了一扇窗户。一个导演看中了他身上那股狠劲和帅气的外形，将他介绍给一家知名的公司。他将前往H国做练习生，参加培训，进行包装。

行程定下之后，皎奕终究还是放不下wanzhu。这一别，不知何时才能见面！出发前，他去R大晃荡了几次，却再没遇见过她。他思前想后，准备写一封信给她，把他的地址和联系方式留给对方。

拿着信来到wanzhu的宿舍楼下，他和宿管阿姨再三确认："阿姨，这栋楼里住着一个叫wanzhu的女孩吗？她可是××专业的？"得到肯定答复之后，他才把信交给阿姨，然后一溜烟跑了。在写收件人姓名的那一刻，他其实是犹豫的，到底是写婉竹还是宛竺呢？最后，他写下了"婉竹收"。

在H国的日子，训练很苦，还经常被人骂、被人欺负、被人排挤。每次皎奕都是默念wanzhu这两个字熬过去的。只是，他从来没有收到过来自对方的消息，包括信或者电话。他知道，他选择了一个机会，错过了一个人。虽然，即使他在国内，也并没有把握俘获芳心。明知如此，他还是忍不住心生遗憾。

* 12 *

不管如何，艾伦的提醒更使皎奕下定了决心。这次他要留下来，帮助眼前让他心动的女孩。无论是不是爱，这次他想放纵一下自己的情感。

被挂了电话的艾伦，愤愤地想：皎奕虽然是一个行事果断的人，但是这样兀自挂自己电话的时候，还真不多。他恨得咬牙切齿，这个董小姐果然不简单，嗅觉跟自己有一拼，居然派出沐筱这颗棋子。看来，自己这个千年的狐狸，也算遇到对手了，可以一起愉快地谈聊斋了。

挂掉电话，两个人都露出尴尬的神色。许是因为艾伦把二人关系说得有些暧昧，许是因为被艾伦戳中了某些心事。空气中都弥漫着恋爱的味道。

为了打破尴尬，皎奕拿出一支烟："不介意我抽根烟吧？"沐筱摇摇头。他的手指修长白净，夹烟的姿势很酷，带着几分优雅和神秘。那张邪魅帅气的脸，在烟火中，忽明忽暗。

抽完一根烟，皎奕站起身来："走吧，时间不早了。"他走过去拿外套，顺手把沐筱的外套递给她，就像认识很久的老朋友那般自然。走到室外，冷风扑面而来。皎奕裹了裹衣服，随口说道："我送你回家。"沐筱紧张地直摆手："哦，不用了，不用麻烦了。"

皎奕倒也不坚持。看到沐筱打的远去了，他才朝自己的车走去。进了车，他打开了音乐。一首情歌飘了出来。他立刻换了一首与爱情无关的歌。他知道，此刻自己需要冷静。坐进的士的沐筱，摸着发烫的脸颊，思绪凌乱。此刻，她同样需要冷静。

收到沐筱消息的董小姐松了一口气。她并不希望公司有太大损失，但是她知道这件事情不会轻易结束。虽然搞定了皎奕，但是损失已经造成，公司日后肯定会全力追究这件事情的。所以，她必须先下手为强。

向昊天在得知消息时，悬着的心总算放下来了。斯玛特的王小姐的文案修改也有了新的突破。看来，人被逼到绝路上时，体内会有小宇宙爆发的。如果顺利的话，三四天的时间，新的一组广告和终端演示视频就能诞生了。还好，能赶在新品发布会召开之前。至于多出来的费用，权当是代言人狮子大开口了。这样一想，向昊天今天晚上总算能稍稍睡个好觉了。

只是这个好梦，并没有延续一整夜。早上五点钟，向昊天就接到了向董事长的电话。他的声音极其严厉："昊天，看了邮箱之后，给我个交代。这次HS广告事件，到底是什么原因？"

向昊天迅速梳洗完毕，直接开车去了OTR子公司。打开邮箱之前，他深吸了一口气。尽管做好了思想准备，邮箱里的内容还是让他吃了一惊。里面是沐筱和捷美李小姐的合照。有在医院的，有在餐厅的。从合影上看，二人关系融洽。还有一些看不出场合的照片，也有沐筱一个人神色不安的照片。

发件人是匿名的，收件人包括董事长、几个高层、向昊天和董小姐等人。向昊天明白，这些照片此时出现，意在举报。他对内部有人出卖公司早已心中有数。HS这次新品的广告合作方是捷美公司，李小姐是文案主要负责人。若捷美有这么优秀的文案，早在竞标的时候就拿出来了，不至于那么被动，丢了老客户。

但是，他不想在这个时候大张旗鼓地查"内鬼"。可是，眼下，他必须要向董事长一个交代了。让他觉得为难的是，这件事情居然跟沐筱扯上关系了。

还没等他思索出一个妥当的答复，向董事长的电话又进来了："昊天啊，你有答案了吗？照片里那个女孩，如果我没记错，是我们公司的员工吧？另外一个，应该是捷美公司的李经理。"

向昊天意识到，向董事长这关，无论如何是应付不过去的。

这老爷子记忆力惊人，对人脸"过目不忘"。凡是见过的人，第二次再见他能准确无误地认出来。向昊天只能硬着头皮回答:"爸,哦不,董事长,照片中的人确实是我们公司的员工。她和捷美的人有接触一点儿都不奇怪,之前捷美和我们有过多次合作。"

向董事长打断了他:"我一直以来是怎么教你的?做管理,不能感情用事,要客观冷静。用人,'忠诚'高于'贤能'。用人不疑,疑人不用。在双方并没有合作,且自己公司业务缠身的情况下,还抽出工夫去和对方碰面,这是疑点。疑点不消除,这个人暂时不能重用。"

对于老爷子的话,向昊天无力反驳。虽然,他打心底相信沐筱。也好,借这个机会,让她先休息几天。况且,他也不愿意看到沐筱和那个皎奕交往过密。

正在他思绪万千时,董小姐敲门进来了。他抬起头来,温和地问道:"董经理也来这么早,找我什么事?"董小姐面露难色,有些吞吞吐吐:"向总,不知道邮件您看了没有?不知道是谁,发了一些照片,也发给我了。"

向昊天警觉地问:"嗯?董经理有话直说。"董小姐瞬间又恢复了往日的干练:"毕竟沐筱是我的下属。她做错事情,我也有责任。虽然,她在说服皎奕重拍广告上,功不可没。只是,眼下这个节骨眼上,要怎么安排人员,还请向总指示。"

这段话听来,毫无漏洞。想到又是沐筱出面搞定皎奕,向昊天的心里一阵难过。这个皎奕,上次就见他对沐筱心怀鬼胎。向昊天反问道:"毕竟是董经理手下的人,我想听听董经理对这件事有什么看法。"

董小姐犹豫着:"沐筱一直以来表现不错。但是,知人知面不知心,昨天会议上,我看她侃侃而谈,似是对发生的一切有备而来。所以……"向昊天心里突然一闪念,对这事了然一二。他接过话来:"接下来的新品推广相关事宜,董经理全力负责。沐筱调离这个项目,回归常规市场工作就好了。至于发生了什么,也无须跟她讲。"

董小姐内心一阵窃喜,连连点头:"好的,向总。我明白了。"

第五章 新品发布，拐角遇见爱

1

经过一天的内部讨论，广告次日可以开机重拍。沐筱并没有参与会议，她被调离新品推广项目。她内心并没有生出太多疑问。艾伦在电话里气急败坏，她猜到了他会想尽办法让自己远离皎奕。虽然，她认为艾伦的这一误解实在是滑天下之大稽。

晓彤看到沐筱被撤离广告项目，心中有几分打抱不平："你这实在是有点儿冤。说服皎奕，你立了头功，现在忽然又把你调出局。是董小姐怕你抢风头吧？"

沐筱有些哭笑不得："你这丫头，脑子里想些什么啊？宫斗剧看多了吧。没有的事情，好好回去工作。"晓彤听到沐筱这么回答，小声嘀咕："你就傻吧。"

很快就有风声传入沐筱的耳朵。高层怀疑她和捷美公司勾结，出卖公司机密。只是风言风语而已，沐筱并未放在心上。若高层认定是她，那她等着被约谈就好了。她自然会自证清白。既然公司没有进一步的举动，那她就当一切是莫须有好了。何苦自寻烦恼，被流言蜚语左右？

广告开拍当天，沐筱早早来到公司，悠闲地泡了一杯咖啡，心情无比美好。只是，这点儿悠闲过于短暂了。一杯咖啡尚温热，沐筱又被董小姐一通电话催到了广告拍摄现场。

若不是万不得已，OTR公司是不打算再让沐筱参与新品推广的任何一个环节的。只不过，眼下，皎奕正在拍摄现场摆谱。

皎奕推掉了好莱坞的试镜，一大早准时出现在片场。容城的冬天寒气逼人，然而发起脾气来的皎奕，寒意更甚。他倚桥而立，双手抱胸，拒绝拍摄。他脸上露出事不关己的冷漠："签合同的时候，我有言在先，沐筱必须全程在场，供我差遣。"

董小姐试图跟他来一场成熟的对话："皎奕先生，我希望我们都能公事公办，职业一些。"皎奕看都没看她一眼："若是公事公办，我此刻怕已经在好莱坞了。"他转身对艾伦说："订最近一班飞往美国的机票，我想还来得及。"

艾伦知道，皎奕是不会一走了之的，只不过是做戏给OTR看而已。于是，他认真地应下，拿着手机走到不远处去。

董小姐立刻露出讨好的笑容："皎奕先生，你看，我也只是一名员工而已，您就不要为难我了。沐筱调去负责其他项目了，这是公司上头的意思。"皎奕耸了耸肩："既然OTR没什么合作的诚意，接下来的事情，你们就自行处理吧。"

董小姐恨得咬牙切齿，却无计可施。这个皎奕和自己不是一路人，那些所谓的谈判技巧和激将法，她根本用不上。她只能跟向昊天汇报。向昊天立刻做出决定，继续让沐筱去现场跟进。事到如今，他只能以大局为重。

若是从私人情感出发，他会一口拒绝皎奕的无理要求。他隐约觉得，皎奕对沐筱不一般。另一个男人对自己心爱的人有图谋，他还要笑着把她送到对方的怀里。向昊天暗暗骂了自己一句，他宁可跟皎奕来一次男人之间的决斗。当然，他更心疼沐筱，她在不知情的情况下，被停止参与项目，又在被需要时召唤回来。

沐筱一路赶到拍摄现场，脸颊被冷风吹得红彤彤的。看到沐筱出现，皎奕脸上浮现出一丝不易觉察的笑容。但是，他还是刻意摆出一副不友好的表情："为什么你们OTR公司的人都这么善变？说好的，却不按约定执行。"

沐筱同样没有好脸色。她不明白，对于沟通好的事情，这个皎奕就不能好好配合吗？对于他在这紧要关头还那么任性，故意刁难自己的公司同事，沐筱十分不满。她努力挤出一丝笑容："现在，如您所愿了，皎奕先生，我们可不可以开始拍广告了？"

皎奕不满地白了她一眼："笑不出来就别笑了，笑比哭还难看。"说完，他不再理会沐筱，转身去化妆、换衣服了。

跟之前拍的广告比起来，新的文案增加了一个女主和若干配角。男主走遍千山万水，美景美女扑面而来，知性的、性感的，却没有打动内心的。蓦然回首，女主在灯火阑珊处，二人四目相对，火花四射，拥吻在一起。这时，OTR产品跳出视野："人生需要的不是等待，而是心动。OTR，给你一个怦然心动的理由。"

前面的镜头，皎奕都拍得很顺畅。只是，火花四射和拥吻这一段，皎奕怎么也不来电。和他搭戏的模特，明明美得不可言喻。可是，他的眼神居然和平时无异，冷漠无视！时间紧迫，广告和终端演示视频的拍摄必须在今日完成。

皎奕并不着急。皎奕太了解自己了，类似的镜头，他都要过很多遍才能勉强过关。电视和电影因为有长度的拉伸，一个镜头并不会决定全局，即使不太完美，倒也能糊弄过去。只是，这广告时间短暂，若是镜头感不足，不够震撼和抓人心，广告效果就会大打折扣。

在场的其他人都无比着急。导演不停地看时间，终于他忍不住了，指示道："那个OTR公司的女孩子，是叫沐筱吗？你来救下场，试下这个镜头。"沐筱一听，大惊失色。艾伦听到这句话，同样有几分吃惊。两个吃惊的声音重叠在一起："什么？我？""什么？她？"

* 2 *

时间不等人,什么方法都要试一下才行。沐筱只得压抑下抗拒的心情,硬着头皮登场。看到她走到面前,皎奕不自觉地又露出那个干净的笑容,一如上次广告中那般。导演瞬间捕捉到了这个笑容,内心赞道:就是这个笑容。他暗自思忖,等下的拥吻应该也能达到预期。

他再次指示:"那个沐筱,你先去补个妆,换上模特的衣服。我们广告首次采取替身出演。"说完这句话,导演不禁哑然,他拍广告这么多年,从来没有在广告中因为吻戏起用替身。

皎奕和沐筱,相对而立,眼神交织,身边的人潮涌动渐渐远去。世界安静得仿佛只剩下他们两个人。皎奕露出初恋般纯粹的笑容,沐筱露出甜美的笑容。皎奕上前一步,拥吻了沐筱。艾伦暗暗叫道"不好",这个皎奕该不会真的爱上沐筱了吧?

整个镜头居然一遍过,毫不拖泥带水。皎奕有些不舍得松开沐筱,忍不住多抱了一会儿。脱下冬装的她,此刻手脚冰冷,让人忍不住想为她保暖。沐筱轻轻推了推他,嫌恶地说:"皎奕先生,镜头过了,可以松开了。"

听到这句话,他并没有松手,而是凑到她耳边,轻声问道:"沐筱小姐的吻这么生涩。这难道是沐筱小姐的初吻?"沐筱一把推开他,用力地擦了一把嘴唇:"皎奕先生的吻这么纯熟,那刚才和模特搭戏时,又装什么青涩男生啊?"

皎奕一时无言以对,再次追问:"到底是不是初吻?"沐筱一脸鄙视地回复:"才不是呢。你想多了。"说完,她扭身走了。

向昊天在不远处,将每个细节尽收眼底。开拍的时候,他刚到。他不明白为什么沐筱和皎奕搭戏,但也没有贸然制止。刚才的每一幕,他看在眼里,疼在心里,犹如针扎般。他离这个女孩越来越远了。但是,他不准备放弃。

沐筱往换衣间方向没走几步,向昊天就拿着她的外套向她走来。她一走近,向昊天立刻拿外套拥住了她。沐筱把衣服裹紧了一些,挣开他，不解地问："咦，向总什么时间过来的？"向昊天不露声色地笑笑："刚过来。听说皎奕在现场无理取闹，我不放心，过来看看。"

沐筱"哦"了一声，就去换衣服了。皎奕和模特的合作，导演取了几个镜头，广告部分算是过了。有了广告的"替身"经验，接下来的终端演示视频拍得很快很顺利。现场的所有人，都大大松了一口气。这进度算是追上了。新品发布会可以如期举行，邀请函可以尽快发出了。

斯玛特公司果然专业且敬业，广告和终端演示视频很快剪辑到位。拍摄时，导演早已为广告准备了两套思路。正如导演所设想的，广告和演示视频各剪辑了两套方案。一套方案是用沐筱做替身的，露脸的还是模特。另外一套方案是全程用沐筱拍摄的。

讨论广告和演示视频时，王小姐建议用沐筱版的。沐筱那张脸，在镜头下并不输于模特。而且，因为不世故，沐筱的神情更纯真自然。与沐筱相比，模特那张脸"演"的痕迹明显了些。在播放的过程中，沐筱特别紧张不安，她并没有出镜的意愿。

向昊天沉默不语。仅从剪辑来看，两套方案的播放效果差不多。可是，从女主来看，沐筱那张脸和神情更吸人眼球。他征求沐筱本人的意见："沐筱，你怎么看？"沐筱委婉地拒绝："其实，整个广告重点不是皎奕和产品吗？女主没那么重要。我建议还是采用模特版的。"

董小姐赞同地点点头："其实单看模特的那个版本，效果也很不错。在观众眼里，他们看不到两个版本，就没有对比。整个预期就可以达到了。"沐筱感激地看了她一眼。董小姐并没有做任何回应。

向昊天当即拍板，采用模特版的。

广告补拍算是告一段落。但是，向昊天知道，董事长那边他还是要给个交代的。他跟向董事长要了一个宽限期，等新品发布会一结束，他一定给公司一个交代。

* 3 *

新品发布会如期而至。集团的高层领导都露面了。董小姐和团队在新品发布会上依然不敢有丝毫松懈,要时刻盯防,以防出现意外。

这场发布会,既是集团成立三十周年庆,又是新品发布会,也是犒劳各界媒体的酒会。现场不仅有媒体的朋友,也有OTR商界的朋友,还有一些明星大腕儿。当然了,主角还是OTR产品和皎奕。

董小姐今晚特别美,身穿一套紫色晚礼服。礼服是单肩款的,右肩吊带处有一朵大大的牡丹花。头发高高绾起,脖间的项链闪闪发光。整个装扮把脖颈衬托得特别修长。

沐筱的穿着相对低调了一些。一套白色V领礼服,礼服双肩和腰部有水钻镶嵌。礼服下摆是百褶,裙尾是短流苏,随着她的走动,流苏会漾出些许风情。

向昊天和皎奕不约而同地出现,引起了现场媒体的一阵骚动。虽然二人风格和性格不同,但毫无疑问,都是美男子。巧的是,两个人今晚的衣着居然有几分相似。

向昊天身穿酒红色丝绒西装,内搭白色衬衫,领角有水钻团簇。这套衣着衬托得他阳光帅气,又不乏成熟。皎奕身穿黑色丝绒西装,内搭奶奶灰高领毛衣,高贵中带着叛逆,有种不羁的时尚感。两位美男子在门口的红毯处相遇,向昊天绅士地做了一个"请"的动作,请皎奕先行入场。

皎奕倒也不客气,点头微笑表示谢意,带着身边的人先行入场。向昊天紧随其后。两个人在酒会现场出现时,引得各路人士纷纷注目。尤其是一些年轻女性,眼睛简直粘在了两位美男子身上。

新品发布会还没正式开始,会场的人员只是在随意攀谈。两个人几乎同时看到沐筱,一起朝沐筱的方向走去。中途,几名记者围住了皎奕,他只得停下脚步稍做应付,眼睁睁看着向昊天先一步走到沐筱身边。

看到沐筱表情紧绷,向昊天不禁笑着安慰:"别紧张,前期工作已经做到位了,现场又有那么多工作人员,各司其职,不会有问题的。放轻松点儿,等下好好享受美酒佳肴。"沐筱勉强地笑笑:"我们整个市场部都高度紧张呢。你看我们董经理,整个晚上都没笑容。你这周扒皮,发布会之后放我们一天假,就是最好的体贴了。"

听到沐筱开玩笑,向昊天知道她稍稍放松了,禁不住笑道:"是是是,沐筱小姐在抗议她的东家了。"看到她的项链吊坠不知何时转到了脖子后面,他情不自禁地伸手帮她把项链转到了前面。沐筱的脸一下子红了起来。

正在这时,一个女孩的声音响起:"昊天,昊天,哎哟,好不容易见你一面。"向昊天一转脸,有些吃惊:"你什么时间回来的?"女孩叫乔乔,是向昊天的发小。两家是世交。两个人留学去了不同的国家。

乔乔撒娇道:"你是个大忙人,听伯父说你在忙发布会的事情,我只好来现场探班了。"向昊天宠溺地看着她:"傻妹妹,你说一声,我怎么着也抽空跟你一聚啊。"沐筱在旁边,尴尬着想要抽身离开。乔乔转而问道:"这位是?"她看沐筱的眼神充满挑衅和醋意。

向昊天立马接道:"来,我给你们介绍下。这是我妹妹乔乔。这位是我的同事沐筱。"乔乔不满地说:"谁是你妹妹啊?沐筱,你好。"沐筱得体地回复:"乔乔,你好。你们先聊着,我再去检查下新品参观区。"说完,她转身离开,轻轻拍了拍胸口,长出一口气。她可不想莫名其妙地卷入"战争"中。那姑娘醋意泛滥了。

她正走神时,差一点儿撞到一个人身上。抬头一看,是皎奕。她客气地问:"皎奕先生怎么不先去贵宾室稍微休息一下,外面乱哄哄的。"皎奕微微低着头,眼睛直视她:"你今天真美。若是项链刚才没戴反,那就更美了。"说完,不等沐筱说话,他就大踏步走开了。

什么?沐筱一头雾水。这个皎奕,莫名其妙。身后,她听到皎奕大声跟某个女记者打招呼:"嗨,大记者,越来越美了。"沐筱一转身,正看到皎奕作势想抱那个女孩。正在这时,皎奕也回了头,正带着玩味的笑容看着她。

她急忙收回了目光,匆匆走开了。这个皎奕拍广告的时候,装腔作势，装出一副"不近女色"的生冷模样，私底下还不是喜欢和女孩子调笑。真是可恶！正想着，艾伦出现了，挡住了她的去路。

"沐筱小姐，今晚不管媒体提什么问题，请沐筱小姐不要回应。我指的是关于沐筱小姐个人的问题，一切请以我的回复为准。"

"什么？"沐筱一下子蒙了。这难道不是OTR的新品发布会吗？怎么会有个人问题呢？但是，她还是礼貌地回道："艾伦先生请放心。"艾伦扶了扶眼镜，满意地点点头，带着几分居高临下，转身走了。

沐筱摇摇头，心下纳了闷儿，今晚的人个个都有点儿不正常。她抬头看了看董小姐和晓彤她们，还好，这帮熟悉的人都正常，正各司其职。

4

下午四点，新品发布会正式开始。集团总裁致辞，向各媒体表示了欢迎，并对以往OTR集团取得的成绩做了简单的回顾，对于OTR集团的新品发布做了郑重的介绍，正式披露本季新品由皎奕代言。

对于皎奕代言新品，各界媒体这才从官方渠道正式得知消息，现场不禁一片哗然。请皎奕代言，这可谓是大手笔。皎奕做了简短的发言，预祝本季新品有不俗的成绩。

有眼尖的记者，看到了站在台侧的沐筱，自顾自开启了提问模式："请问皎奕先生，今天晚上是携女友前来参加新品发布会的吗？"皎奕有点儿摸不着头脑："女友？"记者不依不饶："站在台下穿白色晚礼服的沐筱小姐，不就是之前被媒体曝光的女友吗？"

沐筱内心一阵紧张。这些记者记性过人，这都几个月前的事情了，还记得呢。现场的OTR员工，齐齐地看向沐筱。向董事长眉头微微皱了起来。这个记者是哪家媒体的？这么不懂规矩！

正在现场短暂静默，所有人都不知道怎么回答时，艾伦出现了："各位记者果然好记性。不过，这纯粹是一场误会。沐筱是OTR市场部的员工。皎奕和OTR公司的合作，早在几个月前就启动了，也就是在那时,皎奕和沐筱有了工作上的接触。鉴于新品发布和推广还没定下日期,双方要做好保密工作,所以当时面对这个误会,我们不便正面回应媒体。正好,今天趁着这个机会,也算给大家一个答案。"

看到各位记者猜疑的眼神,艾伦把这个话题递给了向昊天:"大家若不相信,可以问问我们的向大公子。"向昊天用眼睛的余光,悄悄看了沐筱一眼。此时,她正有些手足无措。向昊天微笑着肯定这一说法:"确实如此。"

艾伦聪明地把话题转向了OTR产品:"几个月的时间过去了,我们皎奕和OTR的首次合作终于亮相了,敬请大家继续关注我们的合作和OTR的新品。"经他这么一引导,现场记者又把话题转向了新品。

向董事长松了一口气,来了兴致,亲自带领大家到新品参观区,介绍新一季产品。超薄的机身,优美的弧线,玫瑰金的包边,散发着高贵典雅的气质。他兴致勃勃地打开了功能,现场展示操作,并邀请各媒体代表体验产品。

皎奕更是趁势在新品面前摆了几个帅气的动作,引得闪光灯此起彼伏地亮起。他每摆一个pose,都引得现场年轻女性一阵尖叫。新品的热度被提了起来。

艾伦终于松了一口气。他按照预期实现了一箭双雕。几个月来,他忍而不发,就是等这样一个良好的契机,把之前的误会滴水不漏地解释清楚。

现场新品发布的环节终于过了。接下来,就进入了酒会。在场的OTR工作人员松弛下来。一整天下来,大家都没怎么吃东西,现在终于可以大快朵颐了。沐筱放心地到自助区去"觅食"。

她正将一块蛋糕塞进嘴里时,乔乔出现在她身边,手里拿了两杯红酒,将其中一杯递了过来。沐筱努力地将蛋糕咽了下去,接过红酒,说了句:"谢谢。"乔乔是个特别漂亮的女孩子,一身大红色无肩带晚礼服。发布会开始之前,沐筱过于紧张,急于逃开,并没有仔细端详这个女孩。

乔乔留着齐刘海,在脑后扎了一束高马尾。一双大眼睛明亮又妩媚。她往嘴里送了一口红酒，无所顾忌地开了口："我呢，和昊天青梅竹马，双方父母是希望我们结婚的。"沐筱真诚一笑："那恭喜乔乔小姐。"

乔乔傲然地接着说道："所以呢，有些人如果不识趣，硬要往昊天身上凑的话，我也不会介意的。毕竟不是一路人，昊天是不会看得上那些不三不四的女人的。"沐筱听出这话里的不友好，不愿起冲突："乔乔小姐，不好意思，恕我失陪一下。"

可是，乔乔在身后并不消停："其实，我今天不是第一次见到沐筱小姐。之前，我在网上的一段视频里，看到过沐筱小姐。到现在我也弄不清楚，那视频里说的'小三'到底是沐筱小姐呢，还是沐筱小姐的朋友？当然了，也没有太大区别。毕竟'物以类聚，人以群分'嘛！沐筱小姐，你说，我说得对不对呢？"

沐筱再次面朝她，乔乔那双大眼睛做作地闪烁着几分纯真的光芒。沐筱恨不得一个巴掌扇过去，打碎那张伪装天真的脸。

但是，她还是忍住了，微笑着回复："我和我朋友是什么样的人呢，就不劳乔乔小姐费心了。另外，感情这东西，是你的就会是你的，不是你的，打走多少假想敌，也会是竹篮打水一场空。"

这一席话说完，沐筱果断地转身准备离开。乔乔对话处了下风，不甘心放沐筱走，下意识地伸手抓住沐筱的手臂："你别走，你给我把话说清楚了。"由于用力过猛，沐筱转身时，一个趔趄。乔乔手里的红酒顺势泼洒了出去，正好泼在沐筱胸口。

洁白的晚礼服上，立刻显出一片红色的酒渍。两个人顿时都愣住了。但是，乔乔仍不失气焰："你刚才的话，什么意思？"沐筱低头看着自己的衣服，幽幽地说："对不起，失陪了。"

乔乔不依不饶，不让沐筱走。沐筱不再做回应，坚持要离开。乔乔一时怒火中烧，一巴掌扇在沐筱脸上。皎奕从不远处大踏步走过来，边走边脱掉西装外套。等走近时，他把外套披到沐筱身上，手下一用力，把沐筱拉到自己的怀里，冷冰冰地直视着乔乔："这位小姐，不好意思，我现在可以带沐筱离开了吗？"

看到皎奕突然出现，乔乔有点儿吃惊，舌头开始打结："哦，皎……皎奕，可以。"皎奕并没有等她回答，直接拥着沐筱大踏步走开了。

* 5 *

向昊天把整个酒会现场都找遍了，却看不到沐筱的身影。他刚刚摆脱那帮问东问西的记者，想起发布会上，记者问到皎奕和沐筱之前的绯闻，担心沐筱情绪受影响。刚刚还看到乔乔和沐筱谈笑风生，一转身倒找不到沐筱了。

他一把抓住乔乔，问道："刚才，你不是在和沐筱聊天吗？这会儿她人呢？" 乔乔故作镇静地说："哦，刚才皎奕把她拉走了，还怕她着凉，给她披了自己的外套。那个，昊天，我刚回国，不是很清楚，他们两个实际上是一对吧？"说完这句话，她暗暗观察向昊天的脸色。果然，向昊天的脸上青一阵红一阵，咬牙说道："别胡说。"说完转身走了，扔下乔乔一个人在那边气得直跺脚。

乔乔恨得牙直痒痒。她朋友圈里的传闻果然是真的。看来，那一巴掌真是打轻了。

沐筱在不知所措的情况下，被皎奕一把拉走。两个人进了皎奕的车，皎奕把暖气开得足足的，并没有开车，而是陪她静静地待着。过了一会儿，沐筱情绪缓了过来，不好意思地跟皎奕说："刚才谢谢你。我要回现场了。等下活动收尾，我要在现场帮忙。"

说完，她把衣服还到皎奕手里，准备开门下车。皎奕一把拽住她："整个OTR集团，缺了你就不转了？你又何必回去自取其辱？"沐筱试图替乔乔解释："她不是故意的，只是一个误会而已。"皎奕把副驾驶前方的镜子放下来，用手抬起她的下巴："误会？你脸上的五个手指印，也是误会？"

沐筱看到脸上的指印十分清晰，放弃了回现场的想法。她给董小姐打了个电话，说有点儿急事，先行离开现场。董小姐十分通情达理地回复："好的。你这几天也辛苦了，好好休息。"这令沐筱有点儿意外。

  两个人在车里静坐了一会儿,皎奕打破了沉默:"我送你回家。"沐筱想了想,自己身无分文,也没别的选择了,于是顺从地点了点头。一路上,两个人都没说话。皎奕也不问沐筱,对方为何对她不友好。沐筱亦不问,他是从哪一刻开始看到的,又为何敢在记者云集的场合,拉自己离开。

  到了小区门口,沐筱说:"谢谢你,皎奕先生,我先上去了。"皎奕皱眉道:"我送你到楼下。"

  走到小区楼下,沐筱把衣服还到皎奕手里,正要上楼,向昊天从黑暗中走了出来,叫道:"沐筱。"沐筱转过身来,勉强笑道:"向总,你怎么在这里?""我打你电话,你没有接,酒会现场也没看到你人。我不放心你,带着你的东西,在你小区等了好一会儿。"向昊天看到沐筱,轻松地笑了,无比阳光,像暗夜里的发光体。

  皎奕把沐筱挡到身后:"向总,这么巧。"向昊天不高兴地皱皱眉:"你怎么也在这里?"皎奕轻哼了一声,答道:"我送沐筱回家。如果向总没什么事情,就先回吧。"向昊天想起乔乔的话,来了怒气:"我有话对沐筱说。"说完,他走近了几步。

  皎奕挡住他,不屑地说道:"向总应该有话对自己的妞说吧?请向总转告自己的妞,以后没事不要骚扰我的女人。"听到"我的女人"这几个字,向昊天按捺不住:"请皎奕先生说话放尊重一些。"皎奕听到这句话,把沐筱拉到面前来:"向总好好看看,你的妞的指印还留在我的女人脸上,就是那个穿红色礼服的。"

  "乔乔?"向昊天莫名其妙地嘟囔,他确实不知道发生了什么。皎奕冷笑一声:"现在想起来了?"沐筱忍不住大声说了一句:"不要吵了。谁是你的女人?"她对着向昊天礼貌地说了句:"谢谢向总,我有点儿累了,想先上去休息。"她接过向昊天手里的东西,转身上了楼。

  等看不到沐筱的身影之后,皎奕一拳打到向昊天脸上:"我忍你很久了。这拳是替沐筱还给你们二位的。以后好好教育自己的妞,没事不要出来乱咬人。"向昊天一时愣在那里,并没有还手。刚刚沐筱脸上的指印确实清晰可见。

皎奕不等向昊天说话,转身进了车,扬长而去。向昊天这才恍悟,沐筱不可能平白无故地离开。一定是乔乔对她做了什么。这个妹妹他实在是太了解了,从小到大都十分任性。

沐筱上了楼,并不清楚下面发生了什么。皎奕那句"我的女人"让她的心"怦怦"直跳。向昊天对她的心意,她一直都懂。而皎奕……若他是认真的,这该算是第一次表白了吧?然而,她很清楚,他们两个人和自己都不是一路人。这一刻,她特别想念凌风。如果他在身边,大概就不会有这许多风波。还好,新品发布会也结束了,接下来一切重新步入正轨。向昊天应该会回到集团总部,和皎奕也不会再有任何交集了。

6

第二天,沐筱请了个假,陪柳灵去医院复查。

向昊天一大早就到了办公室,他想早点儿见到沐筱。可是,沐筱却迟迟不出现。他好几次特意走到楼下,在沐筱座位旁张望。终于,他装作若无其事的样子问晓彤:"那个,沐筱今天还没来吗?"晓彤回道:"向总,沐筱今天请假了。"

向昊天有些失望,转身往办公室走去。没走两步,不知道哪个女孩起哄:"向总,新品发布会也圆满结束了,晚上请我们吃大餐可好?"顿时,大厅闹哄哄起来:"是啊,向总请大餐。"向昊天本想等沐筱来了再说,眼下只好应道:"好,那就今天晚上。大家内部通知下。望江海鲜楼。"大厅内一阵欢呼。

刚过下班的点,向昊天走出办公室一看,市场部那群人早无影无踪了。董小姐也正在此时走出办公室,微笑着跟向昊天打了声招呼。向昊天点了点头,说了句:"董小姐就不要开车了,今晚怕是免不了要喝酒的。坐我的车一起过去吧。"董小姐得体地答道:"好的,那谢谢向总了。"

董小姐坐在向昊天的车里,有些许拘谨,不知道要聊些什么。还是向昊天开了口:"沐筱今天请假了?"董小姐小心翼翼地回答道:"嗯,一早打电话过来请假,说是有点儿急事。"向昊天忍不住又追问了一句:"没说什么事情?""那倒没说。"董小姐回道。

两个人一路再无话。一路上霓虹闪烁,董小姐看着窗外的夜景,内心有些感慨。她在这座城市努力拼搏了这么多年,终于立稳脚跟了。虽然,现在还没能再次拥有爱情,但是她相信自己一定能拥有幸福的。

很快就到了酒楼。在酒楼入口处,一个女人从对面迎了过来。那女人衣着打扮十分妖娆。看到董小姐,她阴阳怪气地打招呼:"哟,这不是董小姐吗?这么快就有了新欢?"董小姐正色道:"你胡说八道什么?"说完,她歉意地转向向昊天:"向总,不好意思,遇到一个熟人。向总先上去,我随后到。"

向昊天无意窥探别人隐私。谁知,那女人挡住他的去路:"向总?要是这向总知道,你是个吃里爬外的人,还会和你在一起吗?"董小姐怒道:"你胡说什么?"女人夸张地笑了起来:"别以为你做的那些事情神不知鬼不觉的。捷美的李小姐是我朋友,她都告诉我了,你出卖现东家,把广告idea偷偷卖给了她。真是,玩得一手好'暗度陈仓'啊!"

听到"捷美"和广告案,向昊天不禁停下了脚步。那女人看到引起了向昊天的注意,更加得意忘形:"你这是挣了两份钱啊。像你这样的凤凰女,真是视财如命啊。怪不得我家亲爱的会抛弃你。"董小姐脸色铁青,实在忍无可忍:"你给我闭嘴!"

看到董小姐发怒了,那女人撇了撇嘴,不屑地说:"哟,被我揭穿了真面目,很不开心啊?"说完,她扭着水蛇腰,先行离开了。身上的黑色皮草上衣,嘚瑟地抖动着,处处透着胜利者的得意。

董小姐不敢直视向昊天的眼睛,虚弱地说:"向总,你别听她胡说八道,我们有些个人恩怨。我们快上去吧,她们估计都等急了。"向昊天不露声色地点点头,朝电梯方向走去。董小姐鼻尖冒了一层冷汗。她的大脑高速运转起来，这下该如何补救？

整个晚上，向昊天和大家谈笑风生，毫无异常。只不过，他时不时瞥一眼右手边的位置。上次，沐筱就是坐在这个位置，而今天这里空着。董小姐因为焦虑，毫无胃口，神思恍惚，好几次都没接上别人的话。

向昊天看在眼里，心里了然。他想，很快HS广告门事件，就能给向董事长一个交代，也能还沐筱一个清白了。

此刻的沐筱，守在柳灵身边，锅里正给柳灵炖着汤。从医院回来，柳灵就昏昏沉沉地睡去了。大概是身体太虚弱了，也许是还不想面对狼狈的感情。沐筱一直在身边握着她的手。她想到大学时，初次见到柳灵。那时的柳灵声音如黄莺般清脆，两只大眼睛水汪汪的，特别单纯机灵的一个姑娘。

可是现在，躺在床上昏昏沉沉睡去的这个女子，已然经历了太多的不堪。物是人非。想着想着，沐筱不禁流下了眼泪。柳灵终于从昏睡中醒了过来，揉着眼睛问："沐筱，你在吗？怎么不开灯？"沐筱赶紧擦了擦眼泪："灵儿，我在。我这就开灯去。"灯光亮起来时，柳灵正冲她露出苍白的一笑。

看到柳灵微笑那一刻，沐筱内心平静了好多。然而，此刻正一起就餐的向昊天和董小姐，简直就是各怀鬼胎。尤其是董小姐，她如坐针毡。好不容易挨到吃完了饭，她恨不得立马飞回家中。

事实上，她确实如飞一般回了家。一路上，她不断催促的士司机。她想质问捷美的李小姐，为什么得了便宜还要出卖自己。向昊天也迫不及待地回了家，他急于将真相查出。他不想沐筱在不知情的情况下，继续受委屈。

电话接通时，李小姐被董小姐的气势吓到了："你为什么要置我于死地呢？我们毕竟有过那么多愉快的合作。这次，也如你所愿了。"李小姐有点儿如丈二和尚摸不着头脑。"那我问你，你认识尚妍美吗？"

李小姐说："咦，你怎么认识她？"董小姐恨不得穿过电话，当面削她一顿："你最好问问她,晚上发生了什么事情。请让她闭上她那张臭嘴。否则,我们鱼死网破。我说到做到。"

与此同时,向昊天也拨了一个电话出去:"帮我查下,董经理是不是有个前男友,她的前男友现任妻子是谁。"很快,他想要的信息都出现在手机上。"尚妍美……"他自言自语。明天,他想会会这个女人。

* 7 *

尚妍美是捷美李小姐的朋友,这是董小姐从不知道也没料到的事情。自从上次,董小姐在壹酷音乐餐吧被尚妍美羞辱了一番之后,她就再也没见过对方。直到这次,两个人在酒楼偶遇。

话说这尚妍美知道董小姐这件事情,也实属偶然。前些日子,她们一群朋友在一起喝酒,李小姐喝多了顺口说出来的。李小姐丢了OTR这个老客户之后,一直郁郁寡欢。那天,她兴致突然很不错,有朋友好奇,问她工作上是不是有了转机。

李小姐一时得意,就把这事抖搂了出来。虽然她丢了OTR,但是捡了HS这个客户,年终奖少不了。别人只是一听而过,偏偏这尚妍美和董小姐是旧情敌,立刻放在了心上,忍不住多打听了几句。

这董小姐和李小姐的交易不止这一次。以往那几年的合作,董小姐吃了李小姐不少回扣,所以合作关系才牢不可破。这次合作出现了意外,董小姐对李小姐多少还是有所忌惮的,所以在李小姐的威逼利诱下,卖了idea给李小姐。

尚妍美本来只是一个不学无术的富家女,整天只知道泡夜店。她本无心置董小姐于死地。只是,她一直耿耿于怀,她的老公居然会对那个出身卑微的女人念念不忘。当时,董小姐和前男友王磊并没有分手,尚妍美使了一些手段,才使得王磊这个凤凰男对自己投怀送抱。

但是,王磊婚后对她忽冷忽热的,睡梦中、喝醉时还会叫着董小姐的名字。这让她一直怀恨在心。她觉得,她的婚姻不幸福,都是因为这个女人。

当然，自己和董小姐的私人纠葛，尚妍美并没有告诉向昊天。其实，就算向昊天不来找自己，尚妍美也是一定会想办法向OTR公司举报董小姐的。

她知道，她对向昊天说的这一通话，足以断送自己和李小姐的交情。李小姐已警告过她。然而，女人的杀伐决断就在于，为了报复一个人，会不惜牺牲和其他人的友情。报复的快感，女人比男人更喜欢。

其实，向昊天私底下已做过功课，对董小姐的行为已经掌握了一些。尚妍美的一席话，只不过是多了一个佐证而已。这尚妍美想报复董小姐，也不是在打无准备之仗。她还有一个秘密武器，那是从李小姐那里偷偷拿到的，李小姐对此一无所知。那个醉酒的晚上，李小姐也彻底出卖了自己。

向昊天回到公司的第一件事情，就是约谈董小姐。他直截了当："你辞职吧。如果你的行为被公司通报出来，怕是在整个圈内，你都没办法待下去了。"董小姐眼神冷厉，直视向昊天："为什么？我需要一个理由。"这不过是董小姐的"垂死挣扎"。

向昊天面不改色，微微一笑，还真是不见棺材不落泪。他发了一条信息到董小姐手机上。董小姐一看手机，大惊失色。那是她这些年收受李小姐回扣的记录，每一笔的日期和金额，转账账号。记录详尽。这正是尚妍美提供的秘密武器。

董小姐脸色大变，嘴上却并不服软："好，我辞职。"说完，她转身离开了办公室。向昊天这样和自己对话，那就是没打算进一步追究责任。她并不感激，相反，她的内心只有一声冷笑：这些富二代，怎知人间疾苦？他们以为自己是救世主，是菩萨在世吗？他们内心的柔软只不过是由不经世事铸就的。我走到今天，是靠着磨破双手的努力。

只不过一个小时的时间，董小姐的辞呈就交了过来。向昊天嘱咐过人事，迅速给她办理离职手续。他并不想追究董小姐的责任，但是，这不代表向董事长会不追究，OTR公司会不追究。他不希望这家丑传得沸沸扬扬的，也不希望董小姐因此身败名裂。说白了，他还不具备一个职业经理人的坚硬。

请假回来的沐筱，接收到的第一个重磅消息就是董小姐的离职。下面的人不知道董小姐因为何事突然辞职。各种传言五花八门。沐筱敲了敲董小姐的办公室，董小姐依然保持着平静的声音："请进。"声音里听不出任何变化。

看到是沐筱，董小姐没有停下手上的任何动作，依然忙于整理东西。这间办公室有她太多的职场回忆了。沐筱柔声问道："董经理，有需要我帮忙的吗？"董小姐这才冷笑一声："沐筱，你是来看我笑话的吧？你尽管看吧，没关系。你也好不到哪里去，你不过是一个普通家庭出身的孩子！"出身，一直是董小姐很在意却又抹不去的烙印。

沐筱没有在意她的话，默默走上前去帮忙。董小姐保持着一贯的干练，一会儿的工夫就收拾妥当了。走出公司时，沐筱跟在身边，帮她拿着东西。其他的同事装作没看见一般。没有人为她送行，大多数人在内心暗暗欢呼。她以往的严苛和霸道，得罪了很多同事。

董小姐没想到，自己竟是以这么悲凉的方式离开公司。到楼下时，她终于柔声对沐筱说："陪我喝杯咖啡吧。"沐筱点了点头。

8

在咖啡厅里，望着窗外忙忙碌碌的人群，董小姐的情绪再也绷不住了。她忍不住想跟坐在对面的这个女孩倾诉。而这个女孩并非朋友，只是曾经的下属而已。

董小姐端起咖啡抿了一口，眼睛里满含忧伤："一个小镇姑娘，她在这个社会一步一步往上爬，会有多累。沐筱，你是不会懂的。"此时，她终于承认，沐筱的出身还是高于自己的。

董小姐出生在西部一座小镇。小镇十分落后，而董小姐的家在小镇属于下游水平，十分贫穷。沐筱这样家庭的孩子无法想象经常停电的小镇上，上学的孩子们都是如何度过晚自习的。

停电的时候,他们只能点蜡烛。然而,董小姐有时连蜡烛都点不起。一次,她没有蜡烛,只好跟同桌的男生"蹭光"。那个男生是董小姐情窦初开的暗恋对象。男生很嫌弃地看了她一眼。她只好觍着脸,尴尬地笑笑说忘记带了。

她至今还记得那个眼神。那个眼神让她整个中学时代都黯淡无光。即便大家都很穷,她依然是别人可以"五十步笑百步"的嘲笑对象。那个眼神一直刺激着她,让她咬紧牙关,再苦再累都要读书,要走出小镇。

她是那个小镇唯一考上985院校的学生。

读大学时,她踏实刻苦,不虚荣不攀比。她是她的家庭通往外界的唯一的路。她背负着太多东西。家庭生活条件的改善,家族命运的改变。尽管,大学她从来都没拿过家里一分钱。

大学临近毕业时,她认识了一个处境一样的男生。相似的经历让他们彼此吸引,他们相恋了。他们相互取暖,相互鼓励。董小姐用一种凄楚的眼神看着沐筱:"你知道吗?有那么一段时间,我以为生活对我开恩了。"这个男生就是董小姐的前男友王磊,尚妍美的老公。

王磊和董小姐一样上进,特别要强。两个人毕业之后,都有了一份让人艳羡的工作。尽管两个人在一起,要背负的是一样穷苦的两个家庭。但是,董小姐扬起脸说:"只要两个人在一起,就一定可以克服所有的困难。我以为他和我想的一样。"从那双眼睛里,沐筱看到了光芒瞬间熄灭的无奈。

然而,毕业没多久,两个人还是分手了。这个社会里,两只穷苦的鸟儿不管多优秀,只会像刺猬一样,一靠近就刺痛。尚妍美这个富家女的出现,给了王磊一条通往成功的路。

他走的那天,含着泪告诉董小姐:"我还是爱你的。只是,你最清楚,像我们这样的人,想要往上爬,有多累有多难。她能让我少奋斗十年。你不要恨我,祝你早点儿找到属于自己的幸福。"

董小姐说到这里,恨恨地说:"从那天起,我再也不相信什么爱情了。我明白了一个道理,就是女人不可以穷。"董小姐不再是从前的自己，她拼尽全力去工作，去挣钱。她希望有一天可以把钱拍在自己爱的男人面前，豪气地告诉对方："钱我有，面包和包包，我自己买。你只要给我爱情就好。"

当然，不只是要在爱情中争口气。家里的父母也等着她光宗耀祖。小镇的人看到她时，都带着几分讨好的笑容："哟，从大城市回来了？在家多住几天，有时间来家里玩。"在那座小镇，她被幻化成了"女神"，是孩子们坚持读书的动力。

她给家里盖了四层小楼，在县里买了沿街商铺。靠着她，哥哥终于娶上了媳妇，一家人在小城过上了安逸的生活。家里一缺钱，就跟她张口。她成了家里的摇钱树。没人关心她在外面累不累，也不关心她为什么这么大年龄还不结婚。

"所以，沐筱，你知道吗？我一定要努力，不能让我的孩子输在起跑线上，更不能让他为家人而活。我要让他拥有真正的快乐。"那张妆容依然精致的脸上，写着野心勃勃，以及无法安放的焦虑。沐筱感到一阵心疼。

董小姐被欲望所牵引，在歧路上越走越远。李小姐深谙她的心思，威逼和利诱，总是拿捏得恰到好处。银行存款数额不断上升，这让她渐渐忘记了，世上没有不透风的墙。李小姐手里的那个"账本"，给她上了沉重的一堂课。任何事情，都是有代价的。

沐筱这才明白，董小姐为什么这么神速地辞了职。她不自觉地握住董小姐的手："那你现在有什么打算？"董小姐抬起头，冲她温柔一笑："我想为自己活一把。这些年，我也攒了一些钱，想去国外看看，去留学。"

听到董小姐这么说，沐筱知道，无须再说什么安慰的话语。董小姐已经想明白了，有了新的方向。

一杯咖啡的时间，董小姐似乎把过往的人生都讲完了，但这只是她曾经痛苦挣扎的一个极小的缩影而已。面对这个非敌非友的女孩，董小姐自顾自讲了这许多。讲完之后，她似是无限轻松，起身说道："我该走了，沐筱。"

沐筱把她送到了大厦门口。董小姐转身说："沐筱，不要送了，就到这里吧。沐筱，对不起！希望你不要恨我。我也是迫不得已，只求自保而已。"至此，沐筱终于懂了，那些关于自己"出卖公司"的流言蜚语并非空穴来风。原来，她曾被董小姐诬陷而毫不知情。董小姐不仅是对以往的刻薄道歉，也在为诬陷自己道歉。沐筱点了点头，拥抱了她一下。此时一别，经年难再聚首。

直到再也看不见董小姐的身影，沐筱才转身回了公司。

* 9 *

没有谁的原谅来得那么容易！若不是被伤害过，谁会强迫自己学会原谅？沐筱对于董小姐的原谅，也是如此。

正是因为曾被伤害过，她慢慢学会了放下。重要的是，沐筱在伤害中，曾经伤害过一个无关的人。她不想因为不懂原谅，变成一个伤害别人的人。

沐筱的大三上学期，凌风已经毕业了。校学生会要换届，学生会主席全校公开竞选。沐筱原本无意参加竞选。可是，妖妖三人太喜欢"看热闹"了，一直怂恿她报名。是啊，沐筱确实很优秀，不去竞选多少有些可惜。

可是，凌风被保送了本校研究生，沐筱毕业了也想留校读研。她打定主意要更加努力地读书，所以原本不打算继续参与任何学生会和社团工作了。可是，那三个姑娘不依不饶，理由冠冕堂皇。其一，可以为206争光，206宿舍"劣迹斑斑"，也该翻身了；其二，R大保研，学生工作本身也是考量之一。做了学生会主席，保研的概率更大些。

怎么听来，都是有百利而无一害。沐筱思考再三，终于报了名。报名之后，沐筱简直成了宿舍的"舍宝"。打水带外卖，其他三人全都包了，唯一的条件就是沐筱必须全力以赴，备战竞选。

参加竞选的人员中，一个外院的女生W和沐筱实力相当。两个人的呼声都相当高。甚至有议论说，这次校学生会主席，不是W就是沐筱。W一副势在必得的模样,每次遇见沐筱,总是横眉冷对。沐筱倒并不介意,大度地笑笑。沐筱与W心态截然不同。得之我幸,不得我命。

沐筱这种态度惹得206的姐妹们很不满,每天在她耳边念紧箍咒。"沐筱,你认真点儿。""你不要吊儿郎当的。""你要是落选的话,要打扫寝室三个月,打水三个月。"沐筱无奈地摇摇头。为了这帮姐妹,只能拼了。

竞选前夕,发生了一起意外。校园里流传起了关于沐筱的流言蜚语,说她作风有问题。若和凌风的来往算正常关系的话,那她和流里流气的非本校男孩的交往,就是不正常。

有照片为证。照片上,沐筱和一个男孩并肩走在食堂的台阶上。男孩一头黄发,衣着不羁,配饰夸张。更有沐筱侧躺在男孩怀里的照片。当时,沐筱被拥挤的人群碰撞,险些摔倒,被男孩一把扶住。照片中,男孩看沐筱的眼神柔软暧昧。照片很快流传开来,风言风语简直能杀人。众人纷纷诟病,沐筱和流气男孩有问题。

照片是从谁手里流传开来的,亦无从追究。这件事情对沐筱的竞选产生了极大的不利。沐筱沦为同学口中的"人品不佳者"。学生会主席怎能由人品不佳者担任?当然,这是好听的说法,更有甚者,指责沐筱私生活混乱。

沐筱的人气一落千丈。W大获全胜只是早晚的事情。只是,沐筱连参加竞选的机会都失去了。学校负责学生工作的老师找她谈了话。那是一张长着娃娃脸的女老师,说话的语气极其真诚:"沐筱,你还是退出竞选吧。其实,年轻人处朋友,这本身不是什么大不了的事情。只是,这件事现在在同学中的影响很不好。我相信,你也很委屈。我也不愿意看到你再受伤害。"

沐筱当然委屈了,照片中的男生,她连认识都不认识。被人捕风捉影了一番,她就成了被人唾弃的品行欠佳者。然而,这类事情往往是群众喜闻乐见的。她百口莫辩,无处申冤。沐筱就这样成了"缩头乌龟",退出了竞选。

206的姑娘们自然知道，沐筱是被人陷害的。这件事情应该是W所为。自从这件事之后，W每次见到沐筱都带着胜利者的笑容，已然胜券在握。无凭无据的，四个女孩也不好贸然行动，只能迁怒于照片中的男孩。

　　一看就是一个不学无术的男孩。他的出现绝非偶然，一定是被人"收买了"。不然，他不可能出现得那么刚好，在沐筱身边徘徊。一切肯定都是有预谋的。那个男孩不是为别人的美色所收买，就是被金钱所收买，所以才会协助某人陷害沐筱。

　　分析得很有道理。沐筱心里恨起了那个流里流气的男孩。若是再见到他，她一定要问问他，收了别人多少好处。只是，她想，他既是为着陷害自己而来，大概再也不会露面了吧？

　　那个男孩出现在沐筱宿舍楼下时，她有点儿猝不及防。她没给男孩开口说话的机会，一顿抢白和攻击。"自甘堕落"这个词是从自己口中说出来的。事后，沐筱想了想，觉得有点儿不可思议。自己怎么会这样对一个陌生人下结论呢？

　　想起男孩被堵得说不出话的样子，沐筱怀疑自己误会那个男孩了。也许，一切真的只是巧合罢了？她下定决心，若是再见到那个男孩，她一定跟他道歉。

　　不过，从那天开始，沐筱再也没见过那个男孩。多年过去了，沐筱已经不记得那个男孩长什么样子了，但依然心有愧疚。

　　所以，沐筱能这么轻易地原谅董小姐，不仅是因为她并未对自己造成实质性的伤害，更是为了不辜负身后默默保护自己的人，譬如向昊天。当然，也是为了不伤及无辜，譬如掀起风言风语的那些人。

　　沐筱没有意识到，她已然成熟了很多。她学会了站在对方的立场看问题，这是原谅最根本的落脚点。因为看到了对方的不易，懂得了对方的无助，才会原谅对方的"慌不择路"。

　　回到公司时，沐筱的脸上已经没有过多无用的情绪，而是换上了一种云淡风轻的平静。

* 10 *

向昊天看到沐筱回来,特别开心。他有些忐忑。他不知道她有没有原谅自己,以后会不会刻意躲着自己。于是,他试探性地发了一条信息给她:"我想请你吃饭。算是单独给你开个庆功宴。今天晚上方便吗?"

沐筱本想找个借口回绝,但是又怕向昊天误会自己还在计较乔乔的事情。她犹豫了一下,回复"好"。向昊天看到沐筱回复,开心得像个孩子。他立刻追了一条:"地点我来定。下班我带你一起过去。"他有十足的把握,沐筱会喜欢那个地方。

下班时,他早早地在外面等沐筱,带着几分甜蜜。阴霾的天,突然下起了雨,在容城,这样的冬雨,并不算突然。沐筱站在门口,四处张望,带着一些慌张。她似是没带伞。向昊天并不着急驱车过去接她,他内心反而有一种莫名的温暖。在那么一瞬间里,他觉得这是一个等男朋友来接的女孩,而自己就是那个幸福的男孩。

看到沐筱拿出手机,他知道她准备给自己打电话了。他驱车过去,出现在她面前。看到他出现得刚刚好,沐筱有些不好意思:"我本想问下你在哪里,我走过去的。"向昊天帮她打开了车门,绅士且温柔。正逢下班时间,引得路人一阵关注的目光。

到了地方,沐筱才发现,原来向昊天带她吃饭的地方就是"安之若素"。她的眼睛亮了一亮,但是瞬间又黯淡了。向昊天装作漫不经心地问道:"你来过这里?"沐筱点了点头:"之前来过一次,但是并没有在这里用餐。"

向昊天好奇道:"为什么来了反而没有用餐呢?"沐筱笑道:"董经理当时让我来这里订个座位,说晚上约了两个记者朋友一起吃饭,顺便介绍给我认识。只不过,那两名记者临时有事,约会取消了。"提到董小姐,沐筱的眼神又黯淡了一下。

向昊天原本只是因为匿名照片记住了这家餐厅,误以为沐筱喜欢这里。没想到,这一来,他倒彻底弄明白了那封匿名举报邮件的来龙去脉。董小姐想金蝉脱壳,时刻关注捷美李小姐的动态,努力制造沐筱和对方的偶遇。这董小姐也算处心积虑，只不过陷害人的段位还不够高。当然，也许她内心还是良善的，并没有竭尽全力想去害沐筱。

这样一想，向昊天对于自己没有"赶尽杀绝"的做法，多了一丝欣慰。还好，沐筱并不清楚自己被诬陷这件事情。向昊天并不打算告诉她，他只希望能守护在她身边，给她一片晴空万里。他并不知道，沐筱已经知道了整件事情，并原谅了董小姐。

整个晚餐时光，两个人相谈甚欢。似乎，有关董小姐和乔乔的那些不堪，都不曾存在。

两个人分开时，向昊天如释重负，他觉得沐筱已经原谅了乔乔的任性。他重新燃起了追求沐筱的斗志。每当他多了解这个女孩一些，他就会多爱她一分。那么单纯美好的女孩，如一朵不被世俗污染的花儿，倔强快乐地开放着。

沐筱对向昊天多了几分敬意，她知道，这样处理董小姐事件，已经是他能做到的最大的宽容。看来，这些富二代并非自己想象的那般，不懂人间疾苦。向昊天显然是懂的，而且处理起事情，宽容果断。

事实上，向昊天远比她想象中更果断。第二天上班时，沐筱发现，董小姐的位置上已经不再是空的。

新上司琳达年龄略小于董小姐，一头干练的短发，五官立体而精致。这是一张不同于董小姐的脸。这张脸年轻、干净而自信，没有明显的野心勃勃，没有被急功近利扭曲的痕迹。每个人背后所背负的东西，总是很容易就写在脸上。很明显，琳达不是董小姐，也不可能变成董小姐。

琳达只是刚刚出现，立刻就圈粉无数。董小姐的锐利已然被大家恨透了，也受够了。沐筱想，若是他们知道董小姐的成长经历，不知对她会是同情多一些，还是理解多一些。

沐筱来不及深思，群里一条消息让她立刻陷入了另外一种忧伤和不舍之中。

柳灵打算过段时间回家乡，回那座生养她的小城。母亲独自把她抚养长大,她不能那么自私,只追求远离家乡的洒脱。她想要回去陪在母亲身边。三个人静默了,不知道该怎么回应。

安慰吗?柳灵大学第一天就告诉她们,毕业了她要留在这座繁华的容城。她是母亲含辛茹苦的理由,是母亲的支撑,她一定要为了母亲争口气。现在,这座城,她留不下了,是不是应该安慰呢?

支持吗?还好,留不下的大城市之外,她还有回得去的家乡。不像董小姐,没有那个退而求其次的港湾。在家乡,一切都是熟悉的味道,柳灵一定会过得更容易些。是不是应该支持呢?

其实,三个人都知道,这件事对她的打击太大了。她本不是一个随便的女孩,只是不小心被"骗"了,她在这座城市待得极其不自在。所以,回家乡也许是最好的选择。

纵然三个人有不舍,唯有祝福。婉竹最先从情绪里剥离出来,在群里发信息回应:"你的决定,我们都会支持。时间定下来之后,我们给你饯行。"沐筱再次经历分离,还是自己的好朋友,情绪难以收住:"灵儿,我特别舍不得你。我们说好的,一起留在这里。"

妖妖跟沐筱一样,不舍之情溢于言表。柳灵沉默了很久,在群里发了一条信息:"对不起,姐妹们,原谅我,做了这座城市的逃兵。"然后,微信群再无声音。

11

OTR的新品发布会和广告,颇有一炮打响的味道。OTR新品发布会的第二天晚上,菠萝卫视播了新品广告。广告一出,皎奕又圈粉无数。皎奕那浓情蜜意的眼神,是很多粉丝都不曾见过的。粉丝们习惯的是"不近女色"的皎奕。

很多人说,看了皎奕广告中的那个眼神,想谈恋爱了。广告播出之后,OTR也圈粉无数。据终端销售人员反馈回来的信息,OTR彩电的点单率明显提升。这是一个很好的市场信号。

在合作的三方中,OTR和斯玛特公司喜气洋洋。目前看来,这是一次成功的营销。在这样的旺季,这个预热做得很充分。对艾伦来说,内心是复杂的,喜忧参半。

喜的是,找皎奕合作的广告越来越多,大牌企业给的价码也越来越高。另外,艾伦借OTR新品发布会之际,也完美地解释了皎奕和沐筱之前的绯闻事件,给此事画上了一个圆满的句号。当时那个提问的记者,是艾伦特意安排的。

忧的是,艾伦在这个广告里嗅到了危险的味道。皎奕并非一开始就不爱接触女性的。他是上一段感情受挫,才变成这副一拍亲密戏就让导演犯愁的鬼模样。皎奕对沐筱的不排斥,以及那个眼神的自然温柔,让艾伦觉察到爱情走近的气息。

不过,眼下皎奕还没有强势追求这段感情。还有一件事情,比沐筱更危险,更让艾伦害怕和紧张,那就是安可儿事件。最近,她深陷某名人的出轨事件。虽然这件事情目前还没有被照片、视频等资料证实,但是娱乐圈已经闹得沸沸扬扬的。

这安可儿正是皎奕的前女友。

这段感情因为过于久远,且斩草除根得比较利落,圈内几乎无人知晓。若是平凡情侣,一方被另外一方抛弃,甩人的那一方有难,被抛弃的那一方必然觉得内心无比舒畅解气。但是,皎奕不会这样,艾伦很清楚这点。

艾伦怕皎奕会"仗义出手"。虽然,他暂时看不出皎奕若要帮安可儿会用什么样的办法。不过,以艾伦一贯"居安思危"的习惯,他必须把这件事情扼杀在摇篮里。他要确保皎奕不受牵连。

若无通告等事宜,皎奕一般都是待在家里。艾伦直奔皎奕家而去。不同的是,皎奕今天在楼上的台球室。艾伦到的时候,皎奕一个完美的"环绕地球"打进一杆球。

旁人看来,皎奕并没有任何心事的样子。只有艾伦知道,每当皎奕打起桌球,一定是有了难以排遣的旧情绪涌上心头。此时,皎奕应该在想安可儿的事情。

艾伦开口道:"皎奕,安可儿最近被狗仔爆出第三者插足。"皎奕手下动作定了一定,漫不经心地回道:"只是一些捕风捉影的东西罢了。人红是非多。"艾伦走到皎奕面前，直视他的眼睛："你知道，我关心的不是安可儿。我是想提醒你。"皎奕一推杆，一个完美的进球："艾伦，难道我最近过气了？你接不到活了？怎么有时间闲操心了？"

听到皎奕这讽刺的语气，艾伦并不生气，耐心地说道："不管怎样，我要你跟我保证，安可儿的事情，你绝对不会插手。"皎奕把球杆一扔，冷言道："插手什么？我怎么插手？难道我要站出来告诉媒体，安可儿是我的女朋友，以证她清白？"

说完，他双手抱胸，倚在球桌上，一双大长腿优雅地支撑在地上。艾伦叹了口气："皎奕，你知道吗？我最怕也最担心的就是你这种态度。这段感情已经过去那么多年了，你又何苦总是耿耿于怀呢？"艾伦这种没谈过恋爱的人是不会明白的。皎奕混得风生水起，不就是对被抛弃最好的报复吗？他一直这么认为。

皎奕转而魅惑一笑："你是不是也认为，我应该重新开始一段恋情？"艾伦大惊失色："皎奕，你知道，我不是这个意思，你应该走出来了，但并不是开始一段新的恋情。"

艾伦暗叫大事不妙，这皎奕是准备借机跟自己摊牌吗？

不等皎奕开口，艾伦语气生硬了几分继续说道："你不准轻举妄动，不许谈恋爱，除非你年事已高，在娱乐圈彻底过气了。"皎奕耸耸肩："那就祝愿我能一路红到七老八十吧。"他这话一出，艾伦也松懈了严肃的表情。

皎奕拍了拍他的肩膀："别这么紧张，放松些。来，陪我打一局吧。"艾伦无奈地摇头笑了笑，重新摆了球。打起球来的艾伦，帅气不输皎奕，动作优雅利落。

皎奕瞄准了一颗黄色的球，眼神聚焦，一个推杆，完美进洞。看到黄色，他想到了沐筱。她好像曾穿着一件米黄色的外套，站在闪光灯下，一脸迷茫，柔弱无措。

第六章 闺蜜返乡,失去得到间

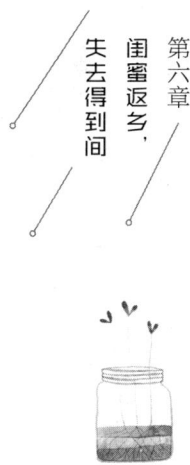

* 1 *

一转眼,又一个多礼拜过去了。皎奕有些失落,自从合作结束之后沐筱再没有联系过他。他也找不到借口去联络沐筱。闲暇之际,他会看着沐筱的微信头像,期盼下一秒钟,对方会发来一条信息:"嗨,皎奕先生,你方便接听电话吗?"这几年,他很少这样等待一个女孩的消息。

沐筱除了偶尔想起皎奕,并没有动心思要联系他。毕竟他们不是一路人,交集过后必然是远离。

天气越来越冷,沐筱在寒冷和按部就班中,差点儿忘记了自己的生日。那天一大早,她刚到公司,一个快递就出现在面前,是一大束玫瑰。送花的人说,一共是999朵玫瑰。镶嵌在花里的卡片,落款是"宇"。这是向昊天送的。这个向昊天,用回了初识时的名字。

她看了看手机,奇怪,并没有收到任何生日祝福。她好奇地翻到日历,今天真的是自己的生日吗?正在她疑惑时,一个接一个快递出现了。令她哭笑不得的是，全是鲜花，而且全是自己喜欢的百合花。一大束一大束的，开得正好，纯洁无瑕。

这时，微信才热闹起来。三个人在群里争先恐后地问："沐筱沐筱，生日快乐。快说说，是谁的鲜花先到的。"沐筱发了个无语的表情，回复道："你们三个，能不能有点儿创意，送的全是百合花。"妖妖无比夸张的笑声隔着手机屏幕就传了出来："姐妹儿，你难道看不出来吗？这就是我们今年的创意。另外，我们三个比的是速度，快说说谁的花先到的。"

沐筱无奈道："几乎是一起到的。我说，你们能不能把这些花折现给我呢？"婉竹说道："庸俗。"柳灵跳了出来："这只是生日第一弹。晚上，我们还有大礼。"妖妖呵斥道："灵儿，你怎么这么沉不住气？不是说好的，晚上给沐筱一个惊喜的吗？"

柳灵立刻发了一个捂嘴的表情。接下来，妖妖的话让人更无语："沐筱，你快猜猜，惊喜是什么？"婉竹觉得，自己再不提个醒，这两个人非得你一句我一句把惊喜给提前曝光了："你们赶紧的，一二三！闭上那张着急的小嘴，晚上答案揭晓。"

没一会儿工夫，向昊天的祝福信息也进来了。除了祝福生日外，向昊天晚上想请沐筱吃饭，庆祝生日。沐筱面露难色，告诉向昊天自己晚上有约了。向昊天发了一个无比失落的表情。沐筱心一软，回道："都是我的好朋友，你要是不介意的话，一起过来，可以吗？"

向昊天顿时欢欣鼓舞。他内心有些兴奋，也有些紧张。这是不是一个信号呢？沐筱渐渐开始接纳自己了？不管怎么样，可以见到她的朋友们，这对自己来说是个机会。不是有句话这么说的吗？要想更容易地搞定一个女孩，就先搞定她的闺蜜们。

快到中午时，沐筱总觉得有一些不对劲。她突然想起来，是爸妈还没打电话过来。以往每年生日，爸妈的礼物都准时抵达，一大早最先接到的一定是爸妈的电话。她想了想，拿出手机，准备打电话回家。孩子的生日，就是妈妈的受难日。她理应打电话给妈妈，道一声辛苦。

正在这时，妈妈的电话进来了，沐筱还未接电话，先笑了。果然是母女连心啊，这么默契。电话一接通，沐筱先撒了个娇："妈妈，今年你可不是第一个祝我生日快乐的哦。"电话那端，母亲的声音有一些疲惫："我最爱的女儿，生日快乐。今年妈妈都忙忘记了，连你的生日礼物都没准备。"

沐筱笑着说："妈妈，我都是大人了，哪里过生日还一定要父母给礼物的。我最大的心愿就是你跟我爸爸喜乐安康。"许是那边按了免提键，她听到爸爸说话了，声音有些哽咽："女儿啊……"这时，妈妈很突兀地打断道："你这老头子，今天是女儿的生日，你还没祝女儿生日快乐。"

爸爸在电话里干笑了一声："祝宝贝女儿生日快乐，早点儿找个好人嫁了。"沐筱不乐意地嘟嘴："爸爸，你这一连几年了，祝福语都不改的。你这个祝福呢，放心里，说出来就不灵了。"妈妈在那边听得哈哈大笑。

电话挂断之后，沐筱还是觉得哪里不对劲。她仔细想了一会儿，笑着摇摇头，自己还真是计较的孩子，是不是还在计较父母的生日礼物，所以才觉得不对劲？也许吧。她嘲笑了自己一番，不再胡思乱想。

2

晚上，大家吃了饭，就一起朝KTV（提供卡拉ok影音设备与视唱空间的场所）出发。向昊天因为临时有点儿事情，晚饭没和沐筱她们一起吃，直接去了KTV。

沐筱一行五个人，一到KTV就撒了欢。尤其是妖妖，一进KTV跟进了自己家似的，踢掉高跟鞋，直接跳到沙发上，拿着话筒尖声叫道："高展，点歌。"高展立刻回击道："我说，自己要唱什么就自己点得了。"

"什么？你说什么？"妖妖的声音从话筒里传出来，无比夸张。沐筱三人，相视一笑，表示了十万个无语。这两个人一碰到一起就开始斗嘴，简直像上辈子互欠了还不清的债。

婉竹走到点歌台，为每个人都点了一首开场歌。照例，妖妖一首《痛快》先把气氛嗨起来。柳灵的是一首少女心爆棚的《小幸运》。婉竹为自己点了一首《月半小夜曲》。高展一首《浮夸》，他浮夸的腔调和表情，简直快被妖妖唾弃死了。

沐筱唱的是《会呼吸的痛》。其实，婉竹并不想给她点这首歌。每次，沐筱唱这首歌，她都会想起一个人，想到眼睛里噙着眼泪。这个本该欢乐的日子，大家都应该快乐一些。就在沐筱刚唱到高潮部分时，向昊天推门而入。

沐筱专注在音乐里，加上灯光打得有点儿暗，并没有注意到向昊天的到来。妖妖刚想大叫，向昊天做了一个"嘘"的手势，悄悄地坐了下来。他静静地听沐筱唱歌，第一次意识到，沐筱的感情里藏着一个人。那个人应该不是皎奕。那个人是一个更强劲的对手。

沐筱唱完，一转身发现了向昊天，惊讶地问："咦，你进来怎么也不打声招呼呢？我来介绍下。"妖妖早按捺不住了："我知道，这帅哥不就是上次健身房……"

沐筱没有理会妖妖，继续介绍："这位是向昊天，在公司是我的领导。但是，我认识他，是早于在公司里见到的，他是我的驴友。"柳灵恍然大悟："呃呃呃，缘分来了，挡都挡不住。"婉竹在一旁抿嘴笑。高展微笑看着昊天，那眼神里透着欣慰。

沐筱正打算介绍婉竹她们，妖妖抢先一步做起了自我介绍："嗨，看这里看这里，我是妖妖。妖精的妖，就那个不黏人的小妖精的'妖'，是一位瑜伽老师。"几个人听到这里，都笑了。这个自我介绍倒真是十分贴切。她丰乳肥臀，神情又无比妩媚。

向昊天笑着冲妖妖点了点头。柳灵带着一丝不好意思，接过妖妖的话："我叫柳灵，是公司职员。上次多谢向总仗义出手。"向昊天摇摇头："柳小姐太客气了，不值一提的。都是误会，也不要再放在心上了。"

婉竹有些犹豫地说："我叫婉竹，除了健身房那次，我们应该很早之前就在哪里见过吧?"向昊天愣了一下,还是硬着头皮承认了:"婉竹小姐好记性啊。是在一家火锅店,那时我刚回国,是第一次见到沐筱和几位姑娘。"

妖妖和柳灵在一旁夸张地恍然大悟:"哦哦哦,原来是一见钟情啊!"高展斜了两个姑娘一眼:"瞎起什么哄啊?"然后,他朝昊天伸出右手:"向公子,我叫高展,健身教练,我想我们在健身房应该见过。欢迎加入妇女俱乐部,成为继我之后的又一位妇女之友。"

妖妖不满地大叫:"什么呀?什么妇女俱乐部啊?我们是青春无敌美少女!你别得了便宜还卖乖。"正说着,《广岛之恋》的音乐响起了。妖妖立马转了话题:"高展高展,快快,对唱。"高展不快地嘟囔:"凭什么是我跟你对唱?"

妖妖冲过去,塞给他一个麦克:"这里可就你一个单身男。"高展反驳:"你给我说清楚,什么叫单身男?"妖妖大叫:"哎呀,快快,来不及了,起唱。"

婉竹在旁边抬高了嗓门说道:"妖妖,你可想清楚了。据说,一起唱过这首歌的男女,最后都没有在一起。"高展一听,乐了:"哟,这么一说,我必须跟妖妖合唱一个。"

向昊天坐在沙发上,安静地看着这群打闹的人,无比羡慕。他好像没有这样的青春,被家教束缚着,偶尔放肆都显得有些逾矩了。

沐筱看着她们,也很羡慕。她拿出手机,打开微博,发了一条信息。每当重要的日子,她都不忘记发一条微博,一定带定位。她总是幻想,有一天,凌风会循着她留下的蛛丝马迹出现在她面前。

《广岛之恋》结束之后,《你最珍贵》的音乐响起了。几个人一起起哄:"沐筱,向公子,快快,你们的合唱。"沐筱带着几分不情愿,被几个姑娘推至屏幕前方。她回头冲着几个人做了一个"一会儿收拾你们"的手势。

整个晚上,几个人其乐融融,向昊天也渐渐放开了,不再拘束。看着时间不早了,大家让沐筱开始拆礼物。几个人送给沐筱的是一些轻奢品牌的包包和饰品。每一样礼物都特别贴心。轮到向昊天,他拿出一个首饰盒子。

沐筱一打开,是卡地亚的锁骨项链。她有些慌张,连忙拒绝:"不行,昊天,我不能收你这么贵重的礼物。"向昊天有些尴尬,神情比她还慌张。他是真的不知道怎么送女孩子礼物,只知道身边有女孩子戴这款项链,很好看。

他用求救的眼神看向几个女孩子。妖妖叫道:"沐筱,不要扫兴好不好?只是一个生日礼物而已嘛,收下吧。"婉竹和柳灵也跟着说道:"是啊是啊!向公子,快给沐筱戴上。"沐筱有些扭捏。柳灵推了高展一下:"把灯光调亮点儿,不然等下看不出效果了。"

向昊天满怀欣喜地拿出项链,走到沐筱身后。他拨开沐筱头发,正准备搭上项链的扣环时,一个人出其不意地出现了,所有人都愣住了。

* 3 *

灯光亮起那一瞬,出现在包厢里的人,不是别人,正是皎奕。他戴着墨镜,大大的口罩遮住了半张脸,一身黑色皮衣皮裤,脚上一双高帮黑色皮鞋。

他摘下口罩和眼镜。大家方才认出是他。他依然是那副目中无人的模样,径直走到沐筱面前,冷冷地吐出几个字:"这么巧,向总也在。"不等向昊天回复,他眼睛直直地盯着沐筱,似有满腹怨气:"生日快乐。"说完,他把一个礼盒塞到沐筱手里。

沐筱下意识地把礼盒推了回去:"谢谢皎奕先生,礼物就不用了。"皎奕生气地抓起她一只手,把礼盒重重地按到她手里:"我皎奕送出去的礼物,不允许任何人拒绝。拿着!"说完,他转身往包厢外走去。

婉竹尝试着挽留皎奕:"是皎奕先生吗?既然来了,就吃了蛋糕再走吧。"皎奕头也不回地说道:"不用了。向总慢用。"说完,他推开门,消失在众人视线里。

事情发展得太快,所有人都陷入了莫名其妙中。沐筱尴尬地冲向昊天笑笑。向昊天安慰地轻轻拍了拍她的肩膀。项链在她颈上闪闪发亮，特别美。

妖妖从沐筱手里拿过皎奕送的礼物，替沐筱打开，瞬间发出惊呼："哇，巧了，也是卡地亚的，经典LOVE手镯，风靡全球。"沐筱伸手，想取回礼物："不要乱碰，这是要还回去的。"

向昊天听到沐筱说要还回去，心里略感欣慰。可是，转瞬，他又开始懊恼。那个皎奕还是略胜一筹，表达感情的方式简单粗暴。自己怎么就不能直白地把心意表达出来呢？

柳灵打破了尴尬："来来来，是时候揭秘我们的压轴神秘大礼了。"婉竹把显示器切换一下，一段VCR（提前录制的用来在必要时刻播放的视频）就打开了。开始是几个女孩从大学起的合影，青涩得略显土气。往后走，是几个人的祝福，高展也出镜了。每个人说的话，都轻易地戳中了沐筱的泪点。

在VCR中，高展少有地一本正经："沐筱，这几年，我一直都信守我对我兄弟的承诺，在你身边守护着你。可是，再这样下去，哥哥就要嫁不出去了。所以呢，我希望你在新的一年里，找个好人就嫁了吧。不要再拖累哥哥了，哥哥家里催得也挺紧的。"

听到这段话时，沐筱忍不住哭了，边哭边笑。婉竹轻轻地拥住她的肩头。

向昊天看得有些感动。是不是普通人家的孩子，他们的友谊更真诚一些呢？他没有答案。

视频放完之后，大家点亮了蜡烛，一起为沐筱唱起了生日快乐歌。在祝福声中，夜色渐渐浓重了。走出KTV时，夜风一阵阵吹来。向昊天去停车场取车。婉竹的男朋友已经准时等候在外面。

向昊天开车过来时，婉竹上了男朋友的车，无比甜蜜地说了再见。妖妖拽着高展的袖子："我只能委屈自己，让你送我回家了。"高展立马反驳："哟，那我是万万不能送你回家的，不能委屈了你这位大小姐。"妖妖哀求道："高展，你看看今晚这场面，你忍心让我一个人回家？"高展无奈地说道："我喝酒了，不能开车。"妖妖大呼:"这怕什么?代驾呀,我有电话。"

高展侧身看柳灵:"要不一起走,我先送你和妖妖回家。"柳灵调皮一笑:"还是算了吧,我才不愿当别人的电灯泡呢。"她跟大家告了别,一扬手拦了辆的士,先行离开了。高展和妖妖继续边吵边走,全然不理会向昊天和沐筱。沐筱找不到拒绝的理由,只好上了向昊天的车。一路上,两个人天南海北地侃起了大山,像是回到了大学时代。向昊天想,要是在大学时代就认识沐筱该有多好。

他试探地问道:"高展说的那个承诺,是怎么回事?"沐筱一下子冷了下来,把脸别向车窗外,没有回答。气氛降到零下二十摄氏度。向昊天只好尴尬地道歉。

沐筱并没有继续冷下去,勉强笑笑说:"都是一些不开心的往事,也没什么好说的。"昊天若有所思地点点头,小心翼翼地避开话题,但是气氛已经无法回到最初。

当真都是不开心的往事吗?沐筱心内黯然,正是因为之前有多开心,这几年就有多难过。向昊天在心里揣测着,那个人,他辜负了沐筱吗?这是怎样痴情的一个女孩啊,为了一个这样的男人,耿耿于怀这几年。

两个人各怀心事,接下来并没有聊很多。到了沐筱的小区,两个人说了再见。向昊天有些懊恼,不该提那个话题,而是应该乘胜追击,跟她表白得再深刻一些。她那些朋友,应该是很看好自己的。这在感情里可是"天时地利人和"里的"人和"项,绝对的加分项。

沐筱正走着,一道黑影出现在身后:"沐筱。"她一惊,刚一转身,黑影就扑了过来,一把把她拉入怀中。她用力想推开,这才发现是皎奕。她"皎奕"二字还没叫出口,嘴唇就被对方的嘴唇覆盖了。

* 4 *

皎奕的嘴里有浓烈的酒精的味道。他的吻热烈绵长。沐筱被他吻得喘不过气来,却慢慢地不自觉地迎合着他。皎奕拥着沐筱的双手越来越紧。沐筱努力想挣脱出来,却用不上力气。

这个吻好不容易停了下来，皎奕低头看着沐筱，喃喃道："沐筱，我喜欢你。"这温柔而深情的语气，是沐筱认识皎奕以来所不熟悉的。她心头一颤，生出了许多爱怜，抬起头迎上他的目光。他的头发有些凌乱，眼睛通红，闪着莫名而热切的光。

沐筱忍不住伸手，理了理他贴在脸上的发，轻声说道："皎奕，你喝多了。"她望了望不远处，有一地的烟头，那是刚才皎奕待过的地方吧？他是从什么时候开始，在这里等自己的？

事实上，一个晚上，皎奕的情绪跌宕起伏。他看到沐筱的微博更新，满怀欢喜地想给她一个生日惊喜。他"乔装打扮"到了KTV，却看到了自己不想看到的一幕。向昊天居然在给沐筱戴项链！两个人郎有情妾有意的样子，让他忍不住怒火中烧。难道他晚了一步？

走出KTV的皎奕，独自买醉。就在这个晚上，皎奕才真正意识到，自己爱上沐筱了，无可救药地爱上了。内心的嫉妒和悲伤不断升腾，他忍不住想当面问个清楚。若真是如此，他决不夺人所爱，但是若并非如此，他亦当仁不让。重新爱上一个人，对他来说不是一件容易的事情。

皎奕用手抬起沐筱的下巴："沐筱，你告诉我，你是不是喜欢那个向昊天？"沐筱忍不住脱口而出："这跟你有什么关系呢？"皎奕恢复了以往的冰冷："我不喜欢看到你和他在一起。你若告诉我，你喜欢他，从此，我决不再骚扰你。"

沐筱内心一阵莫名的悲伤："你或者他，我都不喜欢。也请你不要来质问我。我和你，并没有什么关系。"她今天很累，前面向昊天关心的询问，勾起了她伤心的回忆。此刻，皎奕却跳出来质问她和向昊天的关系。说完，她准备转身离开。

皎奕一把拉住她，把她拉到眼前："既然这样，我不允许你再单独和向昊天在一起。"沐筱心中一股莫名的怒火升腾起来。你皎奕是我什么人啊？

但是，她不准备再和这个酒鬼纠缠下去。在他嘴唇再次靠近她时，她用手挡住了他的唇，用力一推，挣脱出来，转身上了楼。

到了房间，她的内心还止不住地狂跳。她轻轻抚摸了一下自己的唇，居然有一丝甜蜜涌上心头。她有些不放心，皎奕喝了这么多酒，是自己开车过来的吗？他一个人怎么回去？

她走到窗台，试着往下看，模模糊糊能看到皎奕的身影。他依然站在原地，手指间多了一根香烟，忽明忽暗。她忍不住发了条微信给他："你叫个代驾吧，不要自己开车。"她看到皎奕拿出手机，一会儿她就收到了回复："哦？关心我吗？好像，我们并没有什么关系吧。"

他发完这条信息，丢下香烟，用脚狠狠地踩了一下，转身走了。沐筱看着他渐渐远去的身影，突然有点儿失落。自己和他果真没有什么关系。他只是喝醉了酒，拿自己消遣而已。他若愿意，多少美女会巴巴地往前凑。

夜渐渐深了，沐筱却毫无睡意。

* 5 *

听闻柳灵母亲要来容城，沐筱几人欢欣鼓舞，个个铆足了劲儿要给阿姨一个难忘的回忆。高展特意提前跟朋友借了一辆七座的车。这还是几个好朋友第一次准备认真地逛遍容城的角角落落。以前，每个人总觉得，时间还多，这座城是属于自己的，可以慢慢来逛慢慢来品。

然而，柳灵却提前撤离了。她说，离开这里之前，一定要让母亲来看看这座自己待了那么久的城市。带她看看自己读过的大学，带她看看自己悲伤过欢喜过的地方。这里承载着她太多的回忆。

周六一大早，高展从这座城市的各个角落，把这一伙人接上，最后直奔柳灵家。柳灵母亲在小城的事业单位工作，气质优雅，体态轻盈。她上身穿一件刺绣改良版棉服，下身穿一条灰色休闲裤，脚上穿一双便利的刺绣鞋。头发高高绾在脑后。整个人看起来清爽干练。

高展上身穿一件红色宽松长款无领呢子大衣，里面搭一件米色高领毛衣，下身穿一条黑色紧身裤，脚上穿一双时尚的休闲鞋。整个人特别阳光，时尚感爆棚。妖妖今天的穿着稍微收敛了一些，妆容也素了许多。她里面穿了一件红色毛衣，外面穿了一件米色长款风衣。

婉竹的衣着一如既往地知性，内穿连体职业套裤，外搭一件呢子外套。沐筱内穿一件衬衫，外搭一件长款厚针织，下面穿一条九分阔腿裤，脚上穿一双布洛克休闲皮鞋，随意又自在。

看到几个人，柳灵母亲忍不住轻笑："高展是妖妖的男朋友吧？你们几个女孩子，是不是就剩我家柳灵还单着呢？"高展一听这话，急急辩白："阿姨，您搞错了，我不是。"妖妖倒也不说话。沐筱笑着回答："阿姨，没有的事，就婉竹名花有主了。我们其他人都单着呢。您别着急催柳灵，这个城市比我们年龄大的单身女青年，一抓一大把，我们还小呢。"

柳灵嘟着嘴撒娇："就是。妈，你真是的，我们这个年代不比你们那个年代了，我们还年轻呢，就算一辈子单着，也不是什么稀奇事。"柳灵母亲一听不乐意了："你敢，你给我试试。要闹哪样？还一辈子单身呢。"柳灵立刻挽起母亲的胳膊，讨好地说："皇太后，我这不就打一比方吗？嫁嫁嫁，一定好好嫁人。"

大家看着这温馨的场面，忍不住哈哈大笑。上车时，妖妖抢先坐了副驾驶位。高展一边系好安全带，一边不满地埋怨："你说你，穿个衣服，你老配合我干啥玩意？"妖妖反驳："明明是你老配合我，好不好？你说你一个大老爷们，整天穿得姹紫嫣红，你问问沐筱她们，谁配合谁啊？"

婉竹点评："嗯嗯，很明显。"柳灵母亲面带微笑，看着这群嬉笑的年轻人，觉得心里特别踏实。柳灵能有这样的好朋友，是福气。

大家去的第一站是母校，自从毕业之后，每个人似乎再无理由来到这里。毕业时，她们曾约好，每个月回一次母校，感受下文化和纯真的熏陶。然而，几年过去了，她们再也没回来过，虽然她们和这所大学在一座城市。这里依然生机勃勃，永远不缺少年轻的脸庞。

还是婉竹心细，特意准备了几张大学时的经典合影。几个女生一阵惊喜，来了个场景重现。妖妖一个金鸡独立，动作轻盈。婉竹一个傲娇的抱胸，柳灵一个可爱的嘟嘟嘴，沐筱一个鄙视三人的斜眼。跟大学时的合照比，整个画面竟然毫无违和感。

高展帮柳灵和母亲，拍了很多经典的合影。很多年轻的脸庞路过，脸上写满不解。她们不明白，这里有什么好拍照的。她们不知道的是，多年以后，追忆起这段青葱岁月，她们会恨不得拥抱这个地方的每一寸土地。因为，这里有回忆，也寄托着每个人曾经的梦想。这是青春热血沸腾的起点。

逛完大学，接下来是游览这座城市的名胜古迹。柳灵柔声给母亲介绍着每一段历史。其他人在旁边七嘴八舌地做着补充。有时，阿姨一个问题，却又把大家都难住了。每个人手忙脚乱地一通百度。每个人才意识到，自己对这座城市真是所知甚少。

两天时间下来，大家都累得筋疲力尽。柳灵母亲依然精神抖擞，兴致盎然。两天时间虽然游走的只是容城的一角，但是重要的景点和有纪念意义的地方也大致扫了一遍。周日晚上，几个年轻人回到各自家，全体瘫痪了。

* 6 *

柳灵的母亲在这座城市又逗留了几天。大部分时间，柳灵母亲都在帮柳灵收拾这些年的行李。她则慵懒地蜷缩在沙发上，看着母亲忙碌。时光好似回到大一刚开学，母亲帮她铺床，整理行李。不同的是，那次是送别，这次是重聚。对于一位母亲而言，几年前把女儿送到这座城市，现在把她接回自己身边，这是不一样的心情。

柳灵渐渐斩断了跟这座城市的每一丝联系，到了该说再见的时间。有一件事情她放在心里好多年了，是时候做个了断了。看到姐妹们对自己的一片真心，柳灵觉得，若再不敞开心扉，她会后悔的。

那些存放在自己这里多年，不属于自己的东西，也该归还了。虽然，那些东西现在归还已毫无意义。至少，她会心安一些。她把东西分开打包，把属于每个人的单独寄给了对方。里面，还有一封郑重的道歉信。

柳灵特意选择在周六离开。送机那天，天空飘着小雨，每个人都拥抱了柳灵，迟迟不愿松开。直到广播里催乘客登机，她们才依依不舍地挥别。柳灵进了安检，很快不见了身影。三个女孩的手紧紧握在一起。这一刻，唯有祝福！

当天，三个女孩分别收到了柳灵寄出的包裹。打开一看，竟是大学时期男生写给她们的情书。然而，她们从来没见过这些情书。那一个个陌生男孩的来信，她们时隔多年才第一次看到。读了柳灵的信，她们才解开了心中疑惑。

柳灵来自单亲家庭，从小就很自卑且缺乏安全感。尽管，柳灵是个漂亮可爱的女孩子。四个女孩的友情，让她既温暖又不安。每个人毫无保留的情谊付出，让她温暖。后来，几个女孩都各自有了追求者。追求者的不断出现，让柳灵的内心开始不安。

她认为，大家若是各自有了男友，势必会慢慢疏远。另外，自卑情绪作祟，她害怕自己会落单，会成为孤零零的一个人。同时，看到其他三人追求者众多，她的嫉妒心慢慢开始膨胀。

她终究是做了内心不良情绪的奴隶。一次，路过宿管处时，宿管阿姨叫住了她，让她帮忙转交同宿舍其他人的信件。全都是一些没贴邮票的信件。她立刻明白了，这些一定是那些怯懦的男生写给舍友们的情书。柳灵脑海闪过一个念头。她打算把这些情书"据为己有"。这样一来，她就可以尽量延长大家单身的时间，将四个女孩之间纯粹的友情维持得久一些。

刚开始，柳灵的内心是忐忑的。万一被室友发现了怎么交代？时间久了，她渐渐放下心来。她把对策想得很清楚。采取这种方式追求女孩的男生大多是不自信的吧？既然如此，没有回音对于他们而言是再正常不过的。当然，不排除特殊情况。万一追求者找到了室友，事情"败露"，她就假装忘记把情书给对方了。

做这件"坏事"时，柳灵怀揣着说不出的邪恶快感。躲在暗处，棒打鸳鸯，假装别人和自己一样少人追。这确实能麻痹内心。与之矛盾共存的，是一种愧疚感。从那天开始，柳灵很难再敞开心扉、心安理得地享受来自室友对她的好。

此次一别，不知再相聚是何时，柳灵不想背负着"罪恶感"过日子，这才彻底坦白了大学时的"恶行"。即使得不到原谅，她也不愿再背负这些。

三个女孩一封封读着情书，时而微笑，时而皱眉，时而落泪，时而捧腹。那些情书来自陌生人或者熟识的人。从字里行间，她们又看到了那段校园时光和自己在别人眼中的样子。好遗憾，她们不能及时回复这些男生。哪怕是婉拒，总比石沉大海要好些。

柳灵在微信群里小心翼翼地道歉，求原谅。她特别担心就此失去三个好朋友。最先回复她的是婉竹。婉竹大学时一心读书，现在又已寻得真命天子，对这些旧情书自然无感。婉竹安慰道："柳儿，放宽心，没什么原谅不原谅的。我还要感谢你帮我过滤了那些'烂桃花'呢！"

沐筱的心思一直在凌风身上，这些情书对她而言自然也没什么分量。她也很快回复道："虽然你这件事做得有些不对，但是念在没有耽误我终身大事的分儿上，我原谅你了！"一贯大大咧咧的妖妖，反倒认真起来："我认真读了每个人的情书，仔细回忆了每张面孔，终于松了口气。柳儿，要是里面有我喜欢的男生，你死定了，我这辈子都不会原谅你！哈哈哈，还好，没有，都是些歪瓜裂枣！姐们儿原谅你了！"

看到回复，远在家乡的柳灵握着手机"嘤嘤"地哭了起来。心中的那块大石头，终于放下了。她终于可以"改邪归正"，重新做人了。

那些情书并不都是平凡无奇、千篇一律的。婉竹收到的情书里，有一封很特别很用心。里面记述了和婉竹的每一次擦肩而过，每次接触，每次心跳。末尾，那封信还留了一个地址和联系方式，希望婉竹跟自己联系。名字很陌生。里面讲述的一个个瞬间，婉竹更是毫无记忆。婉竹想，大概是对方送错对象了。只是，好奇怪，信封上写的专业和姓名都没错。

不知道这送错的情书，有没有耽误了那个男生的情缘。她试着拨了信里的电话，显示是空号。她反而松了口气，时隔多年，即使拨通了大概也改变不了什么。

7

柳灵回家乡之后，沐筱想家的心情不断涌上心头。她拨通了母亲的手机，依然无人接听。她又试着打给爸爸，还是无人接听。拨了几次，电话终于接通了，却是一个年轻女子的声音。

"是沐筱吗？你还记得我吗？我是小叶姐姐啊。叔叔陪王主任去做检查了。哦？什么检查？哦哦，那个，有病人叫我，晚点儿你再打过来吧。"电话里的小叶姐姐是母亲科室的护士长。沐筱内心涌起了很多疑惑。母亲去做什么检查了？为什么小叶姐姐含糊地说了一半，就不再说下去了？她觉得内心很慌，有一种不祥的预感。

她焦躁不安起来。是不是家里出了什么事情？不会的，不会的。她中间又拨了几次爸爸的电话。电话中，爸爸的声音特别苍老，一点儿活力都没有。沐筱直接问道："爸爸，我妈在做什么检查？"爸爸的声音有些惊慌："那个，你妈妈给病人做检查，我反正没事，就陪着。"

沐筱爸爸是一位中学物理老师，理工男一枚，一辈子不会撒谎，撒起谎来很容易被人觉察。只是，沐筱前段时间太粗心了，隔着电话，居然没有意识到爸爸的异常。她不给爸爸留任何余地："爸，你别再瞒着我了。小叶姐都告诉我了。"

电话那边，爸爸又是一阵惊慌："筱筱，妈妈检查出了癌症，淋巴癌，中晚期了。"沐筱心里一惊，手机从手中滑落，掉到了沙发上。捡起手机，沐筱调整了一下情绪："爸，你又骗我呢？妈妈当了一辈子肿瘤科医生，她怎么会得癌症？"

爸爸在电话那边哽咽起来："筱筱，爸爸对不起你，没有照顾好妈妈。已经确诊一个多月了，专家会诊并没有得出更有效的治疗方法。你妈妈很固执，她不是很配合治疗。"沐筱忍不住哭出声来：

"爸，我妈还有多少日子？"爸爸故作乐观地说："虽然医学上没有很有效的治疗方法，但是如果心态乐观，说不好会有奇迹发生。"

沐筱并没有和妈妈通话，她怕控制不住自己的情绪。她知道，爸爸是在安慰自己。她打定主意，立刻回家一趟。她怎么也不能相信，这是事实。她必须要见到母亲。

她风尘仆仆地出现在医院时，母亲吃了一惊。眼睛里写着惊喜。沐筱放下行李箱，扑过去抱住母亲，眼泪止不住地往下流。母亲抚摸着她的头发，无限慈爱地说："傻丫头，哭什么？妈妈这不是好好的吗？你不是一直嫌妈妈没时间休息嘛，这下妈妈终于可以好好休息了。"

妈妈瘦了，脸色苍白，但是精神很好。她一直指挥爸爸给女儿削水果，一会儿让沐筱吃这，一会儿让沐筱吃那。沐筱恍惚间觉得，一定是医院弄错了，妈妈只是累了，想要休息一段时间而已。

在妈妈昏昏沉沉睡去的时候，爸爸断断续续地给她讲了这段时间发生的事情。发现之前，母亲一直没有任何感觉。一天，她摸到身上有个硬硬的疙瘩，不痛不痒，也没在意。她太忙了，没时间去做检查。终于有一天，她晕倒在去手术室的路上。前段时间，爸爸陪着她做了各种检查，已经确诊为淋巴癌中晚期。妈妈不同意做任何治疗。爸爸反复劝说，她才做了一个切除手术。但是，她拒绝做化疗。目前只是在医院做一些常规的检查和提高免疫力的治疗。

怕沐筱担心，妈妈一直不让爸爸告诉她。她总是笑着阻止："何苦要多一个人担心呢？"沐筱知道这段时间最辛苦的是爸爸。他承受着巨大的痛苦，又要向女儿隐瞒真相。

看着沉沉睡着的母亲。她的心无比刺痛。小叶姐说，对癌症患者来说，能睡着是好事。越到后面，患者越睡不着，疼痛会吞噬他们。

她的眼泪怎么都擦不干净。上天是在跟他们开玩笑吗？母亲一辈子兢兢业业，为什么会受到这样的折磨？她不敢想象，没有母亲的生活，将如何继续进行。从小到大，她都是在医院度过的。母亲总是把她放在一边写作业："筱筱，你好好做作业，等下妈妈来检查。"爸爸是物理老师，兼班主任，晚自习总是在学校度过。

她总是乖巧地写作业，不吵不闹，不要家长陪她玩。她对这片洁白无比熟悉，白色的病房，白色的床单，白色的大褂。以前，她觉得这个地方是天堂，是为大家减轻痛苦的地方。现在，她恨这个地方，她觉得这个地方是地狱，它吞噬了母亲的健康，却眼睁睁见死不救。

父亲斜靠在另外一张病床上，睡着了，眼镜还架在鼻梁上。他一定是累坏了，沐筱一回来，他有了主心骨，一下子松懈了下去。父亲苍老了好多。以前那个教自己物理知识的神奇父亲不见了。眼下，这是一个背有点儿佝偻的小老头。

* 8 *

母亲醒来的时候，天微微擦黑。沐筱轻声跟母亲商量："妈，我们好好配合医生治病，好不好？国内不行，我们出国治病。"母亲苦笑了一下："女儿，妈妈当了一辈子医生，什么病都见过。癌症真正治好的有几个呢？大多数人最后的时光，都被药物折磨得痛苦不堪，一点儿生活质量都没有。你和爸爸不要再劝我了，我已经想好了，这剩下的日子，我要为自己活一把，四处看看。"

母亲的固执，沐筱比谁都清楚。说服母亲的事情，只能另做打算。医院的人看到沐筱，都忍不住夸道："王主任，你女儿好漂亮啊。"她母亲总是笑笑，又忍不住叹气："哎，别提了，还单身呢。你们手里要是有合适年龄的好青年，别忘了给牵牵线。"

沐筱一阵脸红，母亲还在惦记她的终身大事。这大概是她最放心不下的事了吧。又在医院住了几日，母亲吵嚷着要出院，要回家给女儿做好吃的。母亲一直嫌她过于瘦弱了，总是让她多吃点儿。

沐筱和爸爸不同意，母亲就闹孩子脾气，不吃饭不说话。实在拗不过她，沐筱和爸爸办理了出院手续，带着母亲回家养病。回到家里，母亲的精神很好，除了昏睡的时间有点儿多。她醒着的时候，开始絮絮叨叨沐筱小时候的事情。

她指着照片说:"看,你小时候多可爱,胖乎乎的。现在怎么这么丑,还干瘦干瘦的。"沐筱苦笑着,那张照片都胖得看不到眼睛了。在父母眼里,孩子多胖,都不会觉得胖。好几次,沐筱试图用曾经的美好回忆,说服母亲去医院治疗。但是,母亲不为所动,从不钻沐筱设下的"圈套"。

在家住了几日,母亲开始着急赶沐筱走。她对沐筱说:"你赶紧回去工作。我和你爸爸,准备去四季如春的城市看看。"沐筱抱住妈妈撒娇:"不行,我也要一起去。我把工作辞了,陪着你们。"

母亲一把推开她,瞪着眼睛:"傻孩子,我要跟你爸爸一起度蜜月了。结婚到现在,都没空一起度蜜月。带着你这个拖油瓶的,算怎么回事?"母亲说话的中气还是很足的。若不说,谁会相信这是一个癌症中晚期患者。她求救地看向爸爸。爸爸摇摇头,没说话。

母亲看出她的不舍,抚摸着她的头发说:"傻孩子,马上春节了,你又可以回来了。我和爸爸一起出去玩,真不能带你。"妈妈甜蜜地看了爸爸一眼。沐筱无奈地点点头。她盘算着,春节要回家多住些日子。

离开家之前,她去看望了叔叔阿姨。他们也都老了,拉着沐筱的手不舍得松开。家里的摆设,和之前没什么分别。她特意去凌风的房间看了一眼,干净整洁,就像主人每日都回来住那般。眼泪一不留神又落了下来。

她不敢再多做逗留,匆匆跟叔叔阿姨告了别。他们嘱咐她注意身体,家里他们会帮忙一起照顾。沐筱抱了抱阿姨,像抱自己母亲那般,然后头也不回地走了。

爸爸把沐筱送到机场,欲言又止。在沐筱快要安检的时候,他终于忍不住说了句:"筱筱,妈妈最惦记的就是你的终身大事。"他没再说下去。他不想逼沐筱,心疼她。沐筱点了点头,没多说什么。她进了安检,远远地跟父亲挥手告别。恍惚间,她看到父亲眼角有一颗泪水,挂在那里,固执地不肯滑落。

父母果然开始去旅游了。他们去了春城。母亲以前从来没时间发朋友圈。沐筱还曾羡慕别人家的母亲，没事的时候在朋友圈发发养生知识，发发"不转不是中国人"。她母亲忙得连朋友圈都没时间发。现在，她母亲终于有时间发朋友圈了，而且一天发好几次。

然而，她每一次翻开母亲的朋友圈，都忍不住想哭。她开始怀念那个没时间发朋友圈的母亲。那个母亲身体健康，做事雷厉风行。那个母亲不会怕沐筱担心而强撑着"作秀"给她看。母亲太要强了，她不让沐筱陪着，怕女儿心疼，怕自己的狼狈被女儿看到。

即使不在父母身边，沐筱也没闲着。离开家时，她悄悄带走了母亲的检查报告。婉竹托父母帮她联系各个医院的主治医师和专家。婉竹何尝不知道沐筱母亲就是医生。她只是想支持沐筱一把，不放弃一丝希望。

在一家医院里，沐筱情绪失了控。那位专家对着沐筱摇头，像之前的每一次答复那样。婉竹紧紧地握着她的手。沐筱不死心地追问："医生，难道真的一点儿痊愈的可能性都没有吗？"医生看着她几近崩溃的神情，不忍心说得太直白："目前，癌症患者的五年十年存活率有所提高。患者心态好的话，癌症还可能不治而愈。"

沐筱满怀感激地看着医生。正在这时，一位小护士走进来，装模作样地看了看桌上的片子，口无遮拦地说道："哟，这片子一看患者就没剩多少时间了。"一向稳重知性的婉竹忍不住呵斥："你怎么说话的，小心我投诉你。"

沐筱紧紧地回握了一下婉竹的手，冲她摇摇头，示意她不要生气，不要跟对方计较。然后，她拿起资料，和婉竹一起走了出去。刚走出医院大门，沐筱再也忍不住了，号啕大哭。婉竹抱住她，也忍不住哭了起来。

* 9 *

沐筱穿上婚纱，婚纱有点儿大。她跟妈妈撒娇："妈妈，你帮我想办法收一收，好不好？"一转身，妈妈不见了。她怎么都找不到。婚礼伴娘催她："沐筱，快点儿，仪式要开始了。"

她只能把婚纱往上提了提,硬着头皮出了门,和新郎一起等在门口,等待那扇幸福的大门开启。她偷偷看了一眼新郎,还是那么帅。她脸上飞起了红霞。自己挑的如意郎君,怎么会错?司仪在里面宣布:"请新郎牵着新娘的手,一起步入幸福的殿堂。"

这个时候,门打开了,婚礼的音乐响起。此时,新郎应该牵起新娘,一起往礼台走。可是,音乐响了很久,新郎毫无反应。沐筱提醒新郎:"你怎么还不牵我的手啊?一会儿音乐该停了。"

新郎依然没有任何举动。沐筱一着急,就主动伸出手去牵新郎。可是,她的手居然穿过了新郎的身体,她什么都抓不住。她又试了几次,终于忍不住哭了起来:"为什么?这是怎么回事?谁能告诉我?"

这时,新郎缓缓地转过脸来,露出一丝惨笑:"沐筱,那是因为,我已经离开你了。"说着,他的身体慢慢变成了透明的,渐渐从沐筱眼前消失。沐筱崩溃大哭:"你不要走,你不能这样抛下我。我妈还等着看我结婚呢。"

身边的伴娘伴郎,也突然不见了。刚才在酒店里翘首张望新郎新娘的宾客,也慢慢不见了。只剩下一个空荡荡的礼堂。沐筱大叫了一声:"都不要走啊。我还没结婚呢。"

沐筱从睡梦中哭醒了。她摸摸泪湿的枕头,大约在梦中就开始哭了。外面的天色未亮,时间尚早。可是,她毫无睡意了。她很清楚,梦中的新郎就是凌风。她已经很久没梦到凌风了。凌风离开她快三年了。

可能是最近压力太大了,她对凌风的依赖感再次泛滥。其实,即使她不刻意回忆,那些往事还是历历在目。

凌风和她是同乡,比她大三岁,他们从小就认识。两个人家境相当,双方父母是好友。凌风的父母是银行职员。凌风读大三的时候,沐筱刚跨进R大。不得不说,沐筱考R大多少也是受了凌风的影响。

这个美丽的学妹,一入校就吸引了很多人的目光。那时候,沐筱比现在圆润些。她身材高挑,长发齐腰,肤若凝脂,双眼如秋波,水汪汪的。私底下，大家评她为校花。这引起了很多学姐的不满，经常有学姐找她"挑衅"。她并不计较，总是无所谓地笑笑。

很多人追求她，女生视她为情敌。所以，她朋友并不多，只有同宿舍的妖妖、婉竹和柳灵三个人。用她们三个人的话来说就是："天知道，沐筱有多讨人喜欢。"她不傲气，又漂亮，情商很高，甘愿做绿叶，不抢人风头，不砸人场子。

但是，走出宿舍，她依然不讨女生喜欢。女生总是容易被嫉妒蒙蔽双眼，不愿好好认识一个人。

凌风在快毕业的时候，被舍友怂恿跟沐筱表白。凌风之所以这么晚才跟沐筱表白，是顾忌从小到大的感情。若是表白失败，双方的感情就再也回不到从前了。但是，凌风一旦打定主意，就会勇往直前。他的表白无遮无拦："沐筱，我不想再等了，做我女朋友好不好？"

他有点儿害羞，但是神情坚定，似乎已经等了沐筱一个世纪那么久。沐筱毫不犹豫地回道："好。"旁观的人，感觉不到一丝浪漫和波折。不明就里的人看来，沐筱简直好追到跟白捡的似的。只有知情者才知道，这"好追"的背后，是十几年的熟悉和相知。

谁人又知，沐筱对凌风暗藏了多久的心意。在篮球场，沐筱怕凌风受伤，不管不顾地冲进场内；在毕业晚会上，她小心翼翼地挪到凌风身边，好似踮起了脚尖在爱对方。所以，她的回答才来得毫不犹豫。

沐筱名花有主的消息一传出去，男生们痛不欲生。有些人甚至摩拳擦掌，准备挖墙脚。女生们一片欢欣鼓舞。她终于不会跟大家抢校草了。凌风儒雅有型，但并不帅到十分抓人眼球。

当然，凌风的追求者也不少。不管怎样，这是一个皆大欢喜的结局。对于追求凌风而不得的女生而言，沐筱美得让她们自惭形秽。等着挖墙脚的男生，很快就死了心，因为凌风保研了。也就是说，他将继续待在这所学校两年时间。时间久到刚刚好陪沐筱毕业。

两个人每天形影不离。校园里总是能看到凌风骑单车载着沐筱，快乐地驶过。很多女孩，早早地坐进了宝马。而沐筱一直坐在凌风的单车后座上，开怀地笑着。凌风说，等再次毕业了，他就娶沐筱。沐筱坚定地点点头。

若不是那场意外,大概两个人已经结婚了。临近毕业,整个校园里都是兵荒马乱的不安感。凌风一直是一个稳妥的人,工作早早就定了,签了一家国企,待遇很好。他自信地说:"沐筱,你不要着急,我可以养你的。"沐筱涨红了脸,不甘示弱地回复:"谁要你养?"后来,沐筱也签了不错的工作。

有一天,凌风跑来跟沐筱说:"沐筱,我要跟着驴友一起去爬雪山,去爬喜马拉雅山的K2峰。"他的脸因为激动变得通红。他说:"沐筱,你知道的,我一直以来活得中规中矩,这一次,我想疯狂一次。就这一次。等我回来,我们就商量结婚的事情。"

确实,凌风一向稳重,做事可靠,很少做什么冒险的事情,连过山车都很少坐。他喜欢旅游,但是走的都是很常规的线路。整个大学时光,他最夸张的举动应该就是组建乐队了。然而,他唱歌的样子,又极其安静,不像很多乐队主唱那般癫狂。

沐筱没有阻止,点了点头。这个男人让沐筱百分之百地信任。她憧憬着自己穿上白纱的那一天。凌风一如既往地细心,把沐筱托付给好兄弟高展。毕业前夕琐事众多,他拜托高展多多帮助沐筱。他对高展说:"等我回来请你吃大餐。"

凌风就这样笑笑地走了。沐筱看着他的背影,突然有些后悔,想大声唤他回来,不要去。可是,凌风转身,远远地大声对她说:"乖乖等我回来哦。"

* 10 *

然而,沐筱再也没等来婚礼,等来的却是噩耗。登山队遇上雪崩,凌风不幸遇难。他的尸体一直没找到。

沐筱大病了一场,病好之后没有了之前的圆润,多了些瘦削和苍白。她一直坚信,凌风只是暂时失踪了,有一天他会循着踪迹回来找她。又或者,他失忆了,有一天他会想起自己。所以,在每一个重要的时刻,她总是会发一条带定位的微博。她不是高调,只是怕凌风找不到自己。

这个晚上，她再次梦见凌风。他在梦里告诉她："沐筱，因为我已经离开你了。"她在想，这是凌风正式在跟自己告别吧。也许，这也是她在内心跟凌风彻底告别。

天色还暗，她起身倒了一杯水。她拿起手机，发现有一条未读消息。打开一看，是皎奕凌晨时发来的。他说："沐筱，我想你。"看到信息时，沐筱心里微微一暖。

皎奕和凌风的性格截然不同，但是表达感情的方式却一样，都很炽热，毫不克制。凌风总是迎着风，大声告诉沐筱："沐筱，我爱你。"沐筱开玩笑说："你说什么，风太大，听不到。"等到凌风又提高了音量，沐筱反而羞红了脸。

但是，自己和皎奕终究不是一路人，更不该奢望他的感情。沐筱在这个无助的夜里，终于承认了对皎奕的情感，她对皎奕的情感早已超出了普通朋友的范畴。不过，她再次清醒地否定了两个人发展的任何可能。她没有回复皎奕的信息。

同时，她清楚地认识到，她不能辜负母亲。万一真的有那么一天，她不想母亲担心自己，走得不踏实。当务之急，她结婚的速度，一定要快过母亲离去的速度。她这样想着，又在昏昏沉沉中睡去。

第二天一早，她在微信群里向几位好友求助，希望能早点儿结婚。婉竹理性地劝她："沐筱，你冷静点儿，不要着急。万一阿姨真的有那么一天，你完全可以带个男朋友回家，让她安心就好了。你这么着急会毁了自己的幸福的。"

妖妖虽然在感情中特别随性，但是在这个时刻还是无比支持婉竹的话："沐筱，你可以让高展装成你男朋友啊。"

沐筱很肯定地反对了"假男友"的办法。母亲那么精明的人，怎么会看不出来真假呢？家里催了那么多次，她一直没带男朋友回家，这早就说明了她没有男朋友。而此刻，在母亲重病之际，她突然带了男朋友回家，老太太一定不相信。老太太的担忧反而会加重，她会以为沐筱真的打定主意不结婚了。

所以，现在唯一能让老太太放心的，就是沐筱结婚。只有她亲眼看到沐筱结婚，她才会相信女儿有了归宿。对于突然结婚这事，沐筱倒是想好了说辞。这是因为一直想给他们个惊喜，所以没暴露男朋友的存在。

婉竹和妖妖没有很好的反驳理由，也没有更好的主意，只能劝沐筱不要太冲动。这时，一直没说话的柳灵突然开口："沐筱，你有没有想过相亲？其实，很多相亲很靠谱的。而且大家都是奔着结婚去的，特别高效。结婚就是两个人一拍即合的事。"

柳灵最近迫于母亲的压力，到处相亲，所以才萌生此建议。婉竹和妖妖纷纷摇头。沐筱不置可否。她心里有了初步的想法。

皎奕最近并不好过，拍戏也好，拍广告也好，他总是有些心不在焉。想起那天跟沐筱表白，他有些懊恼。明明应该是柔情万分的时刻，他却硬是给搞砸了。对于想做的事情，皎奕一直以来都不失把握。可是，面对这个女孩，他似乎没有了主张。

最近更是如此。他把握不住她，不知道她在做什么忙什么，有没有一点儿想念自己，有没有想起自己的吻。今天凌晨，他实在忍不住了，发了一条信息给她。可是，从凌晨到现在，他都没有等到她的回复。他皎奕虽然"不近女色"，但是身边从来不缺女色。这件事沐筱让他有了深深的挫败感。

他不知道的是，沐筱根本无暇关心其他的事情。沐筱在麻木的工作之余，忙于寻医问诊。除此之外，她惦记着把自己快点儿嫁出去。她无心谈恋爱，恋爱谈到最后不都是一样的吗？都是步入柴米油盐的坟墓而已。既然如此，恋爱这个环节大可省略。

柳灵给的建议，沐筱确实上心了。她立刻在各种婚介网进行了登记。她决定先从网络婚介和熟人介绍入手。正规的婚介网，对个人资料审核还是比较严格的，对资料的真实性也会进行把关。沐筱倒不担心会被骗。女人的直觉往往是很准确的，若是发现不良苗头，她大可扭头就走。

当她在群里公布了这一决定时，立刻引起了轩然大波。然而，大家知道，她一旦决定了，是不会轻易改变的。沐筱骨子里有自己的固执。所以，她们只能支持她的决定，即刻起在群里给她介绍相亲对象。

高展也给予了积极的回应，他自告奋勇要做沐筱的保镖。他必须确保沐筱万无一失。婉竹和妖妖表示要做她坚强的后盾，帮她做好各种约会安排。看到大家这么支持自己，沐筱信心爆棚。她发誓一定要速战速决。

11

很快，婚介网就有了回复。第一次约会定在周末，地点约在一家咖啡厅。沐筱做了精心的打扮，让自己显得知性漂亮一些。婉竹周末没事，就陪前往。毕竟是第一次相亲，两个人都有些忐忑不安。沐筱和婉竹约定好了暗号。

落座之后，沐筱如果撩头发，婉竹就立刻打电话。沐筱接到电话，谎称公司有事，立刻撤退。如果沐筱右手轻扶左肩，那表示这个还算靠谱，可以进一步了解。如果两个人相谈甚欢，可以继续约饭的话，婉竹就可以放心撤退了。

咖啡厅里，一个男人按照约定手拿一本杂志。对方看到沐筱，显然吃了一惊，没有想到她这么年轻貌美。沐筱打了招呼，落了座。男人五官端正，儒雅斯文，戴一副金丝边眼镜。目测男人的身高不是特别高。

不过，整体看来，沐筱对对方并不反感。男人姓王，硕士毕业之后，就职于容城某国企。王先生所在的行业女性很少，一不小心就沦为大龄未婚青年。他大沐筱四岁。因为年龄差别不大，两个人交谈还算愉快。

沐筱暗自庆幸，第一次相亲就能遇到比较正常的人。这真是一个莫大的鼓舞。

聊着聊着，王先生大约觉得时机成熟了，就问了沐筱一个问题。沐筱正低头喝咖啡，听到这个问题时，差一点儿一口咖啡喷到了对方脸上。王先生问:"你还没谈过恋爱吧?我还是初恋,我没办法接受谈过恋爱的女生。我会有心理障碍的。"

沐筱对这样直白的对话,显然无法接受。她故意选择了一个很刻薄的回答,结束了这次相亲:"看来我和王先生没缘分了。像我这么年轻貌美的女性,怎么可能还没谈过恋爱呢?"

很快,婚介公司有了新的回应。沐筱继续跟打了鸡血似的,前往赴约。这次约会的对象,年轻帅气,比沐筱还小三岁。沐筱暗自吃惊,这么年轻的男孩子都出来相亲了,年轻人的婚恋是遇到了多大的瓶颈啊。

两个人互报年龄之后,男孩无所谓地耸耸肩:"没关系的,女大三不是抱金砖吗?我呢,相亲不为别的,就是为了结婚。"

男孩接下来的话,让沐筱大跌眼镜。男孩对沐筱的家境等都不感兴趣。他说:"我呢,结婚其实是被我妈逼的。我家不缺钱,我妈就希望早点儿抱孙子。她天天盯着我,我没办法跟女人正常交往。别人家老太太闲的时候遛遛狗都很开心。我家老太太非要遛孙子才有成就感。要是你跟我结婚了,你就辞职在家,给她生孙子就好了。但是,你不能干涉我的感情生活。"

沐筱瞬间无语。现在的新生代,都是这样对待感情和婚姻的吗?她伸手撩了下刘海,婉竹的电话就进来了。她装模作样地牢骚了一番。挂了电话,她佯装抱歉地说:"对不起,我老板喊我回公司加班。"

男生很不满地嘟囔:"哎,其实你还挺符合我妈儿媳妇的标准的。我们后面常联系吧。"沐筱起了身,含笑说道:"再说吧。如果有可能,等你成熟些时,我们再联系。"男孩不明就里地沉默了。

婉竹笑得眼泪都出来了,妖妖听说了这段相亲经历,恨得牙痒痒:"沐筱,你还是太善良了。这种妖孽,就要我来收拾。"沐筱脑补了一下妖妖跟对方针锋相对的样子,不禁一阵好笑,觉得特别解气。

接下来相亲遇到的人,更是让沐筱哭笑不得。婚介公司很委婉地暗示，对方属于成熟稳重型的。沐筱并没有很在意。可是见了面，她才明白，这个"成熟稳重"的含义。

大老远，她就看到对方贫瘠的头顶。所剩无几的头发一遇到"风吹草动"，就会迎风招展。沐筱本想一走了之，又觉得不太礼貌，硬着头皮过去打了个招呼。她原本想，一落座就暗示婉竹打电话进来。可是，对方一句话让她决定多坐几分钟。对方说了一句："姑娘，外面挺冷的吧，先喝口咖啡暖暖。"

她明白两个人不可能在一起，但是来自陌生人的关怀，让她内心一暖。接下来的聊天，让她觉得自己还是太年轻了。这位男士也算成功人士，几年前离了婚。他听说了沐筱的年龄之后，不禁皱了皱眉头："你年龄比我女儿还大几岁呢！"

沐筱心里骂道：我好心多陪你坐几分钟，我还没嫌弃你年龄比我父亲大，你倒反过来嫌弃我比你女儿还大。你这是找老婆，还是找孙女啊？她装出一副无辜的样子，抱歉地说道："对不起，这点我也没有想到，我觉得特别对不住您。那我就不浪费您老人家的时间了。我先走一步。"说完，她大踏步往外走去。

仅仅一个礼拜的相亲，让沐筱觉得疲惫不堪。妖妖每次听到沐筱的相亲经历，都不厚道地笑了。她自告奋勇，下次沐筱再相亲，自己一定要陪在身边。沐筱撇了撇嘴："算了吧，万一我遇到了心仪对象，被你给抢了，我不是连姐们儿都要少一个了。"

第七章 相亲大会，峰回又路转

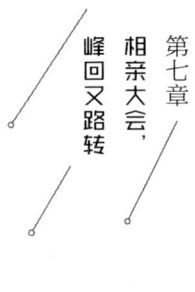

* 1 *

玩笑归玩笑，沐筱内心开始了新的思考，一对一的相亲效率确实太低了。周末里，就算半天相亲两位男子，一周也才相亲八个。若是把晚上的时间也算上，一个礼拜才能相亲十五个人左右。再把遇见"奇葩"的概率算进去，这一周下来，真遇不到几个正常人。

所以，沐筱经过一个礼拜的体验，把婚介一对一的相亲模式给排除了。最理想的方案就是高效的大型相亲会。

有了明确的思路之后，沐筱开始重点关注各大平台上发布的相亲会。年底了，容城的相亲会少不了。沐筱认真地将各种信息汇总起来，包括相亲时间、条件等各项事宜。接下来，她准备打一场硬仗。

一天，妖妖在群里提供了一条重要的相亲会信息。她认识的一个熟人，是这场大型相亲会的负责人之一。据说，这是容城一年一度的大型相亲会，已经有很多配对成功的案例。

妖妖已经替沐筱打听清楚了。这个相亲会是针对精英人群的，把关严格，对学历、收入等个人条件做了筛选。每个报名者都必须提供相关资料供审核。而且，相亲会的举办单位会对后续的感情发展负责。两个人在交往中若出现一方被骗的情况，举办单位会协助追究责任。

介绍完，妖妖做了一个总结："总之呢，这是一场高层次、有保障的相亲会。"沐筱有了一些心动。海量相亲人群中，总会有一个不奇葩的相亲对象吧？

经过两天的认真思考，沐筱下定决心，要报名参加这场相亲会。这有保证的相亲会，报名费真是价格不菲啊。沐筱一阵肉疼。但是一想起妖妖那句总结，她就觉得有期盼了。想到母亲，她内心充满悲壮的力量。

沐筱的报名通过了审核。这并不是什么意外的事情，沐筱在这座城市，也算得上女精英一枚。相亲会定在了圣诞前夕。圣诞节大概是一年中最后一个"情人节"了。这些年，人类已经把能发展的节日都成功发展成了"情人节"。

越临近相亲会，沐筱的内心就越忐忑。如果这次相亲大会失败了，那她接下来的选择在哪里呢？一切不在她的掌控中，她只能被动前行，走一步看一步。

相亲会是在某电视台的大型演播室举行。男女嘉宾各坐一侧，女方座位是固定的，男方的座位可以按顺序移动。面对面的男女双方先攀谈十分钟。十分钟之后，男方的座位会依序挪动到下一个位置。每一对座位上，都有一对灯，供男女嘉宾爆灯使用。一旦双方两情相悦，就可以同时爆灯，申请去旁边的一对一固定座位深聊。

当然了，这个相亲会举办了这么多年，男女双方同时爆灯的现象，还真不多。毕竟大家都以为后面的会更好，担心因为芝麻错过了西瓜。反而，很多人都是因此错过了属于自己的缘分。

为了提高效率，年龄等个人信息，已经体现在每个人的桌牌上。这个相亲，不存在遮遮掩掩。因此，十分钟的聊天时间，已相当充足。

每个人对自己最想了解的问题，已经做了有效的组合。第一轮，大家问的都是常规问题，旨在努力给对方留下一个好的印象。这些问题往往是轻松愉快的，譬如爱好。男方的座位是顺序移动的，所以一定时间之后，两个人会有第二轮的相遇。

第二轮时，大家交谈的话题会变得相对深入，会涉及未来的家庭规划、职业规划等问题。第二轮的时间依然是十分钟。举办方做了明确的时间规划，一个下午的时间里，每个人可以认识18位异性。

这比起沐筱一个上午相亲两个人，效率实在是得到了大大的提高。另外，这个相亲会遇到奇葩的比例大大降低了。坐在对面的有为青年，让沐筱对相亲的信心得到了提升。整个下午的攀谈，她感到自然愉悦。

这样的相亲会，即使没有找到心仪的另一半，也可以交到不错的朋友，算是一大收获。现场很多青年才俊看到沐筱的第一眼，就想爆灯。无奈，沐筱并没有一眼心动的对象。她太理智了，全程只是在权衡对比最佳结婚对象。

这样高强度的相亲，其实是很辛苦的。沐筱在观察男人的同时，也会偷瞄几眼现场的女性，以此来解乏。现场的女性，长相甜美的不乏其人，只不过搔首弄姿的太多。妖妖跟这些姑娘比起来，简直是大家闺秀。沐筱不禁莞尔，要是妖妖知道自己这么形容她，大概要吐血了吧？

2

相亲会结束时，现场涌进来一大堆媒体。举办单位为了造势，邀请了一些媒体围观。事先约定好的，在相亲会开始之前，媒体可以对嘉宾进行采访。相亲过程中，媒体不能打破现场的秩序，只能远远地拍照。相亲结束之后，媒体可以对嘉宾进行采访。

相亲会正式开始前，沐筱到得稍晚了一点儿，并没有感受到浓烈的采访氛围。相亲会一结束，颇有些姿色的女性和气质非凡的男性，都被记者们围了个水泄不通。毕竟婚恋主题的新闻，始终是这座城市的焦点,各大媒体拼的不过是谁的故事讲得更精彩。

沐筱用手挡住自己的脸,她不习惯闪光灯不断闪烁,也无意回答任何问题。她很累,不管是身体还是内心。多日来连轴转的相亲,让她没有休息的时间。她一边微笑着道歉,一边往前挪动,试图穿过记者往外走。那些记者显然不愿意放她走。沐筱微微皱了皱眉头。

有位记者认出了她,惊喜地大叫:"这不是皎奕的'绯闻女友'吗?"沐筱心中大呼不妙,这群记者的记性还真是不可低估。围住她的记者更加来了兴致,旁边顿时又"呼啦"围过来一群记者。

记者们提的问题一个比一个有诱导性:"请问,你和皎奕是分手了,才来相亲的吗?""这场相亲会,难道邀请你来'做托'?""上次新品发布会上,皎奕的经纪人,是不是故意使用障眼法,借广告之名,掩饰你和皎奕的情侣关系?"沐筱觉得有些招架不住,顿感心力交瘁。她只是一个为了不辜负重病的母亲,而被迫来相亲的普通女孩而已。她为什么要承受这些莫名的询问?

想到母亲憔悴的脸和期盼的眼神,她觉得自己简直是大不孝。她现在只想携手一个和自己一样普通的男青年,回家给母亲一个交代,让母亲心安。想到这里,许久以来积压的委屈,让她的情绪瞬间崩溃。

眼泪肆意泛滥着。站在闪光灯下的她,妆容被眼泪打花了:"我只是一个普通的女孩,我只想拥有普通的幸福。我和明星皎奕没有任何关系。我希望你们放过我,让我能平静地生活。"她的语气里有掩饰不住的委屈和虚弱。

围着她的人群,瞬间安静了。她推开人群,夺门而出。她没有考虑什么后果,也不想去考虑。最亲的人都要离她而去了,她无暇顾及其他,只想做一个不辜负亲情的女孩。

走出了相亲会现场,她在街上漫无目的地游荡,随便吃了一些东西。天色渐渐暗了下来,冷风一直往脖子里灌。微信群里,朋友们一直在追问相亲结果。她无心回复。

她不是很想回住处。她再一次感到了孤单,那只是一座房子而已,冷冰冰的,没有人情味,没有温度。在那里,自己甚至还要散尽温度,为它取暖。但她还是晃晃悠悠回了住处,天色真的有点儿晚了。

远远地,她看到皎奕的身影在小区楼下。她心跳加快。皎奕总是这样,神出鬼没的。他倚着车低着头,似在思考什么。沐筱不知道,他此刻出现在自己面前,所为何事。自从上次表白之后,她有好久没再见到他了,就像消失了一般。

想到那个吻,沐筱的心还是忍不住"怦怦"直跳。但是,此刻她并不想见到他。她的妆也花了,脸上还有泪痕,实在是太狼狈了。可是,她不知道,皎奕早已看到了她更狼狈的表情和表现。媒体传播的速度,比想象中更快。

沐筱崩溃的场景,早已在各个媒体中完美再现了。皎奕已经在铺天盖地的信息中,看到了沐筱和她崩溃的大哭。他任性地推掉了晚上的安排,不管艾伦气得直跺脚。他不是没试过电话联系她,但是她的手机关机了。他只能故技重演,守在她家门口。

他想知道,这个女人是不是没脑子,到底在想些什么?他和向昊天都跟她表白过,她却兀自去参加相亲会。她的大脑构造,是不是跟一般人不一样?不管怎样,他对被沐筱无视的愤怒已经无法控制。

沐筱把衣领往上拉了拉,用包挡住脸,试图躲过皎奕的目光。他此刻低着头,沐筱穿的是妖妖给她搭配的新衣服,大概可以蒙混过关吧。她抱着侥幸心理,往公寓入口走去。

却不想,背后,皎奕的声音分毫不差地响起了:"沐筱,你是不是想躲我?"沐筱尴尬地放下包,机械地回复:"哦,皎奕先生,对不起,我没看见。您是来找我的吗?"皎奕走到她跟前,双手按住她的肩,恶狠狠地说:"你就这么着急把自己嫁出去吗?就算恨嫁,何必要选择这种自我轻贱的方式呢?"

沐筱听到"轻贱"这个词,来了怒气:"是,我就是这么轻贱的女孩。"皎奕的双手捏得她的肩膀生疼:"你要是想找一个男朋友,我和向昊天还不够你选的吗?相亲会上的男人,就一定比我们更好吗?"沐筱的眼泪涌了出来:"我不是找男朋友,我要找一个愿意娶我的男人。马上、立刻娶我的男人。你或向昊天，你们肯吗？"

沐筱扬起了头，直视皎奕的双眼。那双眼睛里充满绝望、无奈和愤怒。皎奕听到"立刻马上娶她"，果真一愣。他虽然早已爱上沐筱，但是提到结婚，他并没有太多思想准备。况且，男女之间，难道不是从谈恋爱开始，慢慢步入婚姻的吗？

他一时不知道该怎么回答，掩饰性地低头擦去她眼角的泪水。对于他的沉默，沐筱并不意外。她原本也没奢求什么。即使不着急结婚，她也不奢望成为皎奕的女朋友。他们真的不是一路人，不会幸福的。婚姻可以没有爱情，但是不能没有"合适"。

她哽咽了一下，脸一转躲开了皎奕。皎奕有些尴尬，恼羞成怒："我看，你不是想结婚，你是喜欢男人被你玩弄于股掌之间，围着你团团转的样子吧？"

这句话深深地刺痛了沐筱。她一挥手，一巴掌狠狠地扇在皎奕脸上。皎奕冷不丁被扇了一巴掌，捂着脸，一时愣在那里。沐筱的脸上，全是泪水。睫毛膏和眼线花了，经泪水一冲刷，在她的脸上留下一道道黑线。

"是，我就是这样的女人。但是，你，大明星皎奕，是我玩不起的男人。以后，拜托，离我远点儿。"沐筱声嘶力竭地说完这句话，扭头上了楼。皎奕呆呆地站在那里。他的脑子有点儿混乱，不知道想说什么，也不知道自己刚刚都说了什么。每次，只要面对这个女孩，他就有点儿失控。为什么不能好好说话，多点儿温柔和耐心呢？

* 3 *

向昊天后知后觉，第二天才知道发生了什么事情。他不知道沐筱遭遇了什么，但是他知道她一定有自己的难处。他愿意帮助她渡过任何难关。然而，沐筱并没有给他任何机会。皎奕昨天晚上的话，深深刺痛了她。她觉得自己不能再给任何不可能的人希望了。

向昊天或者皎奕固然比相亲对象优秀，但是她和他们中任何一个人，终归不是一路人。她决不会利用他们的感情。向昊天发信息给她:"沐筱,无论遇到什么了,让我做你男朋友,陪在你身边。可以吗?"沐筱没有回复。

婉竹她们几个人,一个晚上没有联系上沐筱,心里慌张无比。当看到网上关于相亲会的报道时,她们恍悟,因为皎奕,沐筱再次成了焦点。可想而知,沐筱的相亲会被皎奕搞砸了。她们商量着,一定要跟皎奕好好谈谈。

妖妖在皎奕的微博上留了私信,自我介绍是沐筱的好朋友,并留下了联系方式。巧的是,皎奕正在浏览微博,他时刻关注着沐筱的动态,希望能找到蛛丝马迹。看到妖妖的留言,皎奕毫不犹豫地拨了过去。

见面约在下午,婉竹和妖妖一起前往赴约。其实,她们并没有想到,皎奕会约见她们。她们并不知道皎奕早就跟沐筱表白过了。她们只是想让他知道他给沐筱带来了多少困扰。如果可能,她们希望得到皎奕的帮助。

皎奕态度温和地接待了两个女孩子。婉竹和妖妖不禁纳闷,皎奕那么酷帅的外表下,居然有如此温和的一面。他并不如外界传言的那般冷漠。

当听到婉竹的自我介绍时,皎奕愣住了。他在心下默念"wanzhu","婉竹"?难道,是R大那个自己日思夜想的女孩?他仔细打量了又打量,实在找不出相似的痕迹。他实在不相信,这世间居然有这么巧的事情。

在确认了婉竹母校是R大之后,皎奕迫不及待地问道:"婉竹小姐,你们专业可有和你同名的女孩?"婉竹茫然地摇摇头,他追问道:"那婉竹小姐还记不记得曾上过一节公共课,一个下午……"

婉竹一头雾水地看着他,皎奕有些懊恼,自己到底语无伦次地在说些什么。大学时代,每个人当然上过很多公共课。这根本就不能成为回忆的线索。他迅速地从回忆中搜寻着:"那婉竹小姐有没有主持过学校的毕业生晚会?"

婉竹还是摇头:"我没有主持过晚会。我们宿舍只有沐筱主持过晚会。"这个皎奕一见面,不关心她们找自己到底什么目的,反而开启了提问模式。简直匪夷所思!等到真正搜索记忆时,皎奕才发现,居然找不出属于他和wanzhu两个人的共同回忆,原来一切不过是自己的独角戏而已。

他不死心,再次发问:"婉竹小姐认识校篮球队的队长吗?一个叫'风'的男子。"他生生把"凌风"的姓氏给吞了下去。时隔多年,他连关于心仪女孩的回忆都怀疑不已,再不敢确定篮球场那个男生的姓氏。此刻,他只是不抱希望地试问一句。

"凌风?你说的可是凌风?"妖妖在一旁惊奇地叫起来。皎奕抓住救命稻草般问道:"你们认识他?"妖妖睁大了眼睛:"你怎么会认识凌风?"皎奕犹豫了一下,不知该作何回答。难道说凌风是他喜欢的女孩爱慕之人?可是,他喜欢的那个女孩又叫什么名字呢?很明显,那女孩不叫"wanzhu"。记忆跟他开了一个莫大的玩笑。

他只能撒谎道:"凌风是我在篮球场上认识的一个朋友,据说也是你们R大的。你们是朋友?"婉竹幽幽地开了口:"确切地说,凌风是沐筱以前的男朋友。"听到这句话时,皎奕的心简直要飞出来了。现在只有两个可能,沐筱就是自己记忆中的女孩,或者记忆中的女孩并没有和凌风在一起。若是第二种可能的话,沐筱一定认识自己记忆中的女孩。

他的心莫名地欢乐起来。沐筱身上的很多细节曾让他觉得那么熟悉。沐筱就是记忆中的女孩,这个可能性最大。可是,两个人又有一定的不同。无论如何,他相信谜底很快就要揭晓了,他能从沐筱身上找回曾经的记忆。关于回忆,他打定主意再问最后一个问题:"凌风还好吗?结婚了吗?"

两个女孩静默了好久,最后婉竹开了口:"他走了快三年了。遇难。"皎奕的心猛地下沉,始料未及。再追问下去,怕会显得太突兀,也不够礼貌。

他按下内心的波澜,转而询问两人,此次找自己所为何事。两个女孩将沐筱的处境做了讲述。其间,免不了提到沐筱曾经的爱情。她沉浸在失去凌风的阴影中，迟迟走不出来。凌风遇难之后，沐筱大病一场，瘦削了许多。

从两个女孩的讲述中，皎奕慢慢拼凑出了一个不同于现在的沐筱。他开始笃定，记忆中的女孩就是沐筱无异。沐筱经历了生离死别，才变成了现在的模样，眼神不如从前欢乐明媚，身材不似从前圆润。

皎奕了解了，沐筱为何急于相亲。他也懂了，为什么沐筱会拒绝向昊天和自己，为什么宁肯相亲也不接受他们的感情。既然没打算接受任何人，那就不应该消费对方的感情。相亲反而成了最让她心安的方式，没有爱情就不会有亏欠。两个最初的陌生人，抱着同样的目的走到一起，这很公平，不会有辜负。

他的心不禁揪了起来。他特别心疼，也很懊恼，为什么自己不能好好说话，给她一个解释的机会呢？婉竹和妖妖并不知道这次谈话会带来什么。她们只是希望，皎奕能出手相助，还沐筱一个平静的生活。

皎奕静静地听完了她们的每一句话。只要是与沐筱有关，他都不愿错过一丝一毫。听完最后一个字，他站起身来，绅士地说了句："抱歉，先走一步，我有很重要的事情要去处理。"

* 4 *

他和向昊天在对待感情上，有一个很大的不同。向昊天总是担心打扰到沐筱，希望不会让沐筱感到被动，感到压迫感。而皎奕总是以自己喜欢的方式，释放感情。他看了看时间，沐筱快下班了。

他一路狂飙，不断被堵，懊恼地按着喇叭。他想给沐筱拨个电话，让她等一下，但是电话总是无法接通。大概，他已经被沐筱拉入黑名单了。这个倔强的女人！他忍不住一拳砸在方向盘上。

皎奕紧赶慢赶，还是没赶在沐筱下班前到。难道又要在沐筱小区楼下候着？不知道她什么时间出现，无聊忐忑地等着，这种感觉，他真是受够了。一转身，路口等红绿灯的地方，他发现了那个熟悉的身影。似是有些冷，沐筱把衣服裹了裹。她的眼神放空，不知道在看什么在想什么。

皎奕几个跨步，走到她身边，拉开呢子大衣，把沐筱一把裹挟进自己的衣服里。他用力拥着她，朝车的方向走去。惊慌的沐筱发现是他，平静了很多，不再挣扎，乖乖地随着他走。她真的学乖了，怕再引起不必要的注意，怕再有报道把他们联系在一起。

上了车，皎奕紧紧地抱住她，喃喃道："沐筱，做我的女朋友，好不好？让我陪在你身边。"沐筱冷冰冰地说道："你，离我远点儿，就是对我最大的帮助。"说完，她准备推开车门往外走。

皎奕一把拉过她。她整个人跌进了他的怀里。皎奕紧紧抱住她："我知道了，我都知道了。如果你要我立刻、马上娶你，我想告诉你，我愿意。"沐筱被皎奕这突如其来的温存烧得有些不知所措。

皎奕温柔而深情地看着她。沐筱的脸有些滚烫。这几年，她面对男人从来没有过这种感觉。她有些羞涩，用手轻轻地摸了摸脸颊。两个人独处的空间里，她不知道怎么掩饰感情。

皎奕理了理她被自己弄乱的秀发。忍不住地，他再次把她拥入怀中。她的头正好伏在他的胸口。隔着衣服，她听得到他的心脏"咚咚咚"跳动的声音。她闭上眼睛，默默享受着这久违的踏实感。这一刻，她想把自己托付给这个男人。曾经，她思考的那些"不是同路人"都被抛诸脑后。

皎奕轻声说道："饿了吗？我带你去吃好吃的。"沐筱"噌"地从他胸口弹起来，脑袋摇得跟拨浪鼓似的。她撇了撇嘴巴："我可不想再被各种报道追着跑。我们还是各吃各的吧。然后，我继续相我的亲，你继续做你的明星。"

听到沐筱这句话，皎奕怒道："沐筱，你敢再去相亲试试。你相一个，我就打残一个。"他咬牙切齿地丢下这句话。沐筱故作悲伤的表情："难道我注定要孤独终老吗？"

皎奕又郑重地问了一次："沐筱，做我的女朋友，好不好？"他的眼睛里写着炽热和真诚。

激情稍稍退去的沐筱，看着皎奕认真的表情，理智重新回来了。她认真地说："我们都冷静一下，好不好？毕竟，我们并不了解彼此。而你对我，可能只是一时的好奇……"

皎奕忍不住脱口而出："一时好奇的那个人，只会是你！你知道，你在我心里住了多久吗？"他有点儿不管不顾，笃定眼前的女孩就是住在自己回忆中的人。他甚至没想过，万一眼前的和记忆中的并非一个人，该如何收场？

沐筱愣住了，不知如何应答，心下生出疑惑：难道这个人认识自己很久了？可是，为什么她的记忆里没有皎奕的影子？"你R大毕业，喜欢去第二食堂吃饭，你住在女生宿舍A栋，你主持过一场毕业生晚会，你曾经喜欢一个叫……"皎奕一股脑地把回忆往外倒，直到快触碰到"凌风"这个名字时，他才敏感地住了口。

简直不可思议！眼前的明星皎奕居然熟知自己的学生时代！沐筱想了想，机智地笑了："是不是我的朋友们找过你？她们把我的家底都透露给你了？这个世界上，只有那三个丫头才这么了解我的大学生活！"

果然是她！那个赖在自己回忆里不走的女孩！皎奕的心莫名地剧烈跳动起来，命运待自己不薄！时隔多年，他打定主意忘记那个女孩时，她居然再次出现，而自己居然前后爱上同一个人！

他明白沐筱的不可思议和难以置信："我现在没有开玩笑，多年之前，在R大我就爱上了你。在我下定决心要表白时，你给了我迎头一击。那个晚上，你骂我'自甘堕落'。我失去了表白的勇气。"

沐筱想起了那个莫名其妙被自己伤害的陌生男孩。她参加竞选，被人污蔑，迁怒于那个男孩。只是两个人再也没见过，她欠他一个道歉。可是，眼前的皎奕与多年前那个杀马特风格的男孩，这真的是同一个人吗？

沐筱微微皱了皱眉："你当时一头黄发？穿着很奇怪，特别的……"她找不出合适的词形容。皎奕有些汗颜，黑着脸点了点头。他当年的品位，实在是……不堪提及！沐筱仍然一脸的不相信："那你说说看,我们都有哪些接触?都说了哪些话?"

绞奕揉揉她的头发:"不要企图考验我的记忆,毕竟你在我脑海里那么多年,相处却少得可怜。食堂门前,你差一点儿摔倒,是我托住了你。"沐筱心下一动,确实是同一个人。原本这只是个小得不能再小的细节,不值得记忆多年。偏偏,那次接触成了别人的把柄,又毁了自己的竞选。所以,记忆犹新!

* 5 *

"这下,你该信了吧?后来我出国了。离开前,我曾给你写过一封信。可惜,我弄错了你的名字,以为你叫'婉竹'。所以,那封情书下落不明。"绞奕心中曾经的恨渐渐熄灭。他曾恨过这个女孩对自己的不屑。但是,爱却开始熊熊燃烧。原来,这个女孩一无所知。

听到"婉竹"这个名字,沐筱忍不住想,难道信在婉竹手中?柳灵打包寄给婉竹的那些情书中,该不会有绞奕的那一封吧?绞奕弄错的名字,恰恰是自己室友的名字,大约事出有因。虽然,她弄不清楚是怎样的阴错阳差。

沐筱早已对绞奕心生爱意,她骗不了自己的心。加上这番追忆,她感动不已,却还是犹豫着。绞奕狡黠地一笑:"何况,当初我答应你重拍广告时,你欠我三个要求。"原来那时绞奕已对现在的自己动了心?这份动心,与大学的回忆无关。这份爱果然是命中注定!

她忍不住突兀地说了句:"我愿意试试。""嗯?试试什么?"绞奕疑惑地问,眼中闪烁着光,"你是说愿意试试和我交往?"

沐筱点了点头:"这算我答应你的第一个要求。当然,我是心甘情愿的。"绞奕开心得像个孩子。沐筱不无忧愁地说:"可是,我还没想好,要怎么跟你谈恋爱。那些媒体,那个艾伦,我统统都没想好,要怎么面对。我们暂时只做彼此心里的男女朋友,好不好?"

绞奕的脸上再次出现了她熟悉的一意孤行:"我绞奕想怎么谈恋爱,不需要这个世界批准。我爱你,和别人无关。你只要做好准备,和我站在一起。而我,会一直守护在你身边。你就跟着我的步伐前行，如此就好。"

皎奕说完，发动了汽车，朝沐筱家的方向开去。沐筱被他的气势所震慑，内心有了莫名的安全感和勇气。既然这个恋爱要冒天下之大不韪，那就一起面对吧，没什么好害怕的。

话虽这么说，她还是没有做好打破平静生活的准备。到了小区，她麻利地下了车。皎奕堵在她面前，做出一副不放行的架势："你难道不准备请男朋友上楼喝杯咖啡吗？"

沐筱笑着推开他："你快走吧，我刚才看见艾伦催你回去拍戏了。"说完，她一溜烟消失在皎奕面前。皎奕无奈地摇摇头。他追她追得不容拒绝，但内心深处，他给她预留了足够的时间，等她学会面对和自己在一起之后的生活。

到家之后，皎奕发了一张学生时代的照片给沐筱。沐筱一看，果然是他，那个不经意间"害"了自己的男孩，一副桀骜不驯的样子。仔细端详起来，皎奕虽然变了许多，可是眉目之间神情未改。沐筱忍不住惊叹，命运竟然如此神奇！你若遇见一个人一次，你必将会遇到第二次！

沐筱在微信群里公布了和皎奕的恋情之后，妖妖她们简直要炸锅了。她们找皎奕求救的时候，是希望把沐筱从波澜起伏的生活里拯救出来。

可是眼下，这完全有点儿出乎意料了。沐筱反而迎着风浪走上去了。不过，不管怎么样，沐筱总算走出从前那段感情了。开心和祝福之余，她们有着说不出的担忧。毕竟这皎奕不是和她们一样的普通人。

沐筱静下来的时候，总是觉得那天晚上是一个梦。她一会儿懊恼自己太冲动了，一会儿又陷入甜蜜的发呆中。

目前看来，母亲的病并没有奇迹发生。若真有那一天，皎奕会跟自己回家，让母亲放心吗？在沐筱身上，这是一种奇怪的思维逻辑，却正是普通人正常的思维和行为模式。

在没有男朋友之前，她觉得租个男友回家骗母亲，一定会被母亲一眼看穿，反而更不放心。所以，她一定要找个合适的人，在母亲离开之前举行婚礼。现在真的有了男朋友，她的担心反而不存在了。即使这个男人没有当着母亲的面娶她，她相信母亲也会放心。这简直是个悖论！

虽然，对这份感情心存不确定和担忧。然而，只要有皎奕的信息，她立刻就会甜蜜地微笑起来。更别说，只要皎奕一召唤，她立刻就会开心地去赴约。

第一次正式约会，是意料之中的"偷偷摸摸"。赴约前，她对着镜子认认真真补了个妆。她的内心怀着几分慎重。好几年不曾谈恋爱，不曾有心动，不曾认真地对待异性的约会。这对于她，是一个崭新的开始。虽然两个人只是一起喝喝咖啡，吃吃点心。

* 6 *

不知不觉夜已经深了，送沐筱回家的路上，看到路边自由随性的流浪歌手，皎奕内心被囚禁的不羁稍稍释放了出来。他忍不住凑到沐筱耳朵边上："我对另一半的要求可不低哦，一定要能歌善舞。等到哪天，我过气了，走在街上没人认识了，我就和心爱的另一半，一起浪迹天涯，我弹吉他，她唱歌。"

沐筱忍不住翻了一个白眼："皎奕先生，请您弄清楚一个问题，是谁死乞白赖地追我？要是不满意呢，本店支持无条件退货。"皎奕攥紧了她的手："嗯，等到我把她宠得无法无天，除了我，谁都忍受不了的时候，我再退货。然后，让贵店求着我收留，收留她的人和她的心。"

他宠溺地看了她一眼。这一幕，皎奕期盼了好多年，像做梦一般！

到了小区楼下，沐筱道了一声晚安，就准备上楼。皎奕不肯撒手，不满地抗议："哎，你这丫头，很没有礼貌。为什么就不能请送你的人上楼喝杯咖啡呢？"沐筱无语道："这位先生，小女子可是刚刚陪你喝完咖啡。"

皎奕一时语塞，却嘴硬道："喝杯白开水也好。"沐筱态度坚决地拒绝："不行。今天太晚了，你快早点儿回去。"皎奕眼看小伎俩被看穿，只好无奈地说道："那好吧，你早点儿休息。我就孤孤单单一个人，迎着冷风回去了。"

　　沐筱见他说得可怜，以迅雷不及掩耳之势，吻了他的脸颊一下。这是沐筱第一次主动吻皎奕。皎奕不禁愣了一下。他回过神时，沐筱已经在公寓门口冲着他微笑着挥手。他看傻了眼，这个女孩的笑容那么纯净安宁。他一下子回到了多年前，那时他还是个少年，不懂这世间的无奈和世事变迁。

　　回到车里，他的内心澎湃又忐忑。他不知道能不能好好抓住这段爱情。这些年的经历，让他明白，越是简单纯粹的东西，越是难以把握，容易从指缝中漏走。他很怕有一天，像曾经那样，毫无征兆地断了念想。

* 7 *

　　艾伦觉察到皎奕有异常。皎奕在拍戏之余，总是对着手机露出甜蜜的微笑。以往拍戏间隙，皎奕很少理人，总是一个人琢磨剧本。可是最近，他总是走神，且面带艾伦觉得十分陌生的笑容。

　　一次，艾伦实在忍不住了，十分严肃地问道："皎奕，你是不是谈恋爱了？"皎奕从来也没想过要瞒他，直视着他的眼睛回答："是的。我女朋友你也认识，改天我正式引见你们重新认识。"

　　艾伦紧张地摘下眼镜，揉着眼角。整个面部因为紧张和愤怒而显得有些变形。"皎奕，那个沐筱到底哪里好？我不反对你谈恋爱，只是现在时机不对。况且，你和她在一起，这不是一桩双赢的买卖。"

　　皎奕听到这句话，十分不高兴，脸上的表情恢复了冷峻："我是在谈恋爱，不是在做生意。我爱她，她爱我。就这么简单。"艾伦的脸瞬间变成了一只膨胀的气球，似乎下一秒就会爆炸："好！那我问你，你能给她什么？正常的恋爱，你给得了吗？你们不是一路人。她只是个普通的女孩子，需要关爱和陪伴。而这些，你统统都给不了她。"

这句话一出口,艾伦觉得特别过瘾。他想尽力去阻止一场不合时宜的爱恋。皎奕的脸,瞬间黯淡了,仅仅几秒钟的时间,又恢复了最初的坚定和无畏:"我一定会给她一份正常的爱情。合适的时机,我会将爱情公之于众。我,皎奕,不会雪藏自己的爱情和爱人。"

语言有时有一种魔力,说出去的话,会变成一种宣誓,一个行动的提醒。皎奕在内心暗下决定,一定要给沐筱一份正常的爱情。然而,他很多年没有谈过恋爱,过着躲狗仔的日子,早已不知道正常的爱情是什么样子的。他只能慢慢重新学起。

这天,剧组收工比较早。他想给沐筱一个惊喜,早早地等在沐筱公司外面,准备接她下班。远远地,沐筱和向昊天有说有笑地从大厦走了出来。他一下子妒火中烧。原本,他是想让沐筱过来找他。看到这一幕,他再也按捺不住了。

他戴上墨镜,大踏步朝两个人走过去。冬日的寒风,把黑色风衣吹得鼓了起来,他的身上透着几分凛冽的杀机。沐筱看到他显然吃了一大惊,张大了嘴巴:"你怎么来了?"皎奕嘴角微挑:"哦?很惊吓?相谈甚欢,被我打搅了?"

他不想欺骗自己的心,嫉妒在燃烧。看到沐筱和向昊天走在一起,他就好像看到了多年前的自己,藏在一个阴暗的角落,看沐筱和凌风卿卿我我。

沐筱不满地嘟囔:"你知道我不是这个意思。我来正式介绍一下……"皎奕铁青了脸:"不用了,我自己来。向总,我是沐筱的男朋友。以后,请你离我女朋友远一些。"

向昊天的脸青一阵白一阵。他转向沐筱,似乎在求证这一事实。沐筱尴尬地点点头:"嗯,向总,皎奕现在是我男朋友。你别跟他计较,他说话就这样。" 向昊天没想到,自己追女孩子的优柔寡断,让他错失了一个美好的女孩。

皎奕一把拉过沐筱。沐筱猝不及防,一下跌进他的怀里。向昊天的牙咬得咯咯作响:"皎奕,你记好了,你要是对沐筱不好。我迟早会把她抢回来。"皎奕冷笑一声:"不劳向总操心,我一定会对沐筱很好的,好到吓跑所有想打她主意的人。"

说完,他拥着沐筱朝自己的车走去。沐筱赌气不往前走。皎奕使了几分蛮力,把她塞进车里,用力地关了车门。他吃醋了。他很少自卑,一直都很自负。可是,艾伦的话,让他意识到自己的短板,让他隐隐有些自卑。给一个人一份简单的爱情,原来是这么难的一件事情。而这点,那个向昊天比自己更容易做到。

沐筱坐在车里一言不发。她并没有做什么,也没做错什么,不知道皎奕哪里来了那么大的火气。皎奕试图打破僵局:"晚上想吃什么?"可是,沐筱真的生了气。泪珠在眼睛里滚动。

这个男人,有点儿小心眼,还有点儿霸道。他,真的适合自己吗?看到沐筱既不说话,也不看自己一眼。皎奕故意找碴:"我说,我送你的手镯,你为什么不戴?"沐筱没有直接回答,而是打开手机微信,点开语音:"皎奕先生,我很生气。我不想和你一起吃饭。我要回家。"皎奕好笑地拽了拽她的衣袖:"你是打算,这些警告我的话,让我听两遍,并记录下来吗?"

沐筱并没理会他,再次发了条语音:"我们虽然是男女朋友,但是只是在试用期而已。只是试着先相处。"听到这里,皎奕突然紧急刹了车,把车停在了路边。他扳过沐筱的脸,认真地问道:"沐筱,你是说真的吗?我们只是试用期的男女朋友?"

沐筱赌气地点点头。皎奕的脸上写满忧伤:"我知道,我给不了你想要的平静生活。而向昊天可以。这点,我比不了他。你如果后悔了,随时可以离开我。"皎奕的不自信和不确定,让沐筱更加生气。

她推开车门,想下车。皎奕一把拉回她,帮她系好安全带,重新发动了车子。沐筱内心一暖,有些后悔刚才说的话。她再次按下语音:"沐筱小姐想请皎奕先生共进晚餐,当作道歉。不知道皎奕先生可接受?"皎奕脸上露出了一丝微笑:"道歉要有诚意,请人吃饭,最好当面邀请。"

沐筱"哼"了一声,还是一本正经地邀请:"鉴于皎奕先生大明星的身份，在外就餐不是很方便。小女子想请皎奕到寒舍吃个便饭，不知大明星可否赏脸？"皎奕转过脸，看着她，温柔地笑了："没想到你还会做饭啊。接受了。"

在离沐筱家不远的超市，皎奕把车停了下来。他本想陪沐筱一起进去买菜，不料沐筱把脑袋摇得跟拨浪鼓似的。他只好作罢。沐筱效率极高，不一会儿就拎了一大袋东西出来。她看着身边成双成对的男男女女，内心十分羡慕。

超市出口，那些男人替女人推着购物车，拎着大包小包的东西。皎奕远远地看着，内心有几分触动。他暗下决心，一定要找个合适的机会，把这段恋情公布。

8

这是皎奕第一次到沐筱的家里。他好奇地打量着整个房间。沐筱租住的是单身公寓。卧室和客厅是打通的，厨房是开放式的。房间虽然不是很大，但采光很好。加上沐筱的精心装扮，整个房间特别漂亮温馨。皎奕的到来，并不是提前约定好的，所以他看到的就是房间平日里有的模样。

沐筱帮皎奕挂好衣服，就开始去准备晚餐。她的围裙特别可爱，大大粉粉的Hello Kitty（凯蒂猫）在胸前，少女感爆棚。皎奕并不搭手，而是悠闲地打开了电视。这一刻，他有一种普通男人下班回家的幸福感。

突然，皎奕大叫："沐筱，你家电视怎么回事？"他的语气十分不满。沐筱好奇地走到客厅。只见他熟练地切换了几个台，跟沐筱抱怨："为什么你家电视里都是这个这么帅的男人呢？颜值高还有才华，还让不让别的男人活了？"沐筱不禁哑然失笑，几个频道正同时播放皎奕参演的热门电视剧。

她撇了撇嘴："你这么自恋，会影响一个主妇做饭的心情。小心做出来的饭菜都长了脾气。"说罢，她理也不理皎奕，径直回到了厨房。皎奕像泄了气似的，无聊地摆弄着手边的摆设。看到摆放在桌上的相册时,皎奕的心跳忍不住慢了半拍。

他小心翼翼地翻开相册,看到了记忆中的沐筱。他不禁松了一口气。虽然已经印证了沐筱就是记忆中的女孩,但他的内心总觉得少了点儿什么。看到照片中沐筱曾经的样子,他觉得所有的"证据"都齐全了,人证物证都在眼前,校园时光"呼啦啦"地回来了。

很快,沐筱就做好了牛排、意面、玉米浓汤和水果沙拉。她给两个人各倒了一杯饮料。皎奕喝了一口浓汤,简直好吃得眼泪都要出来了。他内心暗暗嘀咕:不好,遇上对手了。沐筱倒也不问他好不好吃,似乎对自己的厨艺信心百倍。

皎奕吃了一口牛排,故意皱了皱眉头。沐筱也跟着皱了皱眉头。皎奕得意地说:"意识到自己的厨艺不足了吧?"沐筱眉头皱得更紧了:"不是。我是纳闷,怎么会有人吃我做的东西,还皱眉的?"听到这句话,皎奕忍不住笑起来:"你也太自信了吧?"

沐筱摊了摊手:"不然怎么样呢?不承认这个事实,会让人觉得我很虚伪。"沐筱虽然是独生女,但是从小就会做饭。爸妈都很忙,没时间照顾她。她就学会了做各种好吃的。甚至,她能很好地照顾爸妈的一日三餐。

和皎奕聊起厨艺修炼史时,沐筱的眼泪忍不住出来了。沐筱多想照顾母亲一辈子,给她做饭陪她逛街散步。她调整了下情绪,不想让皎奕发现。然而,已经来不及了。皎奕起身走到她身边,把她的头轻轻靠在自己身上,温柔地抚摸着她的头。

沐筱一下子松懈了下来,近日的无措和焦虑有了合适的安放之地。两个人随意地聊着大学时光。这些年,皎奕很少能找到合适的人,聊起那段岁月、聊起初恋、聊起暗恋。没想到,这次居然能和心爱的女孩一起,回忆共同的大学时光。虽然不在同一所大学,但是那段时光却是"共同的"。

游荡的同一条街,吃的同样的快餐和夜宵,逛的一样的城市风光、校园风景。除了皎奕目光追随沐筱的时光,他们彼此都不知道,多少次曾擦肩而过,或者背向而行。手边的那本相册像一个证明,在两个人的手中，回溯着时光，盘点着缘分来过的一次次脚步。

一顿晚餐下来，皎奕感觉到了从未有过的放松。他坐在沙发上伸了个懒腰，好想就势睡上一觉。沐筱洗刷完毕，皎奕看着她空空的手腕处，又想起那个话题："我送的镯子，你为什么不戴？我最恨送别人的礼物被忽略。"沐筱不好意思地笑笑："其实，我一直想还给你的。我不喜欢接受别人那么贵重的礼物。况且，它和我的衣着打扮并不搭，我的吃穿用度都是一些性价比很高的小品牌而已。"

皎奕认真地说："沐筱，在我眼里，你配得上一切最好的东西。这个手镯并不是刚买的。我买了很久了，一直想送给喜欢的人。我花了这么久的时间，就是在等心爱的女孩戴上它。"

他为什么会买这个手镯？最初，他是为了谁才买了这个暂时送不出的手镯。这些，他都没说出口。就像当初他想的那样，一旦这个镯子送出去了，就代表有一个女孩出现了，取代了他曾经所有的回忆。既然如此，过去的一切也就没有解释的必要了。男人的思维，都是这么理性居上。

沐筱看着他郑重其事的样子，不忍心拒绝，点了点头。这是这个男人爱她的方式。他的爱有时霸气，不容拒绝；有时柔软，让人不忍拒绝。

看着时间不早了，沐筱就催着他回去。他耍赖不肯走："好累，不想开车回去。我明天上午没安排。我在这里睡沙发好了。"沐筱拽他起来："不行，快走快走。"皎奕不情愿地起了身，伸了伸懒腰，一步三回头地挪到门口，幻想着沐筱会改变主意。沐筱麻利地帮他穿好风衣，系好围巾，一把把他推出门。他不乐意地挪动着步子，沐筱突然叫了一声："等一下。"

皎奕惊喜地转身，快速回到门口。只见，沐筱拎出一袋垃圾，递给他："顺道帮忙把垃圾扔下去。"皎奕失望地翻了个白眼，吻了一下沐筱的额头，接过垃圾，重新往电梯口走去。他一边走，一边哼唱着："摩擦摩擦，是魔鬼的步伐……"

沐筱忍不住笑起来。她返回房间，迅速跑到阳台上，往楼下看去。皎奕轻快地走出了公寓大门,心情很不错。沐筱脸上浮起了一丝甜蜜的笑容。正在这时,皎奕突然举起右手,挥了几下。她吓了一跳,还没来得及退回房间,皎奕又一个转身冲她来了一个飞吻。

沐筱有一种被对方识破的窘态。这个男人,后脑勺长眼睛了吗?皎奕到了车里,并没有立刻开车离去。他静静地点了一根烟,吐了几个烟圈。久违的平静安宁!一回到家,他的生活就会重新被狗仔、绯闻、钩心斗角包围。然而,这些是他为了所热爱的事业必须要面对的,他没有选择。

皎奕甜蜜之余,有些愧疚。两个人正常恋爱,却东躲西藏,像见不得光的地下恋情一般。艾伦的话,总是响在自己耳边。他有点儿心烦意乱,打开了沐筱今天发给自己的语音,又听了一遍。那个甜甜的声音,那些普通女孩的小情绪,让他内心酥软。若有合适的契机,他一定要把自己的幸福公之于众。

这段恋情,是祝福多一些,还是阻碍多一些?他不想去探究!

* 9 *

自从在微信群里公布了恋情,沐筱似乎并没有隆重推出男朋友的计划。妖妖和婉竹表达了万分的不满。妖妖威胁她说:"沐筱,你要是不把男朋友隆重介绍给我们,我就不把我的新状况告诉你们。"

对付妖妖,沐筱太知道用什么办法了。她装出一副无所谓的语气回复:"没关系啊。反正过一段时间,你就会有更新的状况出现。"婉竹帮着沐筱,把戏演得足足的:"是啊,没关系,每次见面都是新状况。"她们说的是妖妖的恋情。妖妖换男朋友跟换衣服似的。她们并不是真的不关心。只是,她们最了解妖妖,你越是不好奇,她就越是想告诉你。

然而,妖妖这次却守口如瓶,并没有如数家珍般地介绍"新状况"。她淡淡地回道:"好吧。既然这样呢,几位姐妹,就等我的结婚请帖吧。没想到哇,没想到,我居然会是我们几个里面第一个结婚的。"

眼看着，她们这次撬不开妖妖的嘴，沐筱只好妥协了。她表示要跟皎奕商量下，找个合适的方式，大家带上"家属"一起聚聚。

皎奕听到这件事情时，态度十分积极。他早想打入内部了。显然，那个向昊天比自己快一步。他一定要赢得闺蜜团的好感和支持，他的后院才不会着火。这点很重要。

怀着这个心思，皎奕很快回复了沐筱。时间大家一起定，他租个游艇，一起出海玩。这是他能想到的最安全的办法。既能避开娱记，又能玩得尽兴。沐筱想了想，表示了肯定，确实稳妥。大家把时间定在一个周末。沐筱约了高展，并嘱咐他，如有中意的女孩务必带来，大家帮忙撮合。

出海那天，天气很好，阳光灿烂，一扫容城冬日的阴霾。婉竹和男朋友，沐筱和皎奕，两对情侣双双露面，毫无悬念。婉竹和沐筱满心期待妖妖带着新状况出现。然而，让她们失望的是，妖妖和高展都是孤身一人出现。

婉竹不满地白了妖妖一眼："不是说好了，你带着新情况一起来吗？"妖妖笑而不语，脸上居然有了羞涩的神情。皎奕不解地问沐筱："咦，难道他们不是天造地设的一对？"高展也没有了往日反驳的劲头，含笑不语。

沐筱轻轻碰了碰皎奕："别乱说。"还是婉竹反应快，看出两人神色异于平日，恍然大悟："不会吧？妖妖你的新情况就是高展？"妖妖柔情地看了高展一眼。沐筱兴奋地尖叫："天哪！你们果然在一起。还是柳灵妈妈厉害，一眼就看穿了你们躲不开的缘分。"

皎奕用爱怜的眼神看着沐筱。他从来没见过她这样失控到"失态"的快乐。他伸出手拥住她的肩膀，对大家说道："看来，这是一段让所有人意外的爱情，外面风大，不如我们先上船再细聊？"大家一起进了乳白色的游艇。和沐筱在一起之后，皎奕越来越温暖，越来越体贴。和之前那个冷若冰霜的皎奕判若两人。

游艇内部很宽敞。正中间的位置，是两排真皮长沙发，一条长方形的红色实木茶桌。长沙发背后，是一个吧台，放着几张高脚椅。吧台里面的透明橱柜上,摆着红酒和各色饮料,以及一些休闲食品。靠近甲板的地方,是几张情侣休闲沙发,中间放着一张椭圆形的透明玻璃饮料桌。

妖妖一屁股坐在了沙发上,大大咧咧地试了试沙发的弹性。沐筱准备挨着妖妖坐下,却被皎奕一把拉到自己身边,低头警告道:"沐筱小姐,现在你已经有男朋友了,人家也是有男朋友的,你黏在我身边,才是最正当的。"

妖妖用一只手遮住眼睛,装腔作势道:"哎哟!这恩爱秀的,辣眼睛。"说完,她挪了挪屁股,朝高展"黏"去。高展立马弹开一米远。妖妖嚷嚷道:"高展,你……我现在是你堂堂正正的女朋友,你干吗还这样躲着我?"

这时候的高展才好像活过来了,恢复了之前跟妖妖斗嘴的活力:"在这场恋爱里,我纯粹是被逼的。"妖妖一巴掌拍在他肩膀上:"你不要得了便宜又卖乖。"

大家有些摸不着头脑,却在一旁围观得津津有味。从见面到现在,皎奕还来不及正式自我介绍,却觉得自己已经完全融入其中了。这是他久违的朋友圈。在这里,他放松、快乐,看不到虚伪,看不到面具,看到的都是真挚的内心。

在妖妖和高展你一言我一语中,大家慢慢地把两人在一起的前因后果串联了起来。感情里面,果然是"女追男隔层纱"。

前些日子,妖妖心情不好。某天,她独自去酒吧喝酒,一不小心就借酒浇愁了。喝多了的妖妖,趴在吧台上,嘴里念念有词。服务生担心她出事,试图叫醒她,她却无反应。他只好凑近了去听,这才听到她一直在叫着"高展"这个名字。

还好妖妖手机没上锁,就在手边放着。服务生打开手机,翻出通讯录,发现第一个名字就是高展。在妖妖的通讯录里,高展居然是排在第一位的。电话拨通之后,服务生对高展说:"先生你好,您女朋友在我们酒吧喝醉了。您过来接她回去吧。"

挂了电话的高展一头雾水。他担心妖妖的安危,来不及细想,立刻驱车赶到了酒吧。看到妖妖趴在吧台上，安然无恙，他才松了一口气。他想扶起妖妖时，却被意识模糊的妖妖一阵扑打。他本想开骂，听到妖妖接下来的话，立刻温柔了许多。妖妖口齿不清地说着："高展，你这个浑蛋，你难道真的不知道我爱你吗？"这句话一出口，妖妖的眼泪立刻涌了出来。

他想抱住她，却被她用力推开了。他只好附在她耳边说："妖妖，我是高展。"妖妖皱了皱眉，试图睁大眼睛看清楚眼前这个人，却浑身一软，整个身体往下滑去。她真的把自己灌醉了。

高展把妖妖带到自己家里，照顾了她一个晚上。第二天早上，妖妖一睁开眼就大呼小叫，要高展对她负责。尽管她衣衫整齐。高展一反常态，笑着对她说："好，我对你负责！"就这样，两个人就在一起了。

爱情，有时候看起来来得有点儿快，其实并非如此，而是一早就深埋了情感的种子。在听到妖妖彻夜叫着自己的名字，不断说着"我爱你"时，高展终于承认，他也爱这个疯丫头。

* 10 *

妖妖和高展就这样成了情侣。他们的爱情故事似乎抢了沐筱和皎奕的风头。但是，皎奕一点儿都不懊恼，也没有"不被重视"的失落感，反而很自在。

然而，很快，风向就转向了他们二人。沐筱补充了一些不为她们所知的细节。两个人的故事更清晰了一些。至此，婉竹和妖妖也知道了，那天皎奕匆匆起身离开，原来是跟沐筱表白了。她们自鸣得意，以媒人自居。

皎奕故作忧伤地说道："只是，我现在还在试用期。不知道能不能转正。如果有幸转正，我希望是一辈子。"婉竹和妖妖羡慕地大叫，立刻展开了对沐筱的围攻："你想什么呢？遇到这样的，还不赶紧以身相许？"

婉竹的男朋友是个斯文的男人，听到这里有点儿酸溜溜的，刻意清了清嗓子:"婉竹,我现在才知道,我为什么求婚被拒了。"高展在旁边也禁不住白了妖妖几眼:"矜持点儿,小姑娘,成何体统?还口口声声说爱我,看来童话故事都是骗人的。"

沐筱有些不好意思,埋怨皎奕:"你这是故意要引起公愤啊。小心把你扔海里喂鲨鱼。"皎奕还是迅速捕捉到了她眼里的不安。他在揣测,她是不是在渴望一份平静的爱情,像婉竹那样的,或者妖妖和高展那样。

高展双手一击掌,建议道:"哎,别一群人老是在这儿情啊爱啊的,多没劲啊。玩掷色子吗?三对就三家。"皎奕打了一个响指,赞成道:"嗯,这个主意好。"妖妖在旁边很快响应:"好啊好啊!但是规则要先讲清楚。输赢怎么算?"

皎奕无所谓地耸耸肩:"What ever(随便)。"看着皎奕这么自信,沐筱开心地松了口气,她不擅长玩这个。很快,她又悄悄拍了脑门一下:他是明星皎奕啊,大概没有他玩不转的娱乐项目吧?

"输了在脸上贴纸条?"沐筱建议道。婉竹反对:"贴纸条好老套,不如喝酒吧?"婉竹知性的外表下,偶尔会有想放纵一下的念头冒出来。妖妖反对:"没意思。贴纸条吧?输了就在脸上贴一张纸条。"

妖妖一口气说完了规则,表情十分得意,似乎笃定自己不会输。当然了,还有另外一个理由,就是她不怕贴。高展倒是少有地配合,十分赞成妖妖的建议。妖妖顿时一脸甜蜜,有一种妇唱夫随的成就感。

皎奕看着沐筱,表示了对这种处罚方式的认可。婉竹把脑袋摇得跟拨浪鼓似的。婉竹男朋友腼腆地笑着,没表态。妖妖只好使出杀手锏:"举手投票表决。一二三,投票。"妖妖和高展一起举起了手。皎奕举起了手,同时抓起沐筱的手,一把举了起来。婉竹男朋友周睿看了看婉竹,犹豫着半举起了右手。

三对情侣开始摇色子。高展摇色子的方式,霸气干练。周睿摇色子略显小心翼翼和笨拙。皎奕摇色子的动作堪比赌王。他右手快速平行拉动色盅,沿桌面快速拖动色子。整个色子与色盅一起离开了桌面,似乎成为一个整体,悬空静止数秒。接着,他以迅雷不及掩耳之势,将色子和色盅一起回归桌面。

三组人掷色子,四个起叫。婉竹和周睿叫了四个三。接着是皎奕和沐筱。沐筱轻轻打开色盅看了一眼,抬起头看着皎奕。皎奕用鼓励的眼神,示意她喊数。她犹豫着叫了四个四。皎奕只觉得两眼一黑,这女孩玩起来也跟平时一样实在。他们的色子是四个四和一个五。

妖妖和高展跟着叫了四个五。婉竹和周睿加到了四个六。轮到皎奕和沐筱,没等皎奕发话,沐筱就大叫:"开。"皎奕想阻止已经开不及了。打开色盅之后,沐筱傻眼了,呆呆地看着皎奕。皎奕无语地揉了揉她的头,爽快地在脸上贴了一张纸条。

第二局时,沐筱让皎奕喊数。皎奕嘴角一挑:"哦?你不是要告诉我,你连第一个叫都不敢吧?"听到他这句嘲笑的话,沐筱心一横,第一局输在太胆小上,既然这次第一个叫,就大胆些。她果断地叫道:"六个六。"妖妖立马叫开。打开一看,沐筱又傻了眼,妖妖他们是顺子,婉竹和周睿只有一个六。

沐筱没想到这局输得这么快。她不情愿地撕下纸条,准备贴在自己脸上。皎奕按住她的手,对她说道:"谁同意你贴我女朋友纸条了?"说着,他麻利地往自己脸上贴了一张纸条。

沐筱心疼得直嘟嘴。她忍不住靠皎奕近了些,想给他些温度。

第三局时,沐筱死活不肯叫,坚持让皎奕喊数。皎奕求稳,叫了四个一。妖妖和高展叫个五个二。婉竹和周睿来了个出其不意,叫了七个六。皎奕暗暗掐算了下,果断叫开。

婉竹和周睿相视一笑,打开了色盅。皎奕和沐筱大惊失色,他们居然有五个六。妖妖和高展有两个六。皎奕和沐筱有一个六。沐筱二人又输了。

皎奕脸上已经贴满了。其他四人一起开始起哄。沐筱白了他们一眼,开始给自己脸上贴纸条。皎奕再次霸气地阻止了她。

皎奕说:"傻瓜,看样子,今天我们两个不适合玩色子。否则,两个人要一起变丑八怪了。"

说完，皎奕帅气地又贴了一张纸条。婉竹和妖妖忍不住尖叫。这男人是外星来客吗？颜值高，讲义气，偏偏是别人家的男朋友。沐筱吃醋地挡在皎奕面前，警告道："非礼勿视。"皎奕脸上露出得意又满意的笑容，拉着沐筱，朝甲板走去。

* 11 *

冬日的海上，若不被玻璃隔离掉冷风，阳光就会变得毫无温度。沐筱穿着厚厚的羽绒服，都感觉到了深深的寒意。她刚想脱下外套，给皎奕裹上，就被皎奕一把拉到怀里。他的双手伸进羽绒服，从里面紧紧地抱住沐筱。沐筱整个人都贴在他身上。

沐筱想挣开，却被他抱得更紧了。他在她耳边撒娇道："好冷。"沐筱只好从他身后，把羽绒服使劲朝一起拉。无奈，羽绒服太小，他的后背还是露出了一大片。沐筱只得紧紧地贴在他身上，试图让他暖和些。他呼出的热气，弄得沐筱耳朵一阵痒痒。

旁边，其他几个人一起在数时间。倒数"五四三二一"时，沐筱终于松了一口气，急急地松开手，想拉皎奕赶紧进舱内。谁知，皎奕附在她耳边说了句："十分钟太短了，要是能这样和你待一辈子，该多好。"

沐筱的脸一下子烧了起来。妖妖和婉竹拿着手机，不停地抓拍两个人的甜腻瞬间。沐筱抬起头，佯装生气："你是不是冻坏脑子了？快进去穿衣服。"说完拉着他的手，疾步走进船舱。皎奕温顺得像个孩子，任由沐筱帮他披上外套。

皎奕忍不住亲吻了她的额头。沐筱害羞得不敢抬头。这还是皎奕大庭广众之下第一次亲她。那一瞬间，她有些忘记了，忘记了皎奕是明星。她恍惚觉得，自己是在谈一场已经昭告天下的普通爱情。

这恩爱秀得简直太走心了。高展终于松了一口气。他特别害怕沐筱受到伤害。当听说沐筱和皎奕在一起时，他的内心一直忐忑不安。虽然他很希望沐筱走出过去那段恋情，但是又担心她再次受伤。沐筱禁不起第二次受伤了，尤其是在这种脆弱的时候。

但是，今天他看到了一个男人发自内心的柔情。在此之前，他一直觉得向昊天更适合沐筱。妖妖看得眼热，忍不住往高展身上贴了贴。高展故作嫌恶地推开了她。妖妖不满地撇了撇嘴，贴得更紧了。婉竹和周睿双手紧握，含笑看着皎奕和沐筱。整个画面温馨和谐。

三组情侣在海上度过了愉快的半日时光。太阳快下山时，他们上了岸。落日的余晖笼罩着整个沙滩，无比柔和平静。他们刚走到海边公园，迎面一个陌生人朝他们举起摄像机。皎奕暗叫一声"不好"，拉着沐筱就往公园深处跑去。婉竹四人也撒腿就跑。

妖妖跑着跑着，突然嚷嚷了一句："我们四个跑什么呀？跑得累死了。"其他三人一听，确实是这个道理：我们四个普通人为什么要跑呢？装作事不关己就没人会在意。这样一想，他们放慢了脚步，悠闲地游荡起来。

不幸的是，这次遇到的不是普通的路人，大概是娱记。他刚才并没来得及拍下什么有用的照片，所以不死心地追着皎奕和沐筱跑。皎奕灵机一动，拉着沐筱跑进了绿色植物迷宫。这个植物迷宫远近闻名，游客事先若不看地形图，是很难走出来的。

皎奕拉着沐筱的手，不停地跑，好不容易把那个记者给彻底甩开了。两个人瘫坐在草地上。沐筱看着皎奕，苍白地笑了笑。她并不觉得好玩。这些天相处的那点儿亲近感一下子荡然无存，两个人的距离又变得好远，远到她觉得抓不住他。她有一种深深的不确定感，这个男人到底是谁？

等到婉竹他们通风报信，那个娱记骂骂咧咧地离开了，皎奕才戴上墨镜和口罩，与沐筱分头走了出来。妖妖意犹未尽，提议一起吃饭。沐筱毫无心情，推托说很累，想早点儿回去休息。

皎奕看穿了沐筱的心思，心头一下子变得沉甸甸的，却并没有多说什么。更何况，他当晚还有戏要拍。正想着，艾伦的电话进来了，催他回去。他不满地发飙道："我说，我什么时间工作迟到过？你不要总是这么婆婆妈妈的。我会准时到达的。"

挂完电话，沐筱体谅地说："你直接过去吧。我和他们一起回去。"皎奕正要开口，沐筱低着头，默默地往前走去。背影看起来无比落寞，像一个被遗弃的孩子。他心里莫名地恼火起来。他把沐筱拜托给其他人，头也不回地走了。打开车门时，他有些后悔了，自己这是在生什么气？把女朋友一个人留给其他两对情侣，这像什么话？可是，他拉不下脸回头去找沐筱。他启动车子，一溜烟地消失了。

沐筱有些心不在焉。婉竹和妖妖看出她有心事，一直试着逗她开心。她勉强挤出一丝笑容，这让她们更觉心疼。这段时间，她为了母亲的病憔悴了很多。现在有了皎奕在身边，却是一段见不得光的爱情。

没人埋怨皎奕，每个人都觉得无可奈何。这段感情，见了光就一定更好吗？之前沐筱被媒体没完没了地骚扰的场景，大家都历历在目。当初是误会，大家尚觉得新奇好玩。现在，两个人成了恋人，那样的生活不是沐筱想要的。婉竹和妖妖不禁有些担心。

几个人各怀心事，在一起简单吃了个晚餐，就各自回家了。沐筱躺在床上辗转反侧，陷入了无措之中。拍完戏的皎奕，惦记沐筱，给她发了条信息。沐筱试图得体地回复一条信息，写了删，删了写，终究没有回复。皎奕看着对话框里显示"对方正在输入"，却一直没有收到沐筱的信息。

皎奕只好再次发了条："我爱你，晚安。"沐筱心头一暖，随即一阵悲凉，没有回复。皎奕翻看着两个人在海上的合影，看着看着就睡着了。而沐筱一夜未眠。

12

自从海上游艇事件之后，沐筱开始刻意回避皎奕。和皎奕一起被娱记"追杀"的那一刻，她的内心有了动摇。她开始怀疑，是不是因为母亲生病，她对感情变得"急功近利"，失去了最根本的判断。

皎奕觉察到了沐筱的不安。

他给沐筱发了很多信息，她都没回。他的电话，她没接也没回。她想给彼此一点儿时间。成长的经验告诉她，很多事情，时间会给出答案。皎奕明白，他应该给她一些时间。然而，他还是忍不住想她，想她那张纯净的笑脸。几天不见，他有点儿失魂落魄，拍戏也提不起精神。

在皎奕为感情焦心的同时，安可儿的处境极其难堪。之前曾传出她和富商交往，但各大媒体苦于没有证据，难以炒作出新花样。最近，事件有了新进展，愈演愈烈。各大媒体有了确凿的"物证"，安可儿和那个男人的亲密照被曝光。

当皎奕看到这条报道时，他的内心几近崩溃。毕竟，安可儿是他的初恋。皎奕此刻内心的恨，比当初被她抛弃时更甚几分。只不过，他恨的是她的自甘堕落。

艾伦看到这张照片时，反复小心提醒他："皎奕，在安可儿这件事情上，你千万不要惹事。这条臭水沟，再怎么公关，都难以蹚过去了。"皎奕总是敷衍地回应一句。他不会轻举妄动的。为了一个曾经抛弃自己的女人，没有必要。然而，他心里还是如吃了苍蝇般恶心，难以排解。

他一个人借酒消愁，灌醉了自己。这个时刻，他更加想念沐筱。那个女孩每次看向自己时，眼睛里都写着纯真、甜蜜和信任。他所处的世界，肮脏至极。他需要她，她的柔情是他最好的解药。尽管夜已有点儿深，他还是迫不及待地想看到她。他不愿放弃这段感情。

他摇晃着起身，拿起外套，冲了出去。他虽有些醉意，还是准确无误地开到了沐筱的公寓楼下。沐筱的电话一直无人接听。借着酒劲，他在楼下大喊："沐筱，沐筱，我想你了。"

楼上陆续有灯亮了。一个中年妇女朝楼下骂了一句："你有病啊！大晚上的喊什么喊？"皎奕毫不理会，继续大叫："沐筱，你出来，我想见你。你不要再躲着我了。""嘭"一声响，一个易拉罐扔到了皎奕身边。他的大喊大叫引起了更多居民的不满。

就是这声响，沐筱才听到外面似乎有人呼喊自己的名字。她走到阳台，探出脑袋，往楼下看了一眼。正在这时，皎奕又仰起头大喊："沐筱！沐筱！"沐筱心里一慌，匆匆换了一件衣服，往楼下冲去。

看到沐筱出现，皎奕醉意朦胧的脸上浮出一丝微笑。他快走了几步，一把抱住沐筱："沐筱，我好想你。你是在刻意躲着我吗？我不允许你这样从我的世界里消失。"沐筱心里一酸,轻轻抱住他的背:"皎奕,我觉得我们都需要冷静一下。我们本来就是两个世界的人,何必要强求在一起?"

听到这句话,皎奕松开她,紧紧抓住她的胳膊:"你是认真的吗?为什么我下定了决心,不顾别人说什么,想要和你好好走下去,而你却如此不坚定?我知道,我给不了向昊天能给你的安稳和踏实。"

沐筱的胳膊被抓得生疼。她轻轻推开他,忧伤地看着他:"皎奕,这是你和我之间的事,你又何必扯上向昊天呢?"皎奕摇晃了一下:"那我只问你一句,你敢不敢和我继续走下去?"沐筱一时语塞,静默不语。皎奕追问:"那你爱不爱我?"沐筱痛苦地摇摇头:"皎奕,我爱不起,真的。只是刚开始,我就觉得好累。"

皎奕的眼底浮起了无穷的忧伤。

他凄凉地笑了:"好,我了解了。打扰了。"说完,他放开手,转身离去。没走几步,他双腿一软,坐在了地上。沐筱冲上去,试图扶起他:"皎奕,皎奕,你怎么了?"她摸了摸他的额头,有些发烫。大概是喝多了,又吹了这许久的冷风,他发烧了。

沐筱只能拖着皎奕,往楼上走去。除了收留照顾他,她没有别的办法。费了九牛二虎之力,她终于把皎奕拖进了房间。她努力地把皎奕拖到床上,帮他脱了外套和鞋子,盖上被子。

皎奕一把抓住她的手,口中念念有词:"沐筱沐筱,我会保护你的,不会让你觉得累。"她心里一动,接话道:"皎奕,我不走,我就在这里。"昏昏沉沉中的皎奕,似乎听到了满意的答案,嘴角浮现一丝笑容,不再吵嚷,睡了过去。

沐筱给他擦了把脸,又拿出一条毛巾,敷在他的额头。直到皎奕额头不再发烫,她才撤去毛巾。她搬出新的被子,在沙发上弄了个简单的床铺。睡着的皎奕很安静,不打呼噜,睡相帅气安静。沐筱远远看着皎奕,渐渐地也睡着了。

被干渴弄醒的皎奕,发现自己在沐筱家里,心里乐开了花。之前,他费尽心思想留在这里过夜,都没能实现。而现在一睁开眼,他人在沐筱家里,而她在不远处的沙发上安静地睡着。

他轻轻起了身,坐在沙发前的地毯上,静静地看着沐筱。她侧睡着,头枕着两只手臂,脸庞像个婴儿般纯真。睫毛不安地跳动着,眼角含着一滴泪,晶莹剔透。大概,她梦里梦到了不开心的事情。他在暗夜里,托着腮,就这样静静地看着她,极力克制想吻她的冲动。

可是,沐筱还是被惊醒了。她模模糊糊觉得,眼前坐着一个人,一直盯着她看。意识刚清醒的她,还没有反应过来家里有个男人的存在。她轻叫了一声:"谁?"待到适应了黑暗,看清楚了皎奕的脸,她露出温柔的微笑:"你醒了?还难受吗?"

皎奕没有说话,继续安静地看着她,看着她眼里的关心。有多久,他没看到一个人对着他露出这样焦急和担忧的眼色了?他只看到别人对他的巴结或者污蔑,娱乐圈的担忧从来只为个人前程。他心里涌起一阵暖意。

看他不说话,沐筱伸出手,去摸了摸他的额头。他轻轻地握住她的手,说了句:"我饿了。"沐筱松了一口气,掀开被子,坐了起来,愉快地说:"我给你做点儿吃的。"皎奕起了身,坐到沙发上,看着沐筱开了灯,欢快地进了厨房。

过了一会儿,香气扑鼻而来。沐筱小心翼翼地托着一碗面出来了。她歉意地说:"家里只剩一些菜和一袋泡面了。"皎奕看着这碗泡面,不禁惊呆了。他从来不知道,泡面也可以吃得这么豪华。

泡面里面放了西红柿、火腿、杏鲍菇、青菜、煎蛋、几只虾、香葱。看起来,这就是一碗海鲜大面。他立刻狼吞虎咽地吃了几口,味道真的无与伦比地鲜美。

沐筱看他吃得这么香,忍不住咽了一下口水。皎奕用筷子挑起面,吹了吹,送到沐筱嘴边。沐筱不好意思地吃了一口,推辞道:"你吃,我不是很饿。"看着皎奕吃得这么香甜,她仿佛看到了小时候的自己。

她说:"你知道吗?我做的最好吃的就是泡面。小时候,父母忙。母亲忙病人,父亲忙学生。我给自己做饭,最偷懒的做法就是泡面。刚开始,我只是拿开水冲泡。后来,父亲告诉我,你要吃得有营养些,记得加个蛋。母亲看到我吃泡面,说你要放点儿蔬菜,补充维生素。父母就这样,不断嘱咐我加些配料。后来,我煮的泡面越来越丰富。以至于,我都成了强迫症,如果配料不足,我会觉得没办法做一碗面出来。"

两个人你一口我一口,很快就把一碗面消灭了。两个人絮絮叨叨地聊着天,毫无逻辑。但是,对方说的每一句话,彼此都爱听。

天开始慢慢放亮,两个人毫无睡意,也不舍得去睡。他们坐在地毯上,皎奕拥着沐筱,靠着沙发,一起看着冬日的太阳一点点爬上天边,照亮黑暗,也照亮寒冷。沐筱有些动摇的感情,再次燃烧起来。两颗心越靠越近。

1

接近年关,空气中弥漫着相聚的味道。沐筱和皎奕的感情终于缓慢进入了一个平稳期。两个人小心翼翼地避开未来,享受着眼下爱情的甜蜜。

沐筱的父母也停止了旅游的脚步,准备回家过春节了。父亲总是告诉沐筱,母亲的气色越来越好了,比年轻时上班的气色都要好。听着父亲的劝慰,沐筱的内心很难过。她知道父亲是在安慰自己。照片里的母亲,明明看起来更虚弱了。

她整理了下手头的工作,打算请假一段时间,早些回家陪伴父母。这样的陪伴,一次比一次少。固执的母亲,当了一辈子医生,却坚持放弃治疗。陪伴是眼前她能给母亲的最好的爱。

皎奕的春节注定了不能陪家人。他的戏要去国外取景。他和沐筱之间隔着时差。两个人的回复也常常隔着时差。一个人发了信息,要等第二天才能收到对方的回复。两个人乐此不疲。

回到家,看到母亲的第一眼,沐筱的眼泪一下子就出来了。以前那个身材中等结实的母亲,不见了。眼前的这个人,瘦削,苍老,颧骨高高地凸起,眼窝深陷。只是短短一个月不见,母亲像变了一个人一样。她控制不住眼泪,借口放行李,躲开了母亲的第一个拥抱。

擦干眼泪,她仔细打量母亲,发现父亲并不完全是撒谎安慰自己。母亲的眼睛散发着不一样的光芒,精神看起来似乎不错。她拉着沐筱,津津有味地聊着旅途中的所见所闻。

记忆中的母亲,并不是这般健谈。她总是有做不完的手术,查不完的房,开不完的研讨会。她的眼里只有病人和科研。她甚至过于严肃,精神无时无刻不在紧绷着。就连睡梦中,母亲都不断拿手在父亲身上比画着。这一度成为沐筱和父亲调侃母亲的笑话。

眼前,这终于不再是笑话了。有一天,这可能会成为最悲伤的回忆。三个人中,只有母亲兴奋得像个孩子。她告诉沐筱,以前总是在忙,没有体验过候鸟迁徙般的快乐。别处的冬天,真的如春般温暖。她以前不知道,除了工作,生活还有这么多快乐。她也从来不知道,有那么多老年人如年轻人般,一直在路上。

沐筱的心忍不住滴血:"妈妈,我们好好治病,好不好?等你好了,我陪着你到处游玩,好不好?国外很多风景,你还没看过。"沐筱企图说服母亲认真治疗。除了相信医学,她不知道还能用什么办法挽救母亲。虽然,容城的各大医院她都跑遍了。

母亲并不上她的当,像个孩子般调皮地笑了:"我才不呢,等过了春节,天气暖和了,我和你爸爸还要继续出去看看。不带你这个拖油瓶的。"沐筱还想说什么,父亲在母亲身后,冲她轻轻摇了摇头。

沐筱打定主意,好好陪伴母亲每一分每一秒。她每天早早地去菜市场,选最新鲜的食材,给母亲搭配最好的食物。这座她从小长大的小城,居然有了很多陌生感。走在每一条街道上,她的心里都有说不出的空荡荡。

母亲吃着沐筱做的饭菜,赞不绝口:"我家筱筱的菜做得越来越好了。不知道以后哪个男孩子有这么好的口福,能吃上我家筱筱做的饭菜。"父亲抬头看了沐筱一眼,想说什么,还是没说话。母亲的语气有一种故作轻松。沐筱知道,母亲尽管担心惦记,却不想给自己的女儿太大压力。

沐筱避开父母的目光,看着电视里的皎奕。皎奕真的是越来越红了。几乎每个频道,都能看到他的身影。但是,面对母亲,她顿时语塞了。难道,她要指着电视里那个男星皎奕,告诉母亲,那是自己的男朋友吗?这在自己看来,都像是在说笑。除非,皎奕出现在母亲面前,她大概才会勉强相信吧?

她低头塞了一口饭,狠狠地咽下,没说话。在婚姻这件事情上,她大概无法抚慰到母亲。父亲看出了她的尴尬,给母亲夹了一口菜,笑道:"在外面旅游时,你不是说外面最大的不好就是饮食差,都没有女儿做得好吃。那你就多吃点儿,别老是絮絮叨叨的。儿孙自有儿孙福。"

母亲接口道:"嗯嗯,女儿小时候,我都没怎么关心,一下子就自己长大了。这女儿长大了,我反而唠唠叨叨的,净给她压力。"说完,母亲低下头吃菜,来不及掩饰,一滴泪掉到了碗里。沐筱怕自己跟着哭出来,装作去添饭,躲进了厨房。

然而,她并不能把这些话告诉皎奕。此刻,他大概忙着拍戏。不知道他是否能吃上一口热饭,国外的饮食他还习惯吗?她擦了擦眼泪,对着玻璃挤出一丝笑容。今天已经是腊月二十七了,老一辈人说,进入腊月,不能流泪,不能说不吉利的话。

吃完晚饭,她陪着父母看电视。母亲以前很少有时间看电视,生病之后爱上了各种轻松的娱乐节目。父亲一辈子喜欢看科学法治类的节目,这段时间却乖乖地陪母亲看娱乐节目。沐筱忙着帮母亲找节目,不断地调频道。

换到一个频道时,她在一部剧中又看到了皎奕的身影。她的手停在那里,不舍得换台。剧中,皎奕正笨拙地跟一个女孩表白。他的眼神中有几分不屑,似乎不屑跟女孩表白。沐筱忍不住轻笑。怪不得皎奕在娱乐圈是出了名的不近女色。媒体对他演技的评价一直很奇怪:

"除了感情戏,皎奕凭着精湛的演技和帅气的脸庞,征服了一大批影迷。感情戏里,他蹩脚的演技也得到了广大影迷的原谅。"

母亲看着沐筱自顾自地微笑,轻轻碰了碰她:"这孩子,换个台,换着换着走了神,还一个人在那儿笑,怪吓人的。"父亲在旁边也露出了难得的微笑。

他起身去厨房,给两个人削水果。正在这时,有人敲门。他冲客厅叫了声:"筱筱,有人敲门,去开下门。"沐筱回过神来,应了一声,跑过去开门。门一开,沐筱愣住了,呆呆地站在那里,半天没说话。

* 2 *

沐筱站在门口,看着面前的这个人,真是惊吓大于惊喜。皎奕提着行李,胡子拉碴地出现在她的面前。她结结巴巴地问:"你怎么来了?"她还没想好,要怎么跟家里介绍皎奕。她不确定自己和皎奕未来的感情走向。这份感情如果发展不好,那对过了一辈子平凡生活的父母来说,会有怎样的打击?

她固然想见到皎奕,但是还没准备好以这样的方式。她准备先把皎奕弄出去,不能让他出现在父母面前。皎奕不满地嘟囔:"哎,沐筱,这就是你的待客之道?都在一起这么久了,怎么还是这么没有礼貌?"

沐筱带着讨好的笑,把他往门外推搡:"我父母在家呢。"皎奕不解地说:"我就是来拜访伯父伯母的。"说着,他准备挤进门去。沐筱死命地堵在门口,不给他留一条缝隙:"那个,我说,这件事情,我们从长计议。"

父亲拿了水果到客厅,却不见沐筱人影。母亲也正在纳闷,沐筱只是去开个门而已,怎么突然没了动静。她喊道:"筱筱,是谁来了?"听到母亲叫自己,沐筱急忙回答:"哦,妈,是我一个老同学,想约我出去喝咖啡,我一会儿就回来了啊。"

说着,她把他往外推,试图把门关上。哪承想,皎奕像抓住了救命稻草一般，大声回答："伯母，我是沐筱的男朋友，来看望您和伯父。"沐筱父母听到这句话，立刻起身，齐齐出现在门口。

沐筱和皎奕正在做"殊死搏斗"，一个想往里面冲，一个死死地堵在门口。两个人的动作和表情看起来极其滑稽。母亲半信半疑地问沐筱："你男朋友？怎么不让他进来呢？"皎奕松了一口气，站在门口毕恭毕敬地半鞠了个躬："伯父伯母好。我叫皎奕，是沐筱的男朋友。"母亲半张着嘴，没有回答。父亲先反应过来，招呼道："快快，先进屋再说，外面冷。"

皎奕冲着沐筱得意地一笑，抢先进了门，低声对她说了句："别忘记帮我把行李拿进来。"沐筱不情不愿地拎起箱子，跟着进了客厅。父亲将刚切好的水果递给皎奕："吃点儿水果吧。"皎奕毫不拘束地拿起牙签，叉了一块水果。

母亲看着沐筱，充满疑惑地问："筱筱，这是怎么回事？妈妈是病得有点儿重，但是妈妈也不希望你找个假男朋友来骗我。你这样，妈妈只会更伤心。"沐筱不知道怎么解释。毕竟，白天母亲刚探过自己的口风，自己半句都没透露有男朋友的事情。"我……"她不知道该怎么解释。

皎奕这才真正意识到，沐筱之前为什么宁可去相亲结婚，也不愿租个男朋友回家哄母亲开心。"伯母，我真的是沐筱的男朋友。她为什么要找假男朋友啊？再说，她也租不起我。您看看，您认识我不？是不是在哪里见过我？"

听他这么一说，母亲开始仔细打量起皎奕。小伙子长得很帅气，身高起码一米八以上。眼睛大大的，鼻梁很挺，嘴唇不厚，唇形很明显，整个脸部轮廓很坚毅。他上身内穿一件黑色高领毛衣，外搭一件驼色韩版宽松呢子大衣。

有几分眼熟，但沐筱母亲却说不出在哪里见过。她眼里写着疑惑，大脑快速搜索着。皎奕用胳膊肘捅了捅沐筱："快，把电视随便调到一个有我的频道。"沐筱呆呆地换着台，看到有皎奕出演的电视剧时，就停了下来。

还是父亲先反应过来,他试探地问道:"你是明星皎奕?"母亲看看电视,又看看他。电视里的那个人和眼前这个人,确实有几分相似。只不过,眼前这个人胡子拉碴,跟电视里相比少了几分精气神。皎奕看出了她的疑惑,摸摸下巴,不好意思地笑道:"刚拍完戏,就着急见到沐筱,坐了两天的飞机和车船,胡子都没来得及刮。"

沐筱悄悄地踩了他一脚,不许他再说下去。当着父母的面,这家伙居然秀起了恩爱。她有点儿不好意思。皎奕不满地瞪了她一眼,自顾自说下去:"所以,伯母,我真的是沐筱的男朋友。要不是她男朋友,我这么忙,怎么会来看她呢?我出场费可高了,她雇不起我。"

听他这么一说,沐筱父母彻底相信了。母亲顿时兴奋起来,拉着皎奕嘘寒问暖。她还没来得及想女儿和这个人感情的未来。她只知道,自从凌风之后,就再没见过沐筱带男孩回家。她此时的兴奋赶走了各种理性的思考。

听到皎奕这么说,沐筱开始心疼他车马劳顿。另外,她和皎奕还没统一口径,她担心母亲问不该问的,皎奕说不该说的。趁着父母和皎奕没聊几句,她跟父母推托道:"爸妈,我想给你们个惊喜就没提前告诉你们。他这几天赶过来太累了,先让他休息休息。明天我们再继续聊哈。"

父母点点头。沐筱迫不及待地把皎奕拉到客房去。一进房间,她就摆出了审问的架势。然而,还没等她开口,皎奕一下子把她按到了墙上,吻得她喘不过气来。她奋力地挣扎着,可是嘴巴里只能发出"呜呜"的声音。她终于放弃了挣扎,开始回应皎奕的热吻。

直到皎奕停下来,沐筱才不好意思地提醒:"别这样,我父母还在外面呢。你晚上就住这里,等下你洗个澡就早点儿休息。明天,不管我父母问什么,都由我先来回答。"皎奕乖乖地点了点头,不搭调地说了句:"沐筱,我好想你。"

沐筱想了想,认真地问道:"你是怎么找到我家的?我好像没告诉过你我家地址。"皎奕得意地说:"我想知道的,就没有查不到的。我可是经历了九九八十一难才来到这里,你以后对我好点儿。"

听着他得意又带着撒娇的语气,沐筱真是哭笑不得。

"那你今年不回家过春节吗?"沐筱替他着想道。皎奕刮了一下她的鼻头:"放心吧,我跟我爸妈说,今年去他们儿媳妇家过年。他们高兴坏了。"沐筱羞涩地反驳:"谁是你媳妇?你早点儿休息吧,我出去了。估计,我爸妈有一堆的话要盘问我。"

说完,她转身出去,顺手把门带上了。皎奕躺到松软的床上,舒适地伸了一个懒腰。只要是跟沐筱有关的地方,都会给他带来归属感,安稳自在。

客厅里,父母果然严阵以待。一连串的盘问。与其说是盘问,倒不如说是好奇。他们很清楚自己的女儿,她不是一个随便的姑娘。况且,自从凌风之后,对于女儿的感情问题,他们一直揪着一颗心。看到皎奕出现,他们多少松了口气。

沐筱有点儿招架不住,想逃跑。她只能用一连串的哈欠,表示着无声的抗议。母亲却没有放过她的意思,整个脸上都写满亢奋。父亲看出了她的心思,劝阻爱人道:"你也早点儿休息吧,明天再问孩子。又跑不了。"

沐筱顺势接下去:"是啊,妈妈,你早点儿休息。明天我会一五一十老实交代。爸妈晚安。"说完,她一溜烟进了自己房间。轻轻关上门之后,她靠着门,甜甜地笑了。她拿出手机,开始给皎奕发信息。这种感觉,有点儿奇妙。在同一个屋檐下,他们却用手机联系,有说不完的话。

* 3 *

一大早,沐筱被一阵香气唤醒。一看时间,才六点钟。小城节奏比较慢,六点还很早。她心里一惊:不好,肯定是母亲起来做早饭了。自己这个女儿当得太失职。她匆匆换上衣服,冲进厨房。

看到那个背影时,她松了一口气,同时又吃了一惊。皎奕居然在做早餐。听到身后有动静,皎奕回头冲她帅气一笑:"早啊,沐筱小姐。"说着,他还不忘顺手颠了一下勺。沐筱一拍脑袋:哎哟,我居然输给一个大男人。

　　走到餐桌处,沐筱发现皎奕居然去外面买了包子、油条等早点。他正在给大家热牛奶、煎鸡蛋。她倚在餐桌旁,看着他的背影,有说不出的幸福。皎奕背后似乎长了一双眼睛,早发现了沐筱在注视他。他伸出右手食指,左右晃了晃:"不要迷恋我,我只是个传说。"

　　沐筱"喊"了一声,转身去洗漱。过了一会儿,沐筱的父母也起了床。他们看到皎奕做的早餐,相视一笑,感到十分欣慰。皎奕把早餐一一摆好,让大家入了座。他还把早餐做了十分合理的分配。每个人面前的早餐,都是自己喜欢的。

　　沐筱的父亲嚼着油条,含糊不清地问道:"小伙子,你是怎么找到我们这里最好吃的油条和包子的?"皎奕得意地说:"哪里排队最长,就去哪里,肯定错不了。"沐筱父亲赞赏地点点头,这小伙子不像自己想的那样,不食人间烟火。他不奢求女儿嫁得多么富贵,只希望她能找个爱她的男人一起生活。

　　吃完早餐,沐筱洗了碗筷,就带着皎奕去小城转悠。快过年了,小城特别热闹,也特别安详。这里没有狗仔。即使有明星出现在眼前,也不会有人相信这是真的。所以,皎奕在这里是绝对安全的,可以自由走动,无须用墨镜和口罩遮掩。

　　沐筱一一为他讲解他们路过的每一条大街小巷、每一家小吃店。路上,两个人遇见一位长辈。那位奶奶眯起眼睛,认真打量着皎奕,笑道:"沐筱,男朋友啊?好帅的小伙子,奶奶可等着喝你们喜酒了。"皎奕抢先回答:"奶奶,您就瞧好吧。"沐筱从背后狠狠地掐了他一把。他疼得眼睛都挤到了一起,嘴角还保持着礼貌的微笑。

　　两个人一起去了沐筱的母校。已近过年,校园里空空荡荡的。她带着皎奕参观了读书时的教室。两个人隔着窗户往里面看。大概是毕业班的缘故,教室里还有温习功课的学生。一个女生坐在二排中间的位置。沐筱指着那个位置,兴奋地说:"我当时就坐那个位置。"

　　听到窗外有声音,那个女生抬起头向二人看来。刹那间,皎奕仿佛看到了少女时代的沐筱,不谙世事。出来时,两个人遇到了沐筱的老师。她女儿亲密地挽着她的手。沐筱读书时,老师的孩子还是个小学生,一转眼长大了。

老师亲切地说:"回来过年啊?带男朋友来母校参观?你毕业这么多年,这可是第一次见你带男朋友来母校。"老师的女儿兴奋地问:"姐姐,这不是皎奕吗?"沐筱扬起脸,看了一眼皎奕,笑着说:"小丫头,他不是。他只是长得像皎奕。姐姐哪里有那么大魅力,能交到大明星男朋友?"

皎奕在一旁调皮地附和:"小姑娘,很多人这么说。你要不要我帮你签个名?"那个小姑娘立马嘟起了嘴:"才不要呢!我想要的是真皎奕的签名,才不是一个冒牌皎奕的签名呢!"沐筱的老师不满地打断道:"小小孩子,不好好学习,脑子里净是些乱七八糟的东西。"说完,她歉意地看着两个人:"不好意思,别在意小孩子的胡说八道。你们继续逛逛校园,我们出去买点儿年货。有时间带男朋友来家里来喝茶。"

沐筱连声应着。等到她们走远了,两个人忍不住一起哈哈大笑,笑声在校园里回荡着。皎奕跟随着沐筱的脚步,一点点认识了这座生她养她的小城。越是了解,他就越是爱这个女孩。她的成长,他没机会参与,但是她的未来,他一定要伴她左右。他牵着她的手,越握越紧。沐筱用同样的力度,回应了他的内心。

在一起的时光,总是很快。几天的时间,对于热恋中的人来说,简直是一眨眼的工夫。沐筱带着皎奕走遍了这座小城的大街小巷,带他吃当地的特色小吃,也一起准备年货。

沐筱的父母在这几天的时间里,完全弄清楚了这段恋情的来龙去脉。当然,有些情节,两个人刻意隐瞒了。两位老人一阵惊奇,偌大的世界,两个人居然可以这样相识相知。看着皎奕得到父母的认可,沐筱提起的一颗心终于放了下来。这个家因为皎奕的到来,多了些不同寻常的快乐。

初一早上,皎奕早早起床,按照沐筱家的习俗,帮忙放鞭炮。沐筱的父母拿出早就准备好的红包给两个小辈。皎奕接过红包,笑得阳光灿烂啊，嘴比抹了蜜还甜："谢谢伯父伯母。我一定努力。争取明年再拿二老红包的时候，我已经改口了。"

沐筱目测了下，皎奕那个红包比自己的厚了好多。她不满地撇撇嘴："爸妈，我是充话费送的吧？怎么感觉皎奕才是您二老亲生的。哎，我说，皎奕先生，您脸皮挺厚的。这过年红包打算拿多久啊？"

皎奕光明正大地瞪了她一眼："我说，沐筱小姐，我拿红包怎么了，红包也是我靠自己本事挣来的。"沐筱一时语塞，直接扑上去抢皎奕手中的红包。两个人你抢我躲，甚是生机勃勃。沐筱的父母看着这画面，心里特别欣慰。母亲觉得身心轻松了好多，甚至忘了自己是个病人。

然而，对有些人而言，过了初一，年就结束了，又要开始新的征程了。皎奕被艾伦的电话催得简直要炸裂了。艾伦只有在安静地给皎奕拜年那一刻，是正常的。其他时候，他就像个闹铃，时刻提醒着皎奕，该工作了，该上通告了，该拍戏了。

沐筱体谅他，催他早些回去。皎奕只好依依不舍地跟沐筱和她的父母告了别，重新返回"战场"。沐筱目送他的身影渐渐消失，心里对这份感情的笃定又慢慢地远了。似乎，只有小城才能将他们的爱情囿于一隅，安宁而长久，岁月才能静好无恙。

* 4 *

皎奕离开之后，沐筱在家并没有待很久。母亲自从生病之后，心就像长了一双翅膀，时刻想飞出去看看。刚过完初五，她就着急和沐筱父亲一起出去旅游。

沐筱不放心，试图劝她到医院治疗。可是，母亲却给她来了个"金鸡独立"，得意地说道："筱筱，妈妈哪里像个病人？放心吧，出去看看，对病人是有很大好处的。很多病人往往不是病死的，都是在病魔面前焦虑致死的。"

面对这样一个肿瘤医生，沐筱有些恍惚，不知道该相信什么。是该相信母亲多年来的医学实战，还是相信她此时的"心理疗法"？但是，无论如何，她说服不了母亲。

她试图换个思路："妈妈，要不然，我陪着你们一起去旅游吧？"母亲立刻摆出之前的嫌弃神情："不要。早告诉过你了，不要当我们的拖油瓶。大好河山，我们两个潇洒着呢。"父亲无奈地冲沐筱摇摇头，表示爱莫能助。

于是，沐筱和父母在同一天出发。沐筱回容城，父母出去旅游。一家三口，路走两方。看着母亲欢欣鼓舞的脸，沐筱有了些许放心。她有一种执念，总觉得冬天过去了，春天就要来到了，一切都会好起来，包括母亲的病。世界上有那么多奇迹，凭什么不可能发生在自己家人身上呢？

随着气温的回暖，一切开始复苏了，好的坏的都重新苏醒。皎奕主演的新电影即将上映，他工作之余忙着配合新片的各种宣传。

安可儿的小三丑闻不断升级。各种谴责和鄙弃，针对安可儿的居多。那个男人，为了自己的家庭，为了挽回形象，极力做着各种危机公关。他在公众面前痛哭流涕，表示自己只是一时被魅惑。他保证一定痛改前非，重新回归家庭，做个好丈夫好爸爸。那个男人的妻子也发声，希望大家给她爱人一个改过自新的机会。

犯错的不只有安可儿，可是对方身边站着包容他的人，而安可儿孤身一人，面对着来自四面八方的谴责。皎奕看着这些报道，心里一阵痛楚，她毕竟曾是他心爱的女人。他虽恨过她，但是不曾诅咒她如这般坠入万劫不复的深渊。况且，他现在有了沐筱，感情稳定，早已放下曾经的耿耿于怀。

想到沐筱，他心里一暖。再过几天，就是他新片的首映礼。他想邀请沐筱到现场。当一个人爱一个人时，无论什么事情都想跟她近距离分享。以前，他一个人，总是一副宠辱不惊的样子。而现在，他不再是一个人，总是想和她一起手舞足蹈地展望未来。

沐筱接到皎奕邀请时，有些犹豫。她担心被媒体曝光，拒绝道："我还是不去了。万一被媒体发现，恋情曝光怎么办？"皎奕霸气地说："要是被人发现，我索性就公开恋情。我恨不得现在就昭告天下。"

听到这句话，沐筱紧张地隔着电话直摆手："皎奕，不要。我还没想好，也没做好被曝光的准备。其实，就这样一辈子安安静静待在你身后，挺好的。"皎奕不容她拒绝："好，什么时间曝光，我等你，等你做好了准备去面对。但是，这次首映礼，你一定要来。你不在我眼前，我觉得做什么都没激情。"沐筱无奈地应下了，心里既紧张又甜蜜。

婉竹和妖妖听说她要去参加皎奕的首映礼，大动干戈地帮她选购礼服，带她去做SPA，帮她设计造型。她抗拒道："这有点儿太隆重了吧？我就像往常一样就好了。"婉竹笑着说服她："你天生丽质，这只不过是锦上添花而已。女为悦己者容，隆重些表示对皎奕在乎。"

妖妖一把拉开婉竹："你别跟她废话，讲什么大道理。看我的。"她转身笑眯眯地看着沐筱："你不做功课呢，完全没问题。但是，你要想想，在首映礼上，聚光灯下，美女如云，只有你灰头土脸，记者第一时间就会发现你。你准备怎么办？继续逃跑啊？"

妖妖这一招倒是起了作用。沐筱浑身一哆嗦，吓起了一身鸡皮疙瘩。她立刻站起来，表态道："接下来，一切听从两位的安排。"

然而，首映礼当天，沐筱准备的妆容完全没派上用场。首映礼定在周六晚上七点。下午两点不到，沐筱被一阵敲门声吵醒了。门一打开，站在她面前的是一个妆容素净、五官精致的女孩。

女孩大大方方地自我介绍道："沐筱你好，我是皎奕的造型师。你叫我萨曼莎就好。皎奕派我过来给你做个造型。"

沐筱被她的笑容感染了，轻松地笑了起来："皎奕真是多此一举。我已经准备好了呢。"她把萨曼莎让进屋内，指了指铺了一床的衣服。萨曼莎失笑，说道："喏，这就是皎奕叫我过来的理由。"

沐筱听出了萨曼莎语气里小小的嘲弄，但是并不觉得不舒服，反倒觉得很亲切。她耸了耸肩，笑问："你想喝点儿什么？"萨曼莎把随身带的东西放好，回道："白开水，谢谢。"

萨曼莎没有多做耽搁，就开始给沐筱做起了造型。整个过程，她并没有多嘴过问沐筱和皎奕之间的事情。她有良好的职业操守。她柔声和沐筱交谈着，不断跟沐筱讲解妆容的注意点。

沐筱平时也化得体的淡妆，但是这一次还是长了大学问。萨曼莎为沐筱选择的是"初恋情人"的妆容。眉毛画的是水雾眉，像水波一样柔缓起伏。一双大眼睛，水灵灵的，害羞带笑。睫毛长而翘，密度适中自然。咬唇妆更是给沐筱增添了几分娇艳欲滴。

* 5 *

沐筱看着镜子里的自己，吓了一跳。自己化的妆，和萨曼莎的化妆效果相比，真是差太多了。她忍不住说了句："谢谢你。"萨曼莎一副宠辱不惊的淡定表情："是你天生丽质。"接着，她开始帮沐筱盘头发。

沐筱凌乱的长发，在萨曼莎的手中，变成了精致的发辫。发辫在脑后相互缠绕着，用水晶发卡夹在一起。萨曼莎特意在两侧留下几缕长发。这使得沐筱看起来多了几分飘逸和柔美。

然后，萨曼莎将带来的一个礼盒双手递给沐筱："喏，去换衣服吧。"沐筱又是一愣："哦，我自己准备了礼服。"萨曼莎调皮一笑："那可不行，我今天给你做的造型，都是按照这套服装来的。这是皎奕特意为你准备的。"

沐筱的脸倏地红了。盒子里面是一件紫色V领礼服。礼服腰部收紧，一圈钻石很亮眼，臀部以下由紧变松，呈鱼尾状散开。沐筱有些惴惴地穿上礼服，却出奇地合身，尽显姣好身材。

萨曼莎两眼一亮，调侃道："看来，皎奕还真是了解你。为你挑选衣服都不用试穿的。大胆地为你选了一件紫色礼服。我一猜，你必定是个无可挑剔的美人。"沐筱不自在地拉了拉V领，那里曲线毕现。萨曼莎看出了她的不自在，又递给她一个礼袋："别担心，皎奕为你准备了白色皮草上衣。"

沐筱一边感激皎奕的细心体贴，一边暗自骂道：这个皎奕到底交了多少女朋友，采了多少花，才能通过目测对一个女人"了如指掌"。萨曼莎像是看穿了她的心思,双手抱胸好笑地看着她:"你是我见过的皎奕的第一个女朋友。"

被别人一下子看穿了心思,她有些不好意思。萨曼莎待她收拾妥当之后,上下打量了一番,皱了皱眉,嘟囔着:"少了点儿什么。"她略加思索,打了个响指说道:"对了,皎奕反复交代,让你戴上他送你的镯子。"

萨曼莎的眼神不容沐筱拒绝。沐筱想了想,那个镯子跟自己的妆容服饰确实有几分搭配,便不再纠结。萨曼莎再次打量了一番,满意地点点头:"司机这会儿在楼下等我们了。我们找个餐厅简单吃点儿就直接过去。"沐筱点点头。她觉得除了听萨曼莎的安排,别无选择。

她们到达首映礼现场时,人们正陆陆续续地入场。沐筱看到了很多电视中熟悉的面孔。他们相互打着招呼,拥抱着寒暄着。然而,她是一张无比陌生的面孔,没人注意她的存在。偶尔有几个狐疑的眼神从她身上扫过。不过,没人追究她到底是谁。

远远地,皎奕和几个演员,正跟特约嘉宾交谈着。皎奕穿得很正式,一套黑色礼服内搭白色小翻领衬衫。黑色领结让他显得绅士有风度。他似乎感觉到了沐筱的目光,忽然转了头,四处搜寻了一番。很快,两个人四目相触。皎奕冲着沐筱抛了个媚眼,远远地给了她一个飞吻。

沐筱做了一个夸张的颤抖动作,表达出"你好肉麻"的意思。正在这时,手机响了一下,皎奕的一条微信进来了:"你等着,现在没时间收拾你。"沐筱大方应战:"皎奕先生,你也给我等着。送给女生合身的礼服,这功夫可不是一天练出来的。"

皎奕看到这条信息时,旁若无人地大笑起来。身边几个演员莫名其妙地看着他。他憋住笑,说道:"不好意思,看到一个笑话。"他迅速地回复沐筱:"是啊!这种功夫可不是一时半会儿练成的,需要无数个日日夜夜才能练就。"

他没有再去看沐筱的表情,暗自好笑:她吃醋了。两个人的私下互动并没有进行很久,首映礼很快就开始了。主持人做了开场,介绍了出席首映礼的嘉宾和演员。容城是电影在国内宣传的一个主阵地，因此出席首映礼的演员阵容庞大。

在演员和现场互动环节，电影的总导演、制片人和演员团队齐齐登场。团队对于电影的制作灵感和一些幕后花絮做了分享。现场气氛热烈。

媒体记者有些蠢蠢欲动。突然，一名记者提了一个让在场人员措手不及的问题："我想问下皎奕，最近被困'小三门'的安可儿是您的前女友。她当时为了自己的前程狠心舍弃这段感情，现在又被曝出插足别人婚姻。您对安可儿的人品做何评价？"

这个提问带着套路和尖锐。现场一片哗然。台上的演员们，侧身看向皎奕。沐筱在台下，内心不免有几分紧揪。她从来没听皎奕提起过以前的感情。不提，大概是因为曾经受伤太深。面对这样的提问，她不知道皎奕会做何回答。

艾伦使劲地给皎奕眼色，提醒他这个问题可以不做回答，或者回答得官方一些。这段时间，艾伦觉得皎奕不再是从前的他。每次面对媒体提问，艾伦都特别紧张，担心恋爱中的皎奕智商变为零。

喧哗仅在一瞬间，现场突然万分安静。沐筱能听到自己心跳的声音，"怦怦怦"，一下一下的。灯光在这般安静的氛围下，显得异常刺眼。皎奕淡定地开了口："我和安可儿小姐并无交集。我们没有合作过，更没有像您所说，曾有过所谓的情侣关系。所以，我不能对安可儿小姐妄加评论。但是，安可儿小姐的敬业精神，在业界也是有名的。我觉得，作为一个演员，她对待观众有怎样的诚意，这才是最重要的。"

这个回答，在艾伦看来也算妥当得体。当然，如果皎奕能把后半段去掉，他就更满意了。安可儿现在犹如过街老鼠，人人喊打。谁跟她扯上关系，谁倒霉。下面的记者显然对这个回答不是很满意，却又无可辩驳。

皎奕和安可儿的关系，不过是外界的猜测。毕竟，多年前两个人都是无名小辈，哪个记者手里都没有两人相恋过的确凿证据。岂料，这个时候，意犹未尽的是皎奕本人。他以迅雷不及掩耳之势，爆了自己的料。

他露出媒体难得一见的微笑："更何况，我有一个相恋多年的女友。她今天也来到了首映礼现场，为我和我们的团队加油。"

* 6 *

皎奕这个爆料，惊呆了所有的人。艾伦四处环顾，希望第一时间搜寻到沐筱的身影。沐筱愣在座位上，心里有一个声音告诉她要躲。可是，眼下这个场合，沐筱不知道该怎么躲。她只能呆呆地坐在那里，期望不被媒体发现。

哪知，皎奕在台上热烈喊话："沐筱，到台上来。"看着皎奕热切的眼神，她只好硬着头皮站起来。一瞬间，闪光灯在她眼前争先恐后地亮了起来。但是，她好像不像之前那般害怕了。

她僵硬地迈着步子，走上舞台。远远地，皎奕向她伸出右手。她的内心感到了莫大的勇气。她走上前去，把手放进皎奕的手心中。一阵暖意，让她淡定了很多。皎奕轻轻把她拥到身边，低头凑到她耳边说了句："不要紧张，有我在。"

沐筱微微仰头，看着他的笑脸，用力地点了点头。虽然，她不知道皎奕为什么要跟大家撒谎，说自己是他相恋多年的女友。但是，她无条件地信任他。也许，他是想在媒体面前保护她，保护他们的爱情。抑或，他把大学校园里暗恋自己的那些时光，也一并算了进去？想到这里，沐筱羞涩一笑。

皎奕面对镜头，笑容帅气无敌："这就是我的女友沐筱。她为人比较低调，不喜欢抛头露面，不喜欢被打扰。所以，我们一直没有公开关系。但是，现在，我想让所有的朋友见证我们的爱情。我爱她，沐筱。也希望大家祝福我们。"

皎奕说完，下面响起一阵掌声。沐筱只觉得脸上发烧，一只手在皎奕身后，紧紧地抓住他的衣服。皎奕轻轻拍了拍她的后背。自出道以来，皎奕第一次在媒体面前说这么多话。对于这个爆料，媒体表示出了一定程度的满意。

接下来，皎奕话锋一转："今天是我们电影首映礼，还请各位媒体朋友把焦点继续转回我们的电影和我们的团队。相信我们的表现不会让观众失望。"

艾伦在下面简直要撞墙了。他觉得自己从来不曾真正了解过皎奕。皎奕居然背着自己干出这么大一件事，明天肯定上头条！但是，矛盾的是，他无形中居然松了一口气。似乎悬在心头的一把剑终于落地了！艾伦自觉有些反常。

现场顺势进入了观影时间。整个首映礼，皎奕都沉浸在一种甜蜜之中。他皎奕想做的事情，一定要做到。很久之前，他就心疼极了沐筱在媒体面前的东躲西藏。今天，他原本没打算公开，只是被媒体逼上了"梁山"，索性不管不顾了。

只是，有一点，回头他一定要好好跟沐筱解释。想必，她也在纳闷这一点。他不想落井下石，让安可儿的境遇更加狼狈，只想悄无声息地帮她一次。

首映礼结束之后，皎奕准备送沐筱回家时，艾伦出现在他面前。艾伦冷冷地盯着皎奕："让其他人送她回家。我找你有事情。"皎奕第一次看到艾伦这副样子。他低声跟沐筱交代了几句，然后乖乖地跟着艾伦走了。

到了皎奕家，门刚一关上，艾伦就大发雷霆："你到底知不知道你自己在做什么？我跟着你这么多年，苦心经营，毁于一旦。大不了，我换行业，我到哪儿都差不多，饿不死。你呢？皎奕，努力了这么久，不觉得可惜吗？"

皎奕默不作声，静静地开了一瓶啤酒，放在艾伦面前。艾伦拿起酒，"咕咚咕咚"，猛灌一通，大声嚷嚷道："本来，你只是寥寥几句话，就可以应付那帮记者。可是，你为什么要搞出这么多幺蛾子？安可儿关你什么事？沐筱一定要在今天曝光吗？"

皎奕喝了一口手中的酒，用低沉的嗓音开了口："毕竟，我爱过安可儿。我不想看到她这样被万人唾弃。沐筱，是我想要用一辈子来珍惜的人。早一天公开，晚一天公开，又有什么关系？"

艾伦把手中的酒瓶捏得"咔咔"作响。他猛地一把将瓶子丢出去："只有女人重要？兄弟都不重要了吗？"忽然间，他大声哭了起来："皎奕，你懂不懂我心里的感受？我一步步走到今天，我容易吗？你怎么能这么对我？完全没有防备，措手不及。"

皎奕走到他身边，一句话没说，轻轻拍了拍他的肩膀。他知道自己的任性伤害了艾伦。

艾伦发泄完，摇摇晃晃地往门外走去。走到门口，他用凄凉的声音说了句："皎奕，我们都不是小孩子了，要对自己做的事情负责。既然事已至此，我们就做眼下能做和该做的事情。"艾伦从来没像今天这样内心凄凉、无比悲观。

皎奕忍不住大声说了句："兄弟，爱人和你，还有事业，我都要。你放心吧。"艾伦身体微微一颤，没有回头，径直走出门去。

走去皎奕的别墅，冷风一吹，艾伦内心突然一阵通透。又不是世界末日，何必这么悲观？是好牌还是烂牌，谁知道呢？

艾伦走了之后，皎奕静静地坐着。他从来不担心明天会有什么不同。他觉得无比轻松。这时，手机一振，一条陌生信息进来了："皎奕，谢谢你！"落款是安可儿。他没有回复，像删掉一条广告信息一般，顺手删掉了。安可儿，他早已不恨，只是见不得她现在这么凄惨。他所做的一切，也不是为了这份谢意。

此时，沐筱早已回到家中。她慢慢地换了礼服，卸了妆，又恢复到往常模样。她觉得自己好像变成了那个十二点之后就会变身的灰姑娘。晚上那突然的一幕，她还没有回过神来。她还是有些担心，明天一早，她首先见到的会是媒体的人吗？

她想到皎奕那句"不要紧张，有我在"，终于放下心来，慢慢地进入了梦乡。

* 7 *

一大早，沐筱就被皎奕的电话吵醒了。她慵懒地伸了个懒腰，接起电话,甜甜地说道:"喂。"电话里皎奕温柔的声音传了过来:"傻瓜,昨天睡得好吗?"

沐筱笑道:"嗯,还好,没有记者穿墙而过,围追堵截我。"皎奕放下心来,看来她已经做好和自己一起面对这一切的准备了。他嘱咐道:"看到记者,不要紧张,不要躲闪。如果你不想说话,不要理会他们就好。我今天还有安排,就不陪你了,你好好休息。"

她乖乖地应了一声。挂了电话之后,她再无睡意。只是,她没想到,最早找上门的不是媒体记者,而是另外一个人。

一个陌生电话打了进来,是一个女孩的声音:"嗨,沐筱吗?我是安可儿,我想见你。"沐筱放下电话,心里生出许多疑问。她也想见见这个女孩。

两个人约在一家很隐蔽的咖啡厅。沐筱换了一身休闲装,临出门的时候,她又转身戴上了皎奕送的手镯。她不是为了炫耀他对自己的爱,只是觉得戴着它就莫名地心安。

与沐筱相比,安可儿有点儿盛装出席的味道。她头戴宽边时尚礼帽,脖间是一条圆形亮片串联起来的项链,一身宝蓝色裙子,上身搭一件阔袖皮草。看到沐筱进来,她伸手摘下墨镜,傲慢地问道:"你就是沐筱啊?"

沐筱毫不介意,开门见山地问道:"你找我有什么事?"安可儿端起咖啡,喝了一口,回道:"我是皎奕的初恋女友。"沐筱立刻回击道:"嗯,就算这样,有什么关系呢?谁没有个初恋?我并不介意。"

安可儿料到这句话并不会一下就激怒沐筱,但是没料到居然一丝涟漪都不起。她继续说道:"其实,你和他在一起不会幸福的。他昨天晚上在媒体面前说的那些话,只是为了保护我而已。毕竟,曾经是我对不起他。"

沐筱直视着她的眼睛说道:"哦,这么巧?我认为,他那么说只是为了保护我。"安可儿有点儿恼羞成怒:"沐筱,你以为,你有什么能让皎奕看上你的地方吗?"沐筱有些生气:"那你以为,你还活在皎奕心里吗?"

安可儿把墨镜拍在桌上,生气地说道:"每个男人都无法忘记初恋。如果我没看错的话,昨天你手上戴的卡地亚手镯,是皎奕送给你的吧?"沐筱下意识地摸了摸藏在衣袖里的手镯,并没有回答。

安可儿得意地说道:"你怎么不问问我,是怎么知道的?没关系,现在让我来告诉你。几年前,我和皎奕在一起的时候,我们都很穷。有一天,我盯着这款手镯,迟迟无法挪开目光。皎奕对我说,等以后有钱了,他一定买给我。后来,我比皎奕发展得好,我们分开了。"

沐筱抬起头来:"所以,你想说明什么问题?"安可儿耸耸肩:"我只是想告诉你,其实你就是个替代品。当然,也许连替代品都算不上。只是皎奕为了保护我暂时使用的一个幌子而已。"

说完,安可儿看着沐筱惨白的脸,冷笑了一声:"你们真的不合适。有一天,皎奕会回到我身边的。早晚的事。"然后,她起身,装腔作势地戴好墨镜,整了整衣服,扭着婀娜的身姿,往外走去。

沐筱呆在那里。安可儿的话,并没有让她怀疑和皎奕的爱情,却让她再次回到选择的起点:她和皎奕真的合适吗?

走出咖啡厅时,她接到皎奕的电话。皎奕忙里偷闲,心里惦记着现在的她,情绪有怎样的变化。沐筱犹豫着说:"皎奕,安可儿找过我了。"皎奕心头一惊,认真地说道:"筱筱,不管她跟你说了什么,回头我慢慢跟你解释。另外,离她远点儿。"

沐筱握着电话,缓缓地"嗯"了一声。此时,她不知道的是,她彻底火了。网上比首映礼视频更火的是另一则视频。这则视频的名字叫《你所不知道的OTR新品广告》。在首映礼之后,有人把之前皎奕拍的OTR新品广告另外一个版本上传到了网上。

没错,就是当时皎奕和沐筱完整合作的那个版本。网评认为,这个女孩清新脱俗,没有一丝油滑世俗的味道。甚至有些人评论,皎奕和她在一起,其实是皎奕高攀了。不管怎样,这个视频,见证了两个人的爱情。两个人一颦一笑之间,有着浓得化不开的甜蜜。尽管,当时的两个人并未察觉到这一点。

该来的终于都来了。安可儿看到视频的时候，觉得自己彻底输了。这比当初她知道皎奕恨她，更让她绝望。她恨得咬牙切齿，下定决心要让皎奕回到自己身边。除了内心对皎奕还有的爱意之外，这个要强的女人总觉得赢回皎奕，她才能扳回一城。

要拆散两人的决心折磨着她，让她觉得一刻都不能等待。她内心生出一计，迅速地打了个电话，安排好了一切。

* 8 *

自从恋情大白天下之后，沐筱一直想送皎奕一份特殊的礼物。她绞尽脑汁也想不出要送皎奕什么。

要送就一定要送有特殊意义的礼物。她一个闪念，随后心下执念生出。她试探着问婉竹："柳灵给你的情书里，你有没有看到一封比较奇怪的情书？"婉竹有些莫名其妙："很奇怪的情书？要多奇怪？"沐筱积极补充："就是那种，看起来没什么印象的人，写给你的。"

婉竹哭笑不得："照你这么说的话，大多都是奇怪的情书。全是没什么印象的人写的。"沐筱有些丧气："哎！"她仔细回忆了下皎奕的话，再次追问："那有没有看起来不像是写给你的情书，就是，里面的细节看起来完全与你无关。"

这一下，婉竹亢奋起来："被你这么一说，我想起来了，还真有这么一封情书。内容怪怪的，署名怪怪的。"听婉竹简单介绍了下信的内容，沐筱十分笃定，那一定是皎奕写给自己的情书。

"署名是皎奕吗？"沐筱被兴奋冲昏了头脑，智商有点儿下降。"废话，要是署名皎奕，我还能不联想到你的明星男朋友啊？"婉竹不满她恋爱中智商为零的表现。"那倒也是。那署名是什么？"沐筱追问。"哈哈哈，不告诉你，你拿到信之后自己看。"沐筱一头雾水，这还保密？

沐筱拿到信时，笑得不能自已！果然是一个奇怪的名字！沐筱再次怀疑，这果真是皎奕写的那封吗？这名字真的是，无语极了！不过，字写得真是漂亮，刚劲有力，带着几分飘逸！

皎奕看到信时，特别兴奋，居然还能找到多年前的情书。这实在是一份特殊的礼物！他刚想赠送"香吻"表示感谢，沐筱就将笑声从"振动"调成了"铃声"，还是超大分贝的铃声。居然是因为他的曾用名！皎奕一脸黑线。

亲耳听到皎奕承认之后，沐筱简直无法控制自己。虽然，情书的内容让她感动，若是当初收到这封情书，两个人的爱情会不会开始得早一些？可是，那个署名实在让人无法忽略！马运财？会运送财物的马儿？皎奕的父母是有多财迷啊？

皎奕绷着脸解释，原本不是叫这个名字。原本取的是"马蕴才"，上户口的时候被工作人员写错了。父母一看，这个名字也不错，挺吉利的，就没更改。而皎奕本人仗着自己长得帅，对这个名字并不在意。

不过，自从有了点儿名气之后，他早已改了名字。现在没几个人知道他的曾用名。看着昔日的情书，两个人顿时心血来潮，打算周末来个母校游。反正，已经公开了恋情，没什么好顾虑的。再说了，皎奕是"衣锦还乡"！

周末天气甚好。皎奕和沐筱驱车来到了母校。下车后，皎奕没戴墨镜，大大方方地陪着沐筱随意溜达。两人先去了皎奕的母校，这里关于沐筱的回忆不多。校园里的学生看到皎奕一阵骚动。皎奕在母校是个传说！皎奕大大方方地回应着来自学弟学妹们的热情。

再去沐筱母校时，皎奕简直轻车熟路。"你当时住的宿舍楼，好像旧了很多。""我弄错你名字那次，就是在这条路上跟踪的你，一路到教室。""你喜欢吃的那个食堂，还没有拆啊？""你当时从台阶上摔下来，看着我时，有没有被魅惑到？萌生以身相许的念头？"

皎奕喋喋不休，沐筱简直有点儿插不上话。出了母校的大门，外面的大街小巷全是共同的回忆。好吃的鱿鱼串，重庆特色麻辣烫……沐筱突然欢呼："哇，那家甜品店居然还在！"说着，她拉起皎奕的手,飞奔过去,边跑边说:"这家店的冰淇淋物超所值,奶油特别多。走,我请你吃!"

"老板,香草冰淇淋来两份。"沐筱说完,眼巴巴地看着老板。很快,老板笑眯眯地递给她两份冰淇淋。奶油隆起成一座小山,果然物超所值!沐筱递给皎奕一个,高兴得手舞足蹈:"我说的吧,奶油足足有两份那么多。"动作幅度有点儿大了,"奶油小山"禁不住颤动,整个坍塌下来。沐筱眼疾手快,一只手捞起了往下掉的"奶油小山",迅速放回蛋筒里面。

然后,她长吁了一口气:"还好我动作快,差一点儿就掉地上了。"这一连串动作,一气呵成,皎奕看得目瞪口呆!片刻,他哈哈大笑。沐筱的脸瞬间红了:完蛋,暴露了自己好吃又抠门的本性。

皎奕笑罢,把自己的冰淇淋递到她面前:"不要着急,慢慢吃,这个也是你的。"果然,他对自己的印象歪楼了!沐筱懊恼。皎奕拿出纸巾,放到她手心,示意她擦擦手。糟糕,手上的奶油早已擦不下来了,黏黏糊糊的!

两个人一起,把以前各自爱逛的地方,全部走了一遍。两个人曾经离得那么近。她在吃着麻辣烫时,他可能在隔壁吃拉面;他在小卖铺买东西时,她可能站在隔壁等奶茶。渐渐地,各自的记忆拼成了两个人的回忆。好像,那些年并不是两个人独自经历的这一切,而是两个人陪伴在彼此身边,共同走完了大学。回忆变得圆满了许多。

* 9 *

星期一的早上,皎奕早早等在楼下。公开关系之后,皎奕还从没送沐筱上过班。他心中被一种神圣的仪式感所驱使,无论如何也要抽出时间来行使一下男朋友的义务。

他上身穿一件酒红色呢料西装。下身穿一条黑色紧身九分裤,脚上一双深褐色布洛克皮鞋。露出脚踝的地方,把他的帅气和修长展现无遗。他大大方方地倚靠在车上,等待沐筱下楼。有上班的年轻人路过,忍不住尖叫:"这不是皎奕吗?"

他帅气自然地冲着认出他的人，挥手微笑。沐筱看到这一幕时，简直要晕过去了。她冲到他面前，低声说道："你的墨镜呢？你快进车里。不要这么招摇，好不好？"

看着她无比紧张慌乱的表情，皎奕弹了一下她的脑门，说道："你这小脑袋，记性真是不怎么好。我们已经公开关系了，不需要这么躲闪。"沐筱经他这么一提醒，有些恍然。但是，她还是嘴硬道："尽管如此，还是要低调点儿，多一事不如少一事。"

皎奕好笑地回复道："遵命。快上车吧，不然要迟到了。"沐筱迅速跳进副驾驶的位置。一路上，两个人的手一直握在一起。等红绿灯时，皎奕总是忍不住侧过脸去，多看沐筱几眼。沐筱正色端坐，直视前方，伸出手来把他的脸转了回去。她一松手，皎奕的脸再次转向她。

到了公司楼下，沐筱不愿引起骚动，坚决不允许皎奕下车。然而，她还是被小小地围观了一番。她的内心涌起了一阵悲哀：这是要逼我早出晚归避开一切人群的节奏啊。还好，公司的同事都挺正常，并没有人追问什么。她放心地投入了工作。

一天的工作在快节奏中结束了。她伸了伸懒腰，收拾东西准备回家。鉴于皎奕的工作比较忙，也毫无规律可言，她早已和他约法三章。白天工作时间尽量不联系。沐筱不要求皎奕接送，如有接送行为，皎奕必须提前知会。

在下班这个时间点，她没有收到皎奕的信息，说明他今天不会出现。她走出大厦，一辆黑色的车从远处靠了过来。一名身穿风衣的男子走近来，礼貌地跟她打招呼："是沐筱小姐吗？皎奕先生本想亲自过来接您，但是他脱不开身，就让我过来接您。他有一个私人聚会，想介绍您给朋友们认识。"

沐筱拨了皎奕的电话，没有人接。风衣男子不动声色地说道："大概这会儿正在忙。哦，对了，他嘱咐说，您不用刻意换衣服打扮，您穿什么都很美。"听到这句话，沐筱放松了警惕，随着风衣男子进了车。

进了车之后,风衣男子递了一瓶水给她。很快,她就失去了意识。风衣男子跟司机说道:"没想到,这个姑娘这么容易骗。我做好了用蛮力的准备,居然没用上。"司机回答道:"嗯,这活儿接得挺简单的,不费事,酬劳还高。咱们这是走了大运了。"

皎奕拍完戏,看到沐筱的来电,回拨了过去,没人接电话。他看了看时间,无奈地摇摇头,都这么晚了,她肯定已经睡了。皎奕洗漱了一番,疲惫地倒头就睡。

第二天一早,皎奕依然没有联系到沐筱,电话无人接听。正在他疑惑的时候,他收到了沐筱发来的微信:"我今天好忙哦,一整天都是会议。"皎奕放下一颗心来,在艾伦的催促下,急急地赶去片场。

然而,一向不迟到的沐筱,今天并没有去公司上班。琳达找不到沐筱,对事不对人地向晓彤做出了指令:"给沐筱打个电话,如果有事,提前请假!若无特殊情况,迅速到位。我不喜欢无纪律的表现。"她很严谨地使用了"表现"这个词,因为她知道沐筱不是无组织无纪律的人。

晓彤一边打电话一边忐忑着:"姑奶奶,快接电话啊!"琳达不是一个尖酸刻薄的人,但是比董小姐严苛得多。可是,电话响了许久,没人接听。她再拨过去时,电话里提醒无法接通。晓彤无奈地放下电话,跟琳达做了汇报。琳达简洁地回道:"我知道了。你忙你的吧。"

沐筱的电话,正拿在一个男子的手中。那名男子长得有些凶悍,有着浓密的连鬓胡。他抱怨道:"一大早,这妞电话怎么这么多?皎奕那个电话已经烂熟于心,知道怎么应付,一下就糊弄过去了。可是,这些电话都是谁啊?"风衣男子微笑着回答道:"淡定点儿。我们也只是困住这妞两天两夜而已,当有人意识到不对时,我们早就撤了。这种不声张,不要赎金的案子,警察也不会有什么线索的,最后肯定是不了了之。"

彪形大汉摸摸胡子,冷笑道:"也是。我们只管收钱,按要求办事就行。"他顺手把沐筱的手机甩到了一边。

沐筱在微弱的光线中，睁开眼睛。眼前一片黑暗。她辨不清现在几点了，身在何处。她觉得嘴巴特别干，喃喃道："水，水。"风衣男子吩咐道："去给她喂点儿水。"彪形大汉把水送到沐筱嘴边，粗声粗气地说道："张口喝水。"沐筱感觉不到光，不知道身边是什么人，有些抗拒。彪形大汉火了，一把扳过她的下巴："让你喝你就喝，哪儿那么多事。本大爷伺候你，你还有什么不乐意的。"

沐筱被猛灌了几口水，虚弱地问道："你们是谁？我在哪里？"风衣男开了口："沐筱小姐，你就在这儿老实待两天，我们不会伤害你的。"彪形大汉接过话来："大哥，我刚又仔细看了下，这小妞长得不错……"风衣男呵斥道："你是不是不想在这行混了？"

* 10 *

人生很多大事件，总是容易挤在一起发生。沐筱被绑架的这两天，正在错过一件大事。然而，她并不知情。

前些日子，沐筱父母在外面旅游时，她母亲的病情突然恶化。父亲早有防备，这次只是带着母亲周边游。原本，父亲是不同意继续旅游的，只是拗不过母亲。回到家之后，她母亲开始整夜整夜地痛。

这几天，沐筱母亲不断陷入昏迷之中。在沐筱被绑架的第一天，她母亲开始说起了胡话，嘴里总是唱着不知名的曲子。母亲的神情似是有了无比愉悦的体验。父亲预感到，沐筱母亲大概是寿限快到了。可是，整整一天了，他打给沐筱的电话一直无人接听。沐筱从来不会这样不回家里的电话。他一边照顾爱人，一边惦记着沐筱是不是出了什么事情。

无奈之下，他拨通了婉竹的电话："婉竹，你好，我是沐筱的父亲。能不能麻烦你一件事情？"婉竹心下一惊，急忙回答："叔叔，您说。""沐筱的电话一直无人接听。她母亲情况很不好，她现在赶回来还能见到最后一面。你帮我联系下她。"

婉竹挂了电话，心下一算，她们有一天多没联系了。周日时，她们还在微信群里侃大山。她急急拨了电话，确实没人接听。她拨通了沐筱公司的座机。晓彤接的电话："哦，你是她朋友啊。那你通知下她，赶紧来上班。不来上班，电话也不接。领导很生气啊。"

婉竹果断地通知了妖妖："妖妖，你继续找沐筱，尽快联系下皎奕。这边交给你，我去沐筱家，看看能帮上什么忙。"她立刻买了机票，飞去沐筱家。

妖妖联系了皎奕之后，两个人意识到情况不对。沐筱失踪了！他们迅速报了警。接到报案之后，警方一筹莫展。这起绑架案，绑匪并没有发出任何索要赎金的信息。沐筱的手机已被绑匪做了处理，无法定位。

沐筱最后一次出现，是在公司大厦附近。可是，沐筱走出大厦之后，查不到了踪迹。大厦外面的监控全部"恰巧"坏了，查不到什么有用信息。案件没有进一步突破。看起来没有作案动机的案件，能找到的信息都相当有限。

皎奕隐隐觉得，这事跟安可儿脱不了干系，但是并没有证据。他惶惶不安，只能委托艾伦去打探下消息，看最近黑道是不是有人接了这样的活儿。他的心简直要爆炸了。沐筱到底在哪里？怎么样了？受到了怎样的伤害？

在沐筱被绑架的第二天黄昏，艾伦神色慌张地通知皎奕："各大媒体都接到了一条匿名线索。线索说，沐筱被绑架，绑匪不为劫财，只为劫色。多名男子和沐筱共度两天两夜。沐筱已被发现，在一家废弃的工厂里。现在有很多记者正在赶往现场。"

皎奕紧握拳头，牙齿咬得"咯咯"响。他冲出去，打开车门，飞一般地开了出去。艾伦阻拦不住，只能紧随其后。他担心皎奕控制不住自己，闹出事来。艾伦顺便通知了妖妖。妖妖看到信息时，只觉得两眼一黑。可是，她不敢告诉婉竹，不容多想，也立刻赶往现场。

皎奕到现场时，那里已经围了很多记者。沐筱被绑在一根柱子上，眼睛被黑布蒙着。她身上的衣服破烂不堪，身体多处裸露在外。有人上前替她解开了绳子和黑布。刚一接触光明，沐筱极度不适应，条件反射地用手遮挡各种光线。

皎奕冲上前去，把外套脱掉，披在沐筱身上，拥着沐筱往外走。

没走两步，沐筱双腿一软，昏了过去。皎奕直接将她整个抱起，往外冲去。妖妖紧随皎奕之后到达现场。看到沐筱的那一瞬间，她心里一惊，瘫坐到地上。

艾伦扶起妖妖，一边往外走，一边替皎奕拨开人群："大家让一下让一下。"皎奕一边快速奔跑，一边吩咐艾伦："通知我的私人医生，到我的别墅。"艾伦利落地应了一声"好"。警方赶到现场时，人群已经散去了。现场早已被各路人马破坏。

皎奕到家时，医生带着女助手早已等候在门口。医生给沐筱做了全面检查，跟焦急地等待着的皎奕等人说："她没事，只是太虚弱晕过去了。很快就会醒来的。"妖妖心直口快地问道："医生，她没有被侵犯吧？"

医生疑惑地回答："她没有受到任何伤害，只是有些低血糖症状。"妖妖松了一口气，进了房间，守在沐筱身边。

皎奕不相信地问道："医生，她果真没有受到其他侵犯？"医生摇摇头："皎奕，我们认识多久了，我还能骗你？这也是我不解的地方。我多少也听说了一些消息。如果是绑架，不为财不为色，对方图的是什么？"

艾伦恍然大悟："皎奕，我明白了。媒体记者接到的消息，大概是对方提供的。这起绑架事件，目的只剩下一个了，那就是毁了沐筱的名声，拆散你们。万幸，沐筱没有受到伤害。对方还算有点儿良知。"皎奕沉思了一会儿，抬起头来若有所思地盯着艾伦。他的眼神里有几分凶狠。

艾伦心里一颤："皎奕，你想什么呢？我早已接受这个现实了，我是不会伤害沐筱的。"艾伦的第一反应是，皎奕在怀疑自己！皎奕沉着地说："我大概知道是谁了。这笔账，我早晚会算的。"艾伦追问道："是谁？莫非是……"他也隐隐猜到是谁了。

"沐筱，你醒了？你可吓坏我们了。你想吃点儿什么？"妖妖的叫声在里面响起。皎奕一个大踏步冲了进去。他握住沐筱的手，柔声道："你醒了？觉得哪里难受吗？想不想吃点儿什么？"

沐筱勉强挤出几个字:"想喝水。"皎奕坐到床头,轻轻托起她,把床头的水缓缓送到她嘴边。她贪婪地喝了起来。过了一会儿,她似是缓了过来,低声问:"这是哪里?你们怎么都在?"妖妖眼泪都出来了:"你都失踪两天了,你知不知道,你可吓死我们了。"

正在这时,妖妖的手机响了。看到婉竹的来电,妖妖这才想起来,她只顾着担心沐筱,忘记通知婉竹了。电话刚一接通,那边就传出了哭声:"妖妖,找到沐筱了吗?她妈妈刚刚走了。"妖妖一惊,手机滑到了地上。

婉竹听不到回答,大声问:"妖妖,说话呀,沐筱找到了吗?"沐筱听到电话里婉竹的声音,撑起身子问道:"妖妖,是婉竹吗?怎么了?发生了什么事情?"妖妖失魂落魄地抬起头,回答道:"沐筱,阿姨走了。"

* 11 *

沐筱不顾身体状况,买了机票,连夜往家赶。妖妖不放心她,行李都来不及收拾,陪着她一起回家。皎奕歉意地说:"沐筱,我和你一起回家。"沐筱难过得不能自已,坚决地拒绝了他:"我只想安安静静地陪母亲一程。"皎奕还想说什么,被艾伦制止了。

沐筱和妖妖到家时,追悼会现场已经布置完毕。婉竹看到沐筱,用力地拥抱了她。沐筱低声说了一句:"谢谢你,婉竹。"再多一句话,她都没有力气说出来。她看着母亲,泪如泉涌。这必将成为她一生的遗憾。她想,母亲一定有很多话想跟自己说,可是她却不能握着母亲的手,给她安慰,让她放心。她的心里陡然生出一股恨意。若不是因为这场绑架,她怎会错过与母亲告别?

妖妖和婉竹搀扶着她,低声叮嘱:"沐筱,你要克制,你还要照顾叔叔。"父亲呆呆地看着母亲的脸,目光呆滞,眼中无泪。只是短短的几个星期不见,父亲又苍老了好多。沐筱走过去,握住父亲的手,稍稍用了点儿力度。父亲抬起头来,挤出一丝笑:"没事的,妈妈走得很平静。"

听到这句话,沐筱的眼泪立刻又涌了出来。她的心中,一直有个莫名其妙的执念,总觉得过了寒冬,母亲就会好起来。眼下,万物复苏,春暖花开了,母亲却走了。

追悼会当天,艾伦问皎奕:"你真的不进去?"皎奕一身黑衣,戴着墨镜,低沉地说道:"嗯,我不进去了。我怕给她带来不必要的麻烦。"艾伦用力地捏了捏他的肩膀:"那我替你进去表达下哀思。"

柳灵也从家乡赶了过来。四个姑娘再次重逢,却没想到是以这样的方式。时间久了,这份友情更像是亲情。每个人生命中的生离死别、迎来送往,都变成了对方的悲欢离合。三个姑娘给了沐筱最用力的拥抱。

艾伦看到这个场景的时候,内心不免有些感慨。他走上前去,冲着沐筱母亲的遗像深深地鞠了躬。然后,他走到沐筱身边,低声说了句:"节哀。皎奕其实也来了,他怕在这个时候给你带来不必要的麻烦,就没进来。"

沐筱抬起头,向外张望了一下,并未看到皎奕的身影,低声回答艾伦:"谢谢你。请帮我带句话给他,谢谢他这么细心体贴。"艾伦敏感地从这句话中捕捉到了什么信息,这让他略感不安。他其实早已从内心深处接受了沐筱。既然阻止不了,那不如真诚祝福。然而,此时沐筱的这句话……他没再说什么,点了点头。

与沐筱家乡这种沉痛的场景不同的是,各大媒体的相关报道是热热闹闹的。警方和媒体一样,找不到当事人。案件被搁浅了,但是关于此次事件的报道却未曾停止,愈演愈烈。

安可儿看着各种报道,内心十分得意。这次"绑架事件",是她自编自导很成功的一出戏。她点了一支烟,吐了一个烟圈出来:各大媒体这会儿应该十分感激我安可儿吧?娱乐圈缺的从来不是风平浪静。

看着那些娱记的报道,她表示无比满意。"绑匪不为劫财,却是为何?答案只有一个!""皎奕女友失踪期间,到底发生了什么?"

安可儿本意并不在于伤害,只是想借势舆论,来拆散两人。即便皎奕知道,沐筱并没有被侵犯,他的内心大概也难以面对舆论的"恶意猜测"。众口悠悠,他是堵不住的。再则,沐筱面对媒体的猜测,内心必然是崩溃的,大概难以继续和皎奕走下去了。

这样想着,安可儿微微一笑,胜券在握。她忍不住要给沐筱打个电话,推波助澜一下,顺便炫耀一下阶段性的胜利。电话接通那一刻,她被沐筱疲惫无力的声音吓了一跳。沐筱刚刚操办完母亲的后事,还沉浸在悲伤的情绪中。

安可儿并不知道随后发生的这一切。她以为沐筱尚未走出被绑架的阴影。大概两个人的感情已经进入了矛盾期,所以才会疲惫,才会迟迟走不出来。"沐筱,你被侵犯的事情,在各大报道里,我都看到了。你现在已经这样了,成了残花败柳,难道还指望皎奕爱你吗?"

她装作不知情的样子,发起了挑衅。沐筱此时完全没有心情去跟她计较,然而她还是瞬间明白了一切。她对着电话虚弱地一笑:"谢谢你,安可儿,没有进一步伤害到我。但是,我要你记住,因为你的行为,我错过了见母亲最后一面。"

说完,沐筱挂断了电话。安可儿一时愣在那里。她自以为保留着内心最后的良善,却没想到不经意间,她还是狠狠地伤害了对方。她也明白,沐筱已经猜到是自己所为。那么,皎奕应该也猜到了吧?

果不其然,安可儿很快接到了皎奕的电话。在皎奕开口质问之前,她抢先一步,装出万分的同情:"皎奕,我已经听说了那件事情。你不要太难过。不过,她从一开始就配不上你的。"皎奕厉声道:"安可儿,我警告你,不要再打她的主意。如果她再有什么状况,我一概算在你头上。你会玩的那一套,沐筱不会玩,但是我会。"

安可儿听得倒吸了一口冷气。他再也不是从前那个待她温暖体贴的皎奕。她已经永远地失去了他!

* 12 *

处理完母亲的后事之后,沐筱在家陪了父亲一段时间。看着父亲情绪慢慢平静下来,她稍稍放心了。在父亲的催促下,她返回了容城。也许,父亲不想女儿看到自己最脆弱的样子。

回到容城,沐筱并没有第一时间联系皎奕。她需要一点儿时间,重新梳理两个人的关系。她一条一条地看完了媒体关于绑架事件的报道。她去警察局做了笔录,但是没有表明安可儿与此事有关。她并不是单纯地猜测。在被绑架的那两天里,她听到了一些谈话。

彪形大汉曾对风衣男说:"仔细一看,这小姑娘比安可儿漂亮多了,怪不得她会嫉妒。"风衣男大声打断他:"你别胡说。做好自己分内的事情,其他的事情,一律装聋作哑。知道的也装不知道,听到的当没听到。再敢胡说,我割了你的舌头。"

安可儿那边只是因爱生出的失控,沐筱不担心会再次受到伤害。她并不指望警察破案,还自己一个清白。即使绑匪对着媒体说,他们不曾侵犯自己,那又能怎样?能改变大众的态度和猜测吗?大众从来只相信"理性"推理出来的结论。她只希望事情赶紧了结,还自己平静的生活。

皎奕坚持不懈地联络沐筱。他知道是自己对不起她,让她错过与母亲告别,留下了终身遗憾。然而,沐筱并没有回复。他每天都跟她道晚安。他只要有时间,就会在沐筱不远处悄悄地守护着她。

有一天,在皎奕"跟踪"她下班时,沐筱做了回应。在小区门口,她停下来,转身对着皎奕,笑了。这段时间,皎奕从没见过她的笑容。原来,她早就知道他"跟踪"自己。皎奕停下车,走了下来。

看着皎奕走过来,沐筱的眼泪涌了出来。那个人身上的味道,她曾经那么熟悉。只是,从今天开始将不再属于自己。"皎奕,我想好了,我们分手吧!从今天开始,我们还彼此自由。"

皎奕的眼睛里闪过一丝疼痛。他低下头来,深深地吻了沐筱。停下来时,他的眼睛里有了水波,但是嘴边依然保持着微笑:"好。从今天开始,我不再打扰你。"说完,他转身走了。在他身后,沐筱哭得不能自抑。从此,她将删除那些美好和那些痛。既然不在一起,就不该再想起。然而,曾经有多美好现在就会有多痛。

皎奕觉得,自己终究还是失去了她。从大学时代的暗恋,到曾经拥有,命运真是随心所欲。随意地把他孤身一人扔进回忆,随意地让她从回忆中走到眼前,随意地让他们在一起,又随意地把他们分开!命运曾经对自己有多好,此刻他的心中就有多痛!

和皎奕分手之后,沐筱把自己埋在工作中。在夏至未至之际,同城驴友发出了集结令,要前往珠穆朗玛峰。她想起凌风曾经闪烁的眼睛,她决定"疯狂"一把,告别曾经,重新开始。母亲和凌风,一定都希望自己好起来,快乐起来!她请了假,买齐了装备,和驴友们前往雪山。

攀到山顶,她喘着气,俯瞰下面的白茫茫,觉得内心静极了。她似乎看到天边,母亲在跟自己告别。凌风一度变得模糊的面容,瞬间清晰了,又模糊了。她笑着流下眼泪,喃喃道:"再见!"

身边一个男子,悄悄地靠过来,低声说道:"沐筱,好巧哦。"沐筱转过身,惊奇地问道:"你怎么在这里?"向昊天笑着说:"我休年假。你呢?"沐筱撇了撇嘴:"我请假。"两个人正说着话,身后一名男子轻轻拍了拍她的肩膀:"好巧,你也在这里。"

沐筱吃了一惊,待到回头一看,更是吃了一惊:"你怎么也在这里?"皎奕淡然一笑:"哦,和剧组一起来采风。"向昊天毫不留情地拆穿了他:"别逗了,剧组呢?"皎奕尴尬地耸耸肩:"哦,先行下山了。"

向昊天嘲笑道:"这次,你还是最晚出场的那一个。"皎奕发起了回击:"最晚出场的,往往都是压轴的。"正在这时,驴友召唤沐筱:"沐筱,差不多了,我们该下山了。"沐筱应了一声,转而对两个人说:"既然你们两个这么有缘分,在这儿都能遇见,不如,你们在一起好了。"

说完,她"咯咯"地笑了起来。向昊天和皎奕互瞪了一眼,表示了无比的嫌弃。新的一轮竞争,显然已经拉开帷幕。

意林精品图书推荐

《雪鹰领主1》
简介：我吃西红柿全新力作！少年骑士惊世崛起，铸就为人类荣誉而战的英雄传说！
定价：29.80元

《禁域①墓地神婴》
简介：皇者重现世间，只为触底反击，再创传奇！踏破乾坤纵横时空，禁域绝密即将揭晓！
定价：28.80元

《禁域②宗门斗者》
简介：扶苍谷内迷雾重重，时间长河、神秘女子……时空彼端，究竟有着怎样的秘密？
定价：28.80元

《风之守望者》（①、②）
简介：一个关于青春和魔法的故事，一些关于崩坏与爆笑的校园日常，一次爱的救赎。
定价：24.80元/册

《我不成仙 一 断尘绝念》
简介：不想成仙却毅然修仙，她见愁只想有朝一日对那人说："纵你成仙，亦不可逃！"
定价：28.80元

《我不成仙 二 杀红小界》
简介：血衣作战袍，刻骨为利刃。她的通天坦途，便是他的穷途末路！
定价：28.80元

《我不成仙 三 流星赶月》
简介：敏锐与直觉，无一欠缺，缜密与果决，兼而有之。力敌群雄者，舍她其谁！
定价：28.80元

《我不成仙 四 鏖战空海》
简介：为成大道，葬痴情、斩尘缘者有之，可是寻仙问道是这般模样，她宁愿永不成仙！
定价：28.80元

《符神传说①斩焰少年行》
简介：接通元灵界序，交易、对战、派单……现实与虚拟之间，什么叫酣畅淋漓！
定价：28.80元

《符神传说②东川起风云》
简介：逆转鬼煞岭、入蛮荒探迷域，跨越空间界限，开启度奇幻热血征程！
定价：28.80元

《符神传说③刀芒惊天下》
简介：巧开黑狱筑识海，烈焱龙雀惊天下。勇握天符浩土，领略异闻传奇。
定价：28.80元

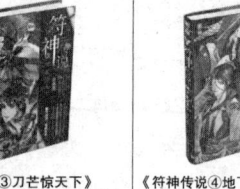

《符神传说④地下悬赏令》
简介：识妖族斗南洲，杀驱四方见奇谋。游历异界空间，探索奥妙人生！
定价：28.80元

《倾世萌狐1》
简介：避难避到了王爷家，竟然有去无回？冷酷王爷"情斗"憨萌灵狐，甜宠升级，深情不改！
定价：29.80元

《倾世萌狐2》
简介：大战一触即发，矢志不渝！当一切冤家都指向了天界，他们真的要"天人永隔"？
定价：29.80元

《我的画风不太对①》
简介：当外星玩家遇到地球萌妹，爆笑爱情悬疑大戏惊喜上演！
定价：29.80元

《我的画风不太对②》
简介：一不小心成了外星玩家的目标对象！千回百转的拼图游戏，谁是最终赢家？
定价：29.80元

《仙萌奇缘①》
简介：迷糊弟子"约架"冷傲少主，无厘头话本奇袭玄天剑宗，非正统仙侠大戏反转上演！
定价：29.80元

《仙萌奇缘②》
简介：大战一触即发，"仙门叛徒"云悠与"魔族卧底"白湖携手，为天下苍生而战！
定价：29.80元

《灵犀1》
简介：龙族、赏金猎人、千年火龟……山海异兽玄奇登场，谱写一个暖心温情的历险传奇！
定价：29.80元

《浮玉仙魔》
简介：跨越六界的情仇离合，仙家养成，爆笑开演！看一代魔尊，如何搅翻浮玉仙山！
定价：29.80元

意林精品图书推荐

"告白的书"系列

《那个神秘的宣愉小姐》
简介：心理分析小说，一次亲情伤痛造成的人格分裂，一场治愈并守护爱情的计划……
定价：32.80元

《对方正在输入中》
简介：你是否能从他涨红的脸颊看到他比阿尔卑斯山还强大的内心，让他的病只为你发作。
定价：29.80元

《你是年少的欢喜，喜欢的少年是你》
简介：古风作家吾玉打造都市清风之作，告诉你，如何学着去爱一个人。
定价：29.80元

《余生请对我好一点》
简介：时光回望，今日的纠葛，竟好似过了往日的债。
定价：32.80元

"告白的书"系列

《比心》
简介：暗恋被冷酷拒绝，离开却突然收到女孩的短信，只有一行字，却让他笑了……
定价：32.80元

《从此晚安我自己》
简介：95后作家何家豪青春成人礼童话，将16个故事，说给长成大人的你！
定价：29.80元

《我不愿让你一个人走过青春的荒芜》
简介：写给你深情的告白书，15篇故事，有作者的亲身经历，也有勾勒的世间温暖。
定价：29.80元

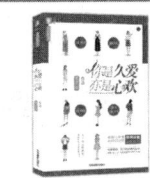

《你是久爱，亦是心欢》
简介：青春与梦想，爱和守护，孤冷少女与霸道阔少相爱相杀深情开演。
定价：32.80元

"新武侠"系列

《胭脂将》
简介：魔幻江湖的纷乱，胭脂女将的传奇！
定价：32.80元

《一两江湖之望星记》
简介：古风作家一两打造全新江湖，一醉江湖三十春，尽在《望星记》！
定价：29.80元

《一两江湖之琵琶误》
简介：家仇国恨，爱上不该爱的敌国先锋，如何面对这生死纠缠的爱情？
定价：29.80元

《月光蒲苇①·夜阑时》
简介：阴谋、友情、爱情，上古四神的恩怨，今生能否化解？
定价：32.80元

"心灵成长"系列

《世界的另一个你》
简介：18岁少女的奇幻冒险，唯美魔幻的童话世界，寻找世界的另一个你！
定价：32.80元

《绯色黎明》
简介：人类并不孤单，在黑暗种族的环伺下，被掩盖的真相等着你去探寻。
定价：32.80元

《这一杯，我敬的是年少无知》
简介：悬疑作家何慕精心打造的都市心理悬疑成长小说集。
定价：32.80元

《我的人生无须证明给你看》
简介：是选择梦想，还是安于现状？马叙用这些故事告诉你答案。
定价：32.80元

套装精选

多味之恋
简介：七彩青春，多味之恋，寻找身边错过的小美好。
定价：29.80元/册

十八而志
简介：十八岁之前的远大志向，决定了十八岁之后的梦想人生。
定价：29.80元/册

深夜暖心
简介：青春絮语，灯下最好的陪伴，马叙、张芸欣、冷亦蓝深夜暖心之作。
定价：29.80元/册

初心讲义
简介：初心故事讲给你听，拥有一个又一个的小温暖。
定价：29.80元/册